T0015530

La Nena

Carmen Mola

La Nena

NEGRA
ALFAGUARA

Papel certificado por el Forest Stewardship Council®

Primera edición en este formato: noviembre de 2020
Tercera reimpresión: noviembre de 2021

© 2020, Carmen Mola
Esta edición se ha publicado gracias al acuerdo con Hanska Literary & Film Agency, Barcelona, España
© 2020, Penguin Random House Grupo Editorial, S. A. U.
Travessera de Gràcia, 47-49. 08021 Barcelona

Las letras de «O Leãozinho», «Coração Vagabundo» y «Você é Linda», de Caetano Veloso:
© Uns Produções (Adm Warner Chappell Brasil) y © Terra Enterprises (Mundo, excepto Brasil)

© Diseño: Penguin Random House Grupo Editorial, inspirado en un diseño original de Enric Satué

Penguin Random House Grupo Editorial apoya la protección del *copyright*.
El *copyright* estimula la creatividad, defiende la diversidad en el ámbito de las ideas y el conocimiento,
promueve la libre expresión y favorece una cultura viva. Gracias por comprar una edición autorizada
de este libro y por respetar las leyes del *copyright* al no reproducir, escanear ni distribuir ninguna
parte de esta obra por ningún medio sin permiso. Al hacerlo está respaldando a los autores
y permitiendo que PRHGE continúe publicando libros para todos los lectores.
Diríjase a CEDRO (Centro Español de Derechos Reprográficos, http://www.cedro.org)
si necesita fotocopiar o escanear algún fragmento de esta obra.

Printed in Spain – Impreso en España

ISBN: 978-84-204-3598-5
Depósito legal: B-1698-2020

Compuesto en MT Color & Diseño, S. L.
Impreso en Unigraf, Móstoles (Madrid)

AL3598C

Penguin
Random House
Grupo Editorial

Primera parte
SOLO

¿Por qué me dejas y desapareces?
¿Y si yo me interesara por otra?
¿Y si ella de repente me conquista?

El vestido de novia le queda estrecho, huele a naftalina y, aunque hace tiempo debió de ser blanco, ahora es de un color indeterminado, entre crema y amarillo. La de hoy no era, desde luego, la boda con la que Valentina soñó a sus quince años. El vestido es de Ramona, la madre del hombre con el que se ha casado, un novio que ni le ha concedido un beso cuando el funcionario que oficiaba la boda les ha dicho que ya eran marido y mujer. Ramona, su suegra, es seca y antipática, más corpulenta que ella, pero a Valentina las costuras del vestido casi le revientan porque está embarazada de cuatro meses. No sabe por qué su esposo ha aceptado casarse con ella cuando está esperando el hijo de otro.

Valentina se quita el vestido. Su ropa interior es vulgar, de mercadillo. ¿Cuántas veces había pensado que para su noche de bodas se compraría lencería como la que las chicas del club usaban con los clientes? En lugar de eso, lleva unas bragas blancas y un sujetador que no hace juego, que a duras penas alcanza a sostener unos pechos que no paran de crecer con el embarazo. Su propia imagen le causa pena y rechazo.

A pesar de todo, sabe que es mucho más atractiva que Antón, su marido, un hombre pequeño, retraído, con poco pelo pese a su juventud, con mirada huidiza y olor agrio, como si pasara días y días sin ducharse y su sudor se contagiara de la peste a cerdo que no abandona la nariz de Valentina desde que ha llegado a la casa. Una casa que será la suya, supuestamente, para siempre.

Ella tiene veintitrés años, como mínimo cinco más que su ahora marido, y su cuerpo, si no se hubiera empezado a deformar por el embarazo, sería muy armonioso. Su rostro menos, no puede ocultar los rasgos indígenas de casi todas las bolivianas. Nunca había pensado que eso fuera feo, pero a los españoles no les gusta. Si supieran cuántas cosas no le gustan a ella de los hombres que ha conocido en este país.

No ha encontrado ni una mínima porción de suerte desde que llegó a España: quería abrir su pequeño negocio, pero tuvo que servir en una casa en la que el marido abusaba de ella cada vez que se quedaban a solas hasta que la señora, que algo se debía de oler, la despidió sin explicaciones. Después fue de trabajo en trabajo hasta llegar a su boda, y no sabe si su vida será feliz y tranquila o ha cometido su peor error. No pide tanto, se habría conformado con una casa que no oliera a porquerizas y un marido más guapo, más hombre y más agradable que Antón. Pero nada ha salido bien y lo único que ella creyó que era una buena noticia —la posibilidad de casarse— la ha traído hasta este pueblo, hasta esta casa, que no es mucho mejor que la que dejó en Cotoca, cerca de Santa Cruz de la Sierra, donde nació y donde su padre construyó un hogar con sus propias manos.

Las bodas en su tierra se preparan con tiempo, se bebe mucha cerveza y se come carne de res hasta hartarse; las invitadas llevan polleras y sombreros y ellos se atavían con sus mejores galas; se contrata a un grupo musical que interpretará el vals para que lo bailen los novios, es un día feliz... En la boda de Valentina no ha habido invitados, solo ella y Antón, y Ramona y Dámaso, los padres del novio, que oficiaron como testigos; tampoco sonó la música ni arrojó nadie arroz o pétalos de flores sobre los recién casados. El banquete ha consistido en unos refrescos en el bar de la plaza con un plato de frutos secos y una ración de calamares a la que ha invitado Aniceto, el dueño del bar, feliz de que una novia entrara en su local: es el único que le ha dado la enhorabuena a Valentina y ha gritado un tímido «¡Vivan los novios!».

Ahora está sola en la habitación, su marido no ha entrado con ella. Pensaba que querría consumar el matrimonio nada más llegar, pero, por lo visto, prefiere esperar a la noche. Aunque lo cierto es que Antón, en el breve noviazgo que han mantenido, o por decirlo mejor, en la mera pantomima que ha formado el preludio de la boda, no ha mostrado nunca el menor ademán de desearla.

—En media hora está la cena, no te retrases.

Ramona ha entrado sin llamar, la ha encontrado así, mirándose al espejo en bragas y sujetador. Aunque no ha hecho ningún comentario, la ha ignorado con desprecio. En la media hora que falta para cenar, a Valentina no le dará tiempo a ducharse y quitarse el olor a naftalina del vestido y la sensación de suciedad que la envuelve, pero no se atreve a contrariar a esa mujer.

A Antón no lo conoció hasta hace quince días. Quien fue a verla al club de carretera en el que trabajaba —no, ella no era una de las chicas de alterne, solo la que fregaba los suelos, los baños y las copas— fue su padre, Dámaso.

—Si te casas con mi hijo, te saco de aquí —le propuso—. No somos ricos, pero no te va a faltar de nada.

—Estoy embarazada.

—Le daremos nuestro apellido a tu hijo.

Nada más. Ella ni siquiera preguntó a qué se dedicaban, solo pensó en que el bebé que esperaba —todavía no sabe si será niño o niña— viviría en una casa normal, no en un club de carretera rodeado de prostitutas, y en que no pasaría las necesidades que ha pasado ella.

De cena hay albóndigas y Valentina debe reconocer que están exquisitas, las mejores que ha probado nunca. Apenas se habla en la mesa, tan solo Dámaso, su suegro, le explica que lo más importante allí son los cerdos, que de ellos viven todos; le detalla las horas a las que hay que darles de comer, las tareas de limpieza que le corresponden y los cuidados que necesitan los animales…

—Estas son las costumbres de la casa —concluye.

Para Valentina eso no son costumbres, son reglas. Y por el silencio de los demás cuando Dámaso las enumera, son reglas de obligado cumplimiento.

Ya en la alcoba, tras la cena, espera a su marido. Piensa que ahora sí querrá yacer con ella y se prepara, se pone un camisón que le regaló una de las chicas del club, uno que usaba con los clientes y que, según le dijo, encendía a los hombres.

—Haz que te desee, agárralo por los huevos; si lo consigues, da igual de dónde haya salido, te cuidará para siempre.

El verdadero padre de su hijo nunca la cuidó, es un viajante que pasó una noche por el club, no sabe su nombre ni por qué se acostó con él, ni siquiera está segura de que pudiera reconocerlo si lo volviera a ver. No necesita que nadie le explique la falta de delicadeza de los españoles, ya lo ha comprobado, es lo que espera esta noche de su marido. Pero Antón, al parecer, es diferente: entra en el cuarto —al olor a cerdo se le ha unido el olor a vino—, no se molesta en darle las buenas noches ni un beso, se acuesta y se duerme.

Valentina también intenta dormir, pero le resulta imposible, es su noche de bodas y se siente frustrada. Son las tres de la mañana cuando decide salir de la habitación. Recorre la casa a oscuras y se da cuenta de su temeridad. En apenas unos días se ha casado y se ha recluido en un lugar alejado de todo el mundo, con un hombre que le provoca repulsión y con unos suegros autoritarios. ¿Cómo ha sido tan ingenua para meterse en la boca del lobo de esa forma? Trata de quitarse de la cabeza esos miedos. Antón solo es un joven timorato, poco a poco lo irá suavizando, lo intuye. A cambio ha conseguido encontrar una estabilidad para dar a luz a su hijo. ¿Qué vida le iba a proporcionar ella si no tenía ni un céntimo?

Sale de la casa al enorme campo iluminado por la luz de la luna. Su paseo la lleva hasta las porquerizas. Quiere convencerse de que un día amará este lugar, lo considerará su casa. Se pasea por el pasillo frente a las jaulas donde duermen los cerdos. De repente un ruido la sobresalta. Un animal parece haberse lanzado contra la puerta de la jaula, que ha resonado metálica. Ella se asoma para mirar y, en las sombras de la noche, le parece ver que lo que hay dentro de esa jaula no son cerdos, son dos hombres desnudos y encadenados.

—Hola —le dice el que se ha lanzado contra la puerta.

Se está masturbando, un hilo de baba se le escapa de la boca; el otro está en cuclillas y se ríe. Apenas puede verlos bien, solo por su voz se ha convencido de que son personas, no animales. Pero oye otra voz a su espalda.

—¿Qué haces aquí?

Es Dámaso, su suegro.

—Si vuelves a faltar a las normas, acabarás también ahí, en la jaula.

Valentina se abraza instintivamente el vientre para proteger a su hijo.

Capítulo 1

El bar está lleno, los clientes son españoles en su mayoría, pero también hay grupos de chinos y algún turista distraído. La decoración, eso sí, es completamente asiática: lámparas y colgantes coloridos con exóticas letras chinas y un muñeco de esos que parecen un gato y mueven el brazo en señal de saludo. Por debajo de todo eso queda el bar de siempre, de los de barra de estaño y mesas de formica, de los que tendrían ceniceros de Cynar o de Martini si todavía se permitiese fumar. Los vecinos de Usera ya se han acostumbrado a vivir en un lugar al que en otras ciudades se llamaría Chinatown.

A Chesca no le importa que en este bar, que en tiempos llevaba Paco, un segoviano al que conocía desde que llegó al barrio, haya esos letreros en chino y hasta un Buda junto a la caja registradora. El camarero de ojos rasgados que atiende ahora le sirve los mismos cafés descafeinados manchados, las mismas cañas bien tiradas y unos callos a la madrileña que superan los de los mejores tiempos. Tiene un nombre impronunciable, así que, para los clientes españoles, ha heredado el del primer dueño del bar: Paco. Además, Paco, aunque sea chino, es del barrio, habla español como cualquiera.

—Paco, dame una lata de cerveza para llevar y dime qué te debo.

—Hoy estás invitada, ¿no te quedas? Todavía no empieza la fiesta.

—Me voy a casa, que tengo conjuntivitis y ni siquiera tenía que haber bajado. Solo he venido para desearte feliz año del cerdo.

—Gracias, pero yo he nacido en Madrid, en La Milagrosa. Para mí el fin de año es en Nochevieja... Esto son cosas de chinos —se ríe.

Chesca se quedaría más tiempo para disfrutar del ambiente, pero el bar está atestado y a ella le escuecen los ojos. Además, mañana se tiene que levantar temprano, está citada como testigo en los juzgados de la plaza de Castilla por el caso de una red de trata de blancas que ha desmantelado la Brigada de Análisis de Casos. Son las obligaciones que debe atender por ser la coordinadora de la BAC —solo coordinadora, no jefa, como le repite siempre Rentero—. La discusión que ha tenido hace un par de horas con Zárate tampoco le ha dejado cuerpo de fiesta. Pensaba que iban a cenar juntos, pero él se ha largado con sus amigos y le ha dado plantón. Ni la misma Chesca entiende por qué se ha enfadado tanto con él: son adultos, que cada uno haga lo que le dé la gana. Y sin embargo...

Antes de salir del bar, se aparta y cede el paso a un grupo de hombres disfrazados de dragón y que bailan al ritmo de la música que marcan los tambores y una especie de panderetas. No sabe cómo van a caber todos en el local, pero los de dentro les hacen sitio; ya le dijo Paco que cuanta más alegría y más alboroto, mejor suerte tendrían para el año que entra.

La calle también está abarrotada, pero encuentra un lugar tranquilo en el que se pone el colirio que le recomendó esta tarde Buendía para los ojos. Abre la lata de Mahou y le pega un largo trago mientras mira los disfraces y escucha la música, los aplausos y los petardos. Se le acerca entonces un hombre, es español, pero le habla en chino.

—*Zhuniáng Jíxiáng*.

—No he entendido ni una palabra —le contesta ella sonriente.

—Pues espera, que te lo repito —tiene que coger un papel que lleva en el bolsillo y volverlo a leer—. *Zhuniáng Jíxiáng*.

16

—¿Y qué quiere decir?

—Un chino me acaba de prometer que así se dice buena suerte para el año del cerdo. Pero vete tú a saber, lo mismo quiere decir rollitos de primavera o cerdo agridulce, estaría bien: feliz año del cerdo agridulce. Me llamo Julio.

—Yo Chesca.

Se dan dos besos, formales. Chesca se fija en Julio, es alto, fuerte y bien plantado, aunque va vestido de una manera un poco antigua, con una trenca verde con el forro naranja. Podría decirse que es un hombre guapo, además le ha parecido que tiene sentido del humor.

—¿Vives por aquí? —le pregunta ella, extrañada de no haberse cruzado nunca con él. Madrid es muy grande, pero en los barrios, los madrileños tienen la falsa sensación de que todo el mundo se conoce.

—No, soy nuevo en Madrid. Profesor de instituto, me han dado plaza en uno muy chungo en el barrio —Julio se arrepiente enseguida de lo que ha dicho—. Perdón, ahora me dices que tú estudiaste en ese instituto y me da algo.

—No te preocupes. Yo llegué a este barrio ya de mayor. Y, además, fui a las monjas.

—No sé qué es peor.

—Las monjas —se ríe Chesca.

Le compran cuatro latas de cerveza y una bolsa de patatas fritas a un vendedor ambulante chino y se acercan a la plaza de Julián Marías. Allí, en el lado contrario a la calle de Marcelo Usera, donde hierve la fiesta del fin de año chino, hay unos bancos tranquilos en los que se pueden sentar.

—Lo que yo les digo a los chicos es que si están allí, en clase, es porque han elegido llevar una vida distinta a la de los que se quedan en la calle, a la de los que van al parque de Pradolongo a pasar el día entre cervezas, porros y pastillas.

Ella no está de acuerdo, pero teme empañar el principio de seducción con una discrepancia muy marcada. Así que opta por una protesta tibia.

—¿Tan malo es ese instituto? Yo soy casi del barrio y no lo veo tan chungo, es un sitio difícil, pero no es el peor de Madrid, ni mucho menos.

—Quizá haya cambiado desde que tú estudiaste... Yo les insisto en que deben tener la cabeza bien alta por seguir en clase, porque esa ha sido su elección.

A Chesca le sorprende lo que le cuenta Julio: está apropiándose de una escena de Michelle Pfeiffer en *Mentes peligrosas*. Hasta podría decir la frase exacta de la película: «No me esconderé de la muerte, cuando vaya a la tumba iré con la cabeza alta y el espíritu fuerte, siempre hay elección». Pero le hace gracia, quizá ese chico guapo y un poco redicho considere que repetir la frase de una película es una buena forma de ligar. A ella le viene bien un poco de distracción, necesita olvidarse por un rato del trabajo en la BAC, del juicio al que tiene que ir mañana y de su enfado con Zárate. Necesita vaciar la mente y el chico parece un buen candidato para un desahogo, de manera que detiene su parloteo con un beso.

—¿Vives lejos? —le pregunta.

—Un poco —contesta él, más aturdido que ansioso.

—¿Has traído coche?

—No, he venido en metro.

—Vamos en mi moto.

Sería más cómodo subirlo a su casa, pero no le apetece, no sea que al final Zárate suspenda su quedada con los amigos, se presente y la encuentre en la cama con un hombre al que acaba de conocer. Mejor no arriesgarse.

Llegan en su moto hasta la plaza de las Comendadoras, aparcan allí y suben a un apartamento muy pequeño. A Chesca le escuecen los ojos, así que entra en el baño y se pone el colirio. Le llama la atención que no haya objetos personales en el lavabo o en las repisas de cristal, pero no se para a pensar, solo quiere tener sexo, es la primera vez en mucho tiempo que lo va a hacer con alguien distinto a Zárate y siente un cosquilleo por la espalda.

Julio la espera con una botella de vino abierta y una copa servida. Se ha quitado la camisa y a Chesca le gusta lo que ve. Nada más brindar empiezan a besarse. Él es diestro con las primeras caricias, con las primeras maniobras para desnudarla. Parece que quiere imponer un ritmo lento, pero Chesca se desnuda de golpe porque prefiere un polvo rápido y volver a su casa. Lo empuja contra la cama y al sentarse sobre él nota un mareo muy fuerte. Se tumba, él la abraza, la besa y ella se deja llevar mientras su cabeza le dice que algo va mal… Él baja con la boca hacia su sexo y el mareo de Chesca se confunde con una oleada de placer. Entrecierra los ojos, pero los abre de nuevo porque una sombra ha cruzado por la habitación. Está segura de haberla visto. Sobre su consciencia debilitada se posa una sensación aterradora: no está sola con Julio en ese lugar. Unos gruñidos la alertan. No son los de Julio, vienen de otro punto del dormitorio. Abre los ojos y ve una silueta que recorta la luz de las farolas: hay un hombre apoyado en el quicio de la puerta, mirando la escena como si nada. Y, al pie de la cama, dos cabezas presencian cada movimiento con la fijeza de los hipnotizados.

Chesca quiere resistirse, huir, pero sus músculos y su voluntad ya no responden.

Capítulo 2

En la entrada, sentada en una silla, inmóvil, con la mirada fija en algún punto de la pared, hay una mujer con aspecto andrógino. Lleva un traje masculino, gris oscuro: americana, pantalón y chaleco, una camisa blanca, de la que asoman los puños con gemelos rojos, y una corbata a rayas, de las clásicas de las universidades inglesas, con nudo Windsor. Tiene el pelo corto, con los lados y la parte de atrás casi rasurada. Pese a todo, pese a sus aparentes esfuerzos por parecer un hombre, no logra ocultar que es una mujer muy bella.

—Está esperando a Chesca —informa Buendía a Orduño desde detrás de la puerta de vidrio, con cuidado para que ella no lo oiga—. Tendrás que hacerte cargo tú hasta que llegue. ¿Sabes quién es?

—Sí, es la nueva. Ayer Chesca me avisó de su llegada. Pero se suponía que la iba a recibir ella.

—¿La sobrina de…?

Orduño asiente sin necesidad de que Buendía diga el nombre. Tras la marcha de Elena, el comisario Rentero le ofreció a él coordinar la BAC. Fue él mismo quien rechazó el cargo y recomendó que este fuese para Chesca. Rentero insistió en todo momento en que era un puesto provisional, hasta encontrar a la persona correcta; nunca ocultó que su verdadero interés era la vuelta de la inspectora Elena Blanco. Hasta la fecha, Chesca ha hecho una gran labor, todos creen que antes o después superará la interinidad. Recibir a la nueva es solo uno de los inconvenientes del cargo, pero hoy le va a tocar a Orduño, el que se puso más en contra de que la aceptaran cuando supo quién era.

—Buenos días, ¿Reyes Rentero?

La mujer se pone en pie y se cuadra marcial.

—Soy yo.

El gesto es tan exagerado que Orduño se pregunta si no habrá algo de mofa en esa solemnidad.

—Tranquila, esta es una brigada especial. Las formas son más… relajadas.

No sabe si besarla o no, así que le tiende la mano. Ella se la estrecha, aprieta con fuerza, un apretón masculino.

—Esperaba encontrarme con la subinspectora Francisca Olmo.

Orduño sonríe; nadie llama Francisca a Chesca, supone que es el nombre que sale en los documentos del Ministerio, pero en la BAC ha desaparecido por completo. Hasta en su placa dice Chesca Olmo.

—Verás, hay un problema, Chesca está en los juzgados y no sabemos a qué hora va a llegar. Como supongo que no te quieres quedar ahí sentada todo el día, te atenderé yo. Soy también subinspector, me llamo Orduño.

—A sus órdenes.

—Ya te he dicho que no es necesario, aquí se trata a todo el mundo de tú y sin protocolo, tranquila. De momento, lo que vamos a hacer es tomar un café, te presento a la gente y charlamos, ¿te parece?

—Como usted mande.

—De tú. Y no mando nada. Aquí solo manda tu tío.

Pese a su hieratismo, Reyes no ha podido evitar una mueca de disgusto al oír nombrar al comisario Rentero. Orduño no lo siente, Reyes está en la BAC por enchufe, tendrá que ganarse la simpatía de todos.

En la sala común, Mariajo recorta una noticia entusiasmada, tiene varios periódicos de provincias sobre la mesa. No espera a que le presenten a la nueva, habla amistosa en cuanto entra.

—Mirad: «Un científico chino anuncia la creación de agujeros negros en laboratorio».

Ha leído el titular con un aire tan risueño que Reyes se siente invitada a contestar.

—¿En un laboratorio? Qué barbaridad.

—Ya ves, pues ya lo he recortado de seis periódicos y estoy segura de que mañana lo sacarán otros tantos. No sé de dónde habrá salido la noticia, de alguna oficina siniestra en Siberia, allí es donde se crean los bulos. Soy Mariajo, tú debes de ser la sobrina del comisario.

—Soy Reyes.

—Yo soy Buendía —se presenta el otro ocupante de la sala—. No hagas caso a Mariajo, no hay oficinas siniestras en Siberia, se inventa ella misma las noticias y las pone en circulación.

Buendía se acerca a darle dos besos y Reyes los acepta. Nadie ha hecho comentarios sobre su aspecto, aunque ninguno esté seguro de cómo comportarse. Si como lo haría con un hombre o como con una mujer. Para todos ha sido un alivio que ella parezca no darle importancia.

Mariajo la agarra del brazo con algo de brusquedad, pero ella consigue que esos gestos parezcan cordiales.

—Te enseño la máquina de café, parece sencilla, pero tiene truco.

—Gracias. ¿Es verdad que la noticia esa se la ha inventado usted?

—Claro. Agujeros negros en laboratorios, imagínate qué disparate. Pero yo no sé quién hace los periódicos, verdaderos analfabetos.

—¿Y qué gana con eso?

—Van todos los recortes al álbum, algún día sacaré a la luz todos mis bulos. Va a caer el prestigio de más de un medio y me estudiarán en las universidades de periodismo de todo el mundo —se ríe Mariajo y nadie sabe si lo dice en serio o en broma.

Entra Zárate, trae el semblante preocupado. No se quita la cazadora, se planta en medio de la sala y cuando habla no parece dirigirse a nadie en concreto.

—¿Ha venido Chesca?

—Hoy tenía la citación en los juzgados —contesta Orduño.

—No ha comparecido.

Orduño lo mira con un gesto de incredulidad.

—No es posible. Llevaba toda la semana preparando su declaración.

—Vengo de los juzgados, no ha ido, el fiscal está que trina. ¿No ha llamado? ¿Nadie ha tenido noticias de Chesca en toda la mañana?

Barre la sala con la mirada y ahora están todos incluidos en la pregunta. La respuesta que llega es un silencio teñido de estupor, de incomprensión y algún atisbo de alarma. Hasta Reyes comprende que no es momento de mostrar su desparpajo y saludar al recién llegado. En esos instantes se quiere hacer invisible o camuflarse en el archivador o con la máquina de café. Ya se presentará ante Zárate cuando se haya rebajado la tensión.

—No es propio de Chesca faltar a una citación judicial —dice Buendía.

—Y menos en un caso que ha llevado ella.

La apostilla es de Mariajo. Zárate asiente con gestos furiosos, como reprochando a sus compañeros que en lugar de espantar su preocupación le añadan varias paletadas. Chesca desarticuló una red de trata de blancas tras varios meses de investigación. Es la testigo principal en el juicio que empezaba hoy. Su incomparecencia le viene de perlas al abogado de la defensa.

—¿La has llamado al móvil?

Orduño sabe que es una pregunta retórica, es evidente que la ha llamado, pero quiere buscar a tientas algo que aplaste la aprensión que ya nota dentro de él.

—Más de veinte veces. No lo coge.

—¿Has ido a su casa? —Mariajo está inquieta.

—He llamado al timbre, he pegado la oreja a la puerta. Nada.

—¿No tienes llaves?

—No —responde molesto.

Reyes junta las piezas en tres segundos. La asunción general de que Zárate tiene un juego de llaves de la casa de Chesca le permite deducir que los dos mantenían o mantienen una relación sentimental. Pero Zárate no tiene llaves de esa casa, luego la relación es menos seria de lo que todos creían.

Se suceden las conjeturas, las alarmas, las cautelas, puede que algún vecino tenga llaves, no podemos entrar en su casa sin permiso, ¿y si anoche le dio un ataque de algo y está muerta en la cama?

—¿Y si está con un tío en la cama después de una noche de sexo? —dice Mariajo con brutalidad, como para zanjar la cuestión—. Para abrir la puerta por las buenas debe dar la autorización un juez. Y no nos la van a dar solo porque Chesca no responda al móvil.

—Y el plantón en el juzgado, no te olvides de eso.

—Aun así, es poco, Zárate.

Él asiente. Sabe que es imposible conseguir la orden. Pero se le ha metido la preocupación hasta lo más hondo, la angustia se está anudando en su estómago.

—Ayer era el año nuevo chino en Usera —dice Orduño—. Me dijo que pensaba darse una vuelta.

Antes de hablar, Buendía corrobora la información con un gesto.

—A mí también me lo dijo. Estaba con los ojos irritados, pero no era nada grave, le recomendé un colirio.

—Qué manía de automedicarse —Orduño niega con la cabeza.

—Soy médico. Aunque me haya especializado más en los muertos que en los vivos, soy capaz de recetar un colirio si hace falta.

Zárate se mete en el despacho de Chesca. Escruta cada rincón, como si en alguna mota de polvo pudiera hallar la clave de lo que está pasando.

Reyes nota cómo se espesa el ambiente según avanzan las horas. De momento, su llegada al cuerpo —después de lo mucho que le costó convencer a su tío, al que no le bastaba con que ella tuviera el mejor expediente de la Academia— no es como ella se imaginaba. Sabía que la mirarían con prevención por ser la sobrina de Rentero, el jefe de todas las unidades operativas, pero eso no le preocupa, está segura de que está plenamente preparada para trabajar allí y pronto lo demostrará. Lo que no esperaba era vivir en esta especie de estupor que ha causado a todos la desaparición de Chesca.

—Supongo que ya te han contado a qué nos dedicamos en la Brigada de Análisis de Casos —Orduño no sabe de qué otra cosa hablar con la nueva.

—Me han contado, pero prefiero que seas tú quien me dé su versión. Si no te importa.

—Pues a ver cómo te lo explico. Somos un departamento que sirve un poco para todo, desde casos que se atascan, investigaciones mal hechas o inspectores que no están siendo muy profesionales con su trabajo, hasta archivos antiguos que se abren de nuevo por algún motivo. Es decir, aquí puedes investigar una red de trata de blancas en León un día y un asesinato de 1984 el día siguiente.

—¿Mucha acción?

—No tanta. Si querías acción tenías que haber pedido otros cuerpos.

—No, estoy bien aquí —responde Reyes enigmática—. Unos días necesito acción, pero otros prefiero la tranquilidad.

Zárate ha ido a dar una vuelta por Usera, a hacer preguntas aquí y allá. Paco, el dueño del bar que ella frecuenta, la vio por allí, tomando una cerveza. No notó nada raro. Pregunta a los vecinos, al dueño del bazar en el que compra bombillas, pilas y cosas así. Pero no obtiene ninguna pista.

Decide regresar a la BAC y coger el toro por los cuernos.

—Quiero entrar en casa de Chesca.

Suelta la frase sin introducciones ni saludos. Su gesto es firme, han transcurrido unas horas y siguen sin noticias. Esta vez no habrá debates éticos sobre si se puede allanar o no una morada.

—¿Preparo una petición para el juez? —se ofrece Orduño.

—No. Prefiero a Rentero. Nos vale con su permiso. Es un caso especial. Pero le he llamado y no está en su despacho, tampoco coge el móvil.

Los ojos de todos se vuelven hacia Reyes. Pero es Zárate quien avanza hacia ella.

—¿Sabes dónde está tu tío?

—¿Esa es tu forma de saludarme en mi primer día de trabajo?

Zárate la mira fijamente y trata de contener un brote de ira. ¿Quién es esa mocosa que le habla en ese tono cuando hay una compañera desaparecida? Reyes aguanta la mirada. Entiende que Zárate pueda estar nervioso, pero eso no le autoriza a ser maleducado con ella. Además, se tiene que defender, tiene que poner barreras o nunca dejará de ser la sobrina de Rentero.

—¿Dónde está tu tío? —insiste Zárate.

—Ni puta idea, soy policía, no la sobrina de nadie.

Mariajo disimula una media sonrisa y decide mediar antes de que la sangre llegue al río.

—Yo me entero de su agenda.

Después de un par de llamadas y de hablar con otras tantas secretarias del Ministerio, de su misma edad, como si hubiera una red de sexagenarias que se ayudaran unas a otras, Mariajo llega con la respuesta.

—Rentero está en el Casino de Madrid, el de la calle Alcalá. Hay un acto para conseguir fondos para escuelas en Myanmar.

—Voy al Casino a por ese permiso —dice Zárate—.
Y tú te vienes conmigo.

Señala a Reyes.

—¿Yo?

—Sí. Quiero que me ayudes a ablandar a tu tío.

Capítulo 3

Chesca tiene un sueño extraño, un sueño en el que huele a estiércol. No consigue despertarse, pero sí recordar, en el duermevela, la noche anterior: el desfile de los chinos, las cervezas con Julio, el paseo en moto hasta las Comendadoras y, desgraciadamente, a los otros tres hombres a los que descubrió mirando mientras ella y su acompañante practicaban el sexo. Cree que la violaron, pero no consigue recordarlo. Por un instante, lo único real es el olor, ese olor a cerdo.

Por fin logra abrir los ojos, le arden, le duele la cabeza, la conjuntivitis ha ido a más, pero eso no es lo peor: está desnuda y esposada a la cama por las muñecas y los tobillos. Tira de los brazos y de las piernas, obscenamente abiertas, pero hasta el más mínimo esfuerzo le causa un dolor severo. La estructura de la cama es fuerte y apenas se mueve con el zarandeo que intenta provocar.

Cierra los ojos y, aunque parezca imposible, se vuelve a dormir. Cuando se despierta no sabe cuánto tiempo ha transcurrido, si unos segundos o unas horas. Sigue sin poder poner orden en todo lo que le pasó desde que ese chico guapo, pero vestido como lo haría un joven de los setenta, la abordó en la calle de Marcelo Usera. Al llegar al piso, después de que ella se metiera en el baño para ponerse el colirio, la esperaba con una copa de vino. Pensar en el vino le provoca arcadas, así que, aunque sea un método nada científico, supone que ahí estaba el sedante o lo que fuera que le dieran. El escozor de los ojos le resulta insoportable, pero sabe que en este momento la conjuntivitis es el menor de sus problemas.

Mira alrededor, incorporándose todo lo que le permiten las ataduras y sus músculos doloridos. Está en una especie de sótano, hay ventanas altas, pero están tapadas con cartones. Lo poco que se ve es gracias a la luz que entra por las rendijas que han quedado al cubrirlas. En la penumbra distingue algunos bultos, tal vez cajas y muebles viejos. A algunos metros de los pies de la cama hay una escalera que sube y una puerta arriba. Esa es la puerta que deberá alcanzar si quiere salir con vida.

Intenta concentrarse en la zona de la vagina. ¿Siente dolor, irritación? Tal vez así pueda saber definitivamente si la violaron o no, pero no nota nada especial. Quizá lo que le dieron le hizo abandonarse tanto que no tuvieron que forzarla en absoluto, quizá se conformaban con mirar cómo tenía sexo con Julio. No hay nada en su mente desde el momento de terror al ver a esos tres hombres rodeando la cama hasta que se ha despertado atada. Le viene como un alud una palabra: la «manada». Pero tal como huele allí —el olor no era parte del sueño— debería decir la piara.

A medida que se calma, aunque el dolor de cabeza no remita y los ojos le sigan escociendo, va pensando con más claridad. ¿Cómo pudo ser tan poco precavida, cómo pudo ignorar las señales de alerta? Julio se acercó a ella y le contó una escena de película haciéndola pasar por una ocurrencia suya, como si llevara un guion preparado; en el baño del piso al que la llevó no había objetos personales, ahora se da cuenta de que en el salón tampoco. Julio no la llevó a su casa sino a un apartamento alquilado, probablemente un apartamento turístico donde ya estaban esperando los otros tres. Inventa una teoría: son cuatro hombres que mandan al guapo a ligar con una mujer cualquiera, después la violan entre todos y desaparecen. Le ha tocado a ella como podía haberle tocado a otra. Y si ha caído en la trampa ha sido por la rabia: estaba tan obsesionada por olvidarse de que Zárate le había prometido acompañarla y le había dado plantón que olvidó las cautelas más elementales. La rabia, el odio, no dejan pensar, siempre lo ha sabido; todo lo que ha salido bien en su vida ha sido cuando ha hecho las cosas de manera consciente, hasta las más extremas.

La del guapo ligón y los feos violadores es una teoría que estaría bien, que tendría lógica. Cuando las cosas tienen lógica y se entienden son tranquilizadoras. Pero no es el caso. Si solo hubieran querido violar a Chesca, no la habrían trasladado a este lugar que huele a estiércol, no la habrían atado así, desnuda a la cama. ¿Qué es lo que pretenden hacerle?

No puede juntar a la rabia y el odio el miedo; si lo hace, no tendrá opciones de salir de allí.

Capítulo 4

Reyes ha estado muchas veces en el Casino de Madrid, siempre en fiestas y celebraciones. De hecho su padre, el hermano de Rentero, es socio. Al que se le nota que no está acostumbrado a esos ambientes es a Zárate, que mira un poco impresionado la magnífica escalera de honor.

En cuanto el portero se le acerca le enseña su placa.

—Soy el subinspector Ángel Zárate, de la Brigada de Análisis de Casos de la Policía Nacional.

—Llamaré al director.

—No hace falta que le moleste, solo quiero hablar con el comisario Rentero, está en un acto para recaudar fondos.

—Lo siento, subinspector Zárate, no estoy autorizado a dejarle pasar. Si habla con el director no habrá ningún problema.

Reyes da un paso al frente.

—Basilio, tengo que hablar con mi tío. Es solo un momento.

—Sabes que no está bien entrar así, Reyes —protesta el portero.

—No te enfades, nos marchamos enseguida y no vamos a robar los ceniceros.

La disculpa viene acompañada de una encantadora sonrisa que desmiente la brusquedad de su traje masculino y su corte de pelo agresivo.

—Están en el Salón Real. No hagas que me arrepienta de dejarte entrar.

—No te preocupes.

El portero se aparta y ahora es Zárate el que sigue a Reyes, que le va indicando el camino hacia el lugar de la recepción.

—¿Por qué no has dicho que le conocías?

—No lo has preguntado.

Nada más entrar en el Salón Real —el mejor del Casino, de estilo neorrococó, con imponentes vidrieras, lámparas, un friso de mármol de Benlliure y valiosas pinturas, entre ellas una de Julio Romero de Torres—, Zárate localiza a Rentero hablando con una mujer mayor. Están en un cóctel de palabras murmuradas, con alguna risa que levanta el vuelo de cuando en cuando sin desbaratar el tono civilizado y un tanto irreal de las conversaciones. Reyes no entiende por qué no se acercan sin más dilación al comisario. Zárate se ha quedado en el umbral, paralizado, como si un acceso de miedo o de pudor le impidiera adentrarse en la sala. O como si hubiera visto un fantasma. Y en cierto modo es así: enmarcada entre una escultura griega de Palas Atenea y un hombre orondo de chaleco y leontina está Elena Blanco. Luce un elegante vestido largo en color crema y la sonrisa tensa y artificial que muestra a su interlocutor se relaja de pronto al ver a Zárate y se convierte en un gesto espontáneo de sorpresa, un gesto risueño, curioso y feliz, el de los reencuentros con los viejos amigos. Se aproxima a Zárate abriendo los brazos, una efusión que en ese ambiente de expresiones controladas y escuetas resulta casi obscena.

—¡Qué sorpresa!

—Eso digo yo. ¿No estabas viviendo en Italia?

—Pasando una temporada nada más —corrige—, ya tenía ganas de volver a Madrid y mi madre me ha liado para organizar un evento benéfico, conseguir dinero para unas escuelas en Myanmar.

Al decirlo ha señalado a la mujer que acompaña a Rentero, una dama de elegancia exquisita. Pese a su edad, es una mujer bella, con esa belleza altiva que solo tienen los ricos. Al comisario se le tuerce el gesto cuando ve al agente de la BAC y a su sobrina, que ha ganado posiciones con disimulo y se ha situado junto a Zárate. El olfato de Rentero le dice que hay problemas, lo último que le apetece cuando le acaban de servir un exquisito amontillado, un Versos 1891 de Barbadillo. Se acerca a ellos.

—No esperaba encontrarte aquí, Reyes —dice Rentero sin disimular el fastidio—. Tampoco a ti.

Zárate trata de sofocar un sentimiento desagradable. Ha venido con el apremio de abordar al comisario y de repente se siente molesto con él por haber interrumpido su conversación con Elena. Es solo un segundo de desconcierto, pero un segundo muy intenso en el que se produce un reajuste inmediato de las prioridades: hay que encontrar a Chesca cuanto antes. Le cuenta lo sucedido, el plantón en el juzgado, la falta de noticias, la preocupación general de que le ha podido pasar algo. Rentero escucha con impaciencia y puede que sea su mal humor el que hable por él cuando le quita importancia al asunto. Lo achaca a la presión del cargo —«aunque Chesca es la coordinadora, no la jefa», puntualiza, como dejando bien claro que ninguno de ellos está a la altura de la dirección de la brigada— y está convencido de que aparecerá en cualquier momento.

—No es normal que no se haya presentado en el juzgado. Ese caso lo llevó en persona y ahora los acusados podrían quedar en libertad —discrepa Zárate.

—No vamos a allanar un domicilio, a rastrear su móvil o a entrar en sus cuentas de correo electrónico solo porque haya conocido a un hombre y se esté corriendo una juerga —concluye Rentero sin la menor delicadeza.

Reyes nota que con esa frase pretende dar carpetazo al asunto, pues ya está amagando la retirada. Lo agarra del brazo.

—Tío, es solo entrar en su casa y comprobar que está todo bien. No vamos a poner el piso patas arriba.

Rentero la mira con las pupilas brillando de indignación. No hay asomo de parentesco en esos instantes, no es su tío, es un superior que no va a consentir el menor contacto físico con una becaria.

—Les ruego que nos dejen seguir con el acto. Me alegro de que mi sobrina Reyes esté en la brigada, seguro que se va a convertir en una excepcional policía.

Rentero se aleja.

—Qué hijo de puta —murmura Zárate. Nota que Reyes enarca una ceja—. Con perdón.

—No te preocupes por mí, yo tengo mi propia opinión de él.

—Así que tú eres sobrina de Rentero.

—Y tú la mítica Elena Blanco.

—No tengo nada de mítica, créeme.

—No sabes lo que se cuenta de ti en la Academia.

—Prefiero no saberlo.

Zárate carraspea. Está intranquilo.

—Elena, ayúdame. Sé que a Chesca le ha pasado algo grave.

—Ya no soy policía, Ángel.

—Pero eres su amiga. O por lo menos habéis sido compañeras durante años. ¿Eso no significa nada?

Elena ve a su madre llamándola con un gesto.

—Lo único que puedo hacer es darte mi opinión. Chesca jamás habría faltado a una obligación con el juzgado. Siempre ha sido muy responsable. Y tampoco es normal que no dé señales de vida durante un día entero.

—¿Me dices eso y te quedas tan tranquila?

—¿Qué quieres que haga?

—Ayúdame a encontrarla. Te necesito.

Elena esquiva una nueva mirada de su madre, fría como el acero, una mirada que envía un mensaje muy claro: deja de hablar con esos dos desharrapados y vuelve a tus obligaciones sociales.

—Entra en su casa —dice Elena con resolución—. No importa lo que diga Rentero. Ve ahora mismo a casa de Chesca y entra.

—¿Sin autorización?

—Sin perder un segundo.

—Esta no eres tú. Siempre has sido escrupulosa con las normas.

—Pero ya no soy policía. Y es Chesca, tú mismo lo has dicho. Es una compañera.

Zárate asiente.

—Y ahora me tienes que disculpar, me reclaman.

—Ven conmigo. Vamos a buscar a Chesca. Los dos juntos.

—No puedo.

Zárate la mira fijamente, como si así pudiera penetrar en esa resistencia que ella ha construido.

—Lo siento. Seguro que aparece pronto. Me alegro mucho de verte —Elena se vuelve hacia Reyes—. Y a ti te deseo lo mejor. Para aprender, estás en el mejor sitio de toda la policía.

Reyes sonríe con gratitud. Elena se mezcla con el grupo de su madre, bajo cuya sonrisa se puede adivinar un reproche amargo que esperará su momento para ser pronunciado.

Zárate y Reyes cruzan la sala hacia la salida. Ella sonríe, por fin ha conocido a la famosa inspectora Elena Blanco y no le ha defraudado. Él camina enfurruñado, colocando como puede el impacto que le ha causado el reencuentro con la antigua jefa de la BAC.

Elena atrapa una copa de vino blanco y lamenta que en estos actos tan elegantes haya que beber a base de tragos cortos. Ella vaciaría la copa de una sola vez para intentar sofocar el incendio que le ha provocado la aparición de Zárate. Por su presencia rotunda, su olor, su voz. Por los problemas que le ha contado. Problemas que forman parte de su otra vida, la que ya había superado. Esa vida ha vuelto de repente con todos sus contornos. Ahora, solo alargando la mano puede tocar con los dedos un pasado que ella consideraba muy remoto.

Capítulo 5

El primer trámite al llegar a Usera es inspeccionar el garaje. Ya lo ha hecho por la tarde: allí estaba el C3 de Chesca, pero no su moto, una Honda CBR 500R. Nada ha cambiado. En la plaza número dieciséis solo está aparcado el coche. Desde la BAC han cursado la orden de buscar la moto, pero de momento no hay noticias. La inspección del garaje obliga a reconstruir los pasos de Chesca con una luz que Zárate se resiste a encender. Ella quería pasear por el barrio y celebrar el año nuevo chino. Y es cierto que lo hizo, o al menos un testigo la vio por allí. Pero entonces, ¿por qué cogió la moto? ¿Qué imprevisto surgió de pronto para que ella cambiara sus planes? ¿Por qué se hizo necesaria la moto cuando el plan consistía en pasear por el barrio y disfrutar del ambiente?

El piso de Chesca podría albergar las respuestas. Es imprescindible allanar ese espacio privado, Zárate lo sabe. También sabe que debe entrar solo. Nota la excitación de Reyes por la aventura, el morbo de verse inmersa en un drama en su primer día de trabajo, pero no quiere meterla en problemas.

—Voy a entrar solo. No quiero que esto te salpique, vete a la BAC.

Reyes se lo queda mirando como si acabara de pronunciar una ristra de insultos.

—No me trates como si fuera una niña. Yo entro contigo.

—Hazme caso, un expediente no le viene bien a ningún currículum.

—Me arriesgaré. Bastante bueno es ya mi currículum.

Zárate suspira en un gesto de paciencia. No tiene tiempo de entretenerse con explicaciones, cada segundo puede ser importante.

—Te estoy dando una orden. Vuelve a la BAC y espera a que te llame.

Reyes se aleja con las manos en los bolsillos del pantalón, caminando a buen paso y abriendo ángulos a izquierda y derecha con cada zancada. Zárate tiene la impresión de que en cualquier momento va a patear una papelera o una señal de tráfico. Pero no lo hace.

Desde el garaje hay un acceso a la escalera que él ha usado varias veces. La puerta del piso no está blindada. Y además no hay un cerrojo que se interponga en la maniobra de Zárate con la ganzúa. Chesca debió de salir tan enfadada de casa que ni siquiera se detuvo a cerrar con llave.

Zárate pisa el recibidor y al instante comprende que ese lugar está vacío. Se lo dice el instinto, pero también el silencio y el recogimiento extraño, como expectante, de los objetos. Los cojines aplastados, la manta que cuelga del sofá, las dos latas de cerveza que se bebieron por la tarde.

Es un apartamento pequeño, con muebles de Ikea, con pocos adornos personales a la vista y apenas libros. Hay varios trofeos de carreras de motos y un saco de boxeo en un rincón. Zárate recorre ese lugar que ha visitado tantas veces y trata de contener la aparición de los recuerdos que pese a todos los esfuerzos se van agolpando en su cabeza. La alfombra en la que retozaron la primera tarde que él estuvo allí, la cocina en la que prepararon juntos unos pimientos rellenos que terminaron quemados en el horno, el cuarto de baño con la ducha que los acogió tantas veces a los dos cuando les daba por desafiar la estrechez del espacio. El dormitorio, la cama con las sábanas arrugadas, su lado de la cama —porque él ya tenía un lado de la cama— mucho más alisado, esa mitad de la cama esperando su regreso como la mujer anhelante que aguarda la vuelta del soldado. No quiere pensar en las muchas horas que ha pasado en ese lugar, en las ilusiones que empezaron a forjarse allí, en una conversación en la cama después de hacer el amor. Ahora solo importa encontrar alguna pista, algo que le señale el camino que lleva hasta Chesca. Hay una botella de vino francés en la mesa del comedor, con un lazo morado a modo de adorno. Una botella sin abrir para celebrar algo que nunca sucedió. En el armario de la entrada, detrás de las chaquetas, está la pistola de Chesca. No salió de casa para algo relacionado con su trabajo, piensa Zárate. Se la habría llevado.

No hay nada en el piso que haga pensar en una escena violenta. Ni el ojo más entrenado encontraría allí algo sospechoso. Solo podría llamar la atención la botella de vino francés para alguien que conociera bien a Chesca, que no era aficionada al vino y apenas bebía alcohol más allá de alguna que otra cerveza. Pero esa botella de vino francés no contiene la respuesta a un posible acto criminal, contiene las lágrimas de un desengaño amoroso.

Suena el timbre y Zárate imagina a Reyes alejándose por la calle, caminando como un ánade y dándose la vuelta de repente para volver a la misión de la que había sido injustamente relegada. Le da la impresión de que no le va a molestar esa desobediencia. El piso está lleno de recuerdos y de fantasmas, casi agradece algo de compañía. Pero no es Reyes quien ha llamado a la puerta. Quien entra es Elena Blanco.

—¿Algo sospechoso?

Zárate sonríe y la deja pasar.

—Me alegro de verte.

—No te la has encontrado muerta en el váter con un infarto, eso es una buena noticia.

—Estoy muy preocupado, Elena.

Ella entra y se fija en los detalles decorativos, en las fotografías que adornan la pared del salón, recuerdos de algún viaje exótico y también de alguna quedada de moteros. En una de las fotos sale abrazada a Zárate, en un paisaje de cerezos en flor.

—Eso fue en el Jerte —dice Zárate.

Elena no dice nada. Sigue inspeccionando el salón. Se fija en las dos latas de cerveza vacías y las señala con una interrogación.

—Ayer estuvimos juntos un rato por la tarde.

Se fija ahora en la botella de vino. Zárate menea la cabeza, no sabe por qué hay una botella tan cara en la mesa del comedor. Elena continúa con la inspección del piso. Los detalles, los hallazgos y las conjeturas van formando un magma en su interior. Ya se solidificará, no tiene prisa para armar sus deducciones. En el cuarto de baño hay un vaso con dos cepillos de dientes.

—¿Uno de esos cepillos es tuyo?

—Elena…

Zárate se siente incómodo con la situación, quiere deslizar alguna explicación que no sabe si le va a quedar como una frase de disculpa o como una petición de respeto a su parcela privada.

—No me interesa cotillear en tu intimidad —le interrumpe Elena—. Solo quiero saber si podría haber entrado alguien más aquí. Es importante.

—Ese cepillo es mío —dice Zárate.

—¿El azul o el verde?

—Elena…

—Déjalo.

Ya no se conforma con la inspección visual. Elena abre armarios, levanta cojines, aparta muebles. En el cajón de una cómoda encuentra una tablet sin contraseña.

—Déjamela —Zárate le quita la tablet.

Con un clic abre la galería de fotos y empieza a borrar imágenes.

—¿Qué estás haciendo? —pregunta Elena.

Zárate no responde. Continúa con la mirada fija en la pantalla. Elena le quita la tablet.

—Dámela, no quiero que veas el contenido —protesta él—. Es privado.

—Chesca desapareció anoche y tú estuviste con ella bebiendo cerveza a las ocho de la tarde. Si quieres que te ayude, tengo que saberlo todo.

Zárate se resigna a que ella vea las fotografías. Elena no comenta las imágenes que va pasando. Zárate desnudo en una pose grotesca, Zárate en la cama con una planta cubriendo sus partes íntimas, Zárate desnudo con una botella de zumo de naranja en la mano y la puerta de la nevera abierta.

Una llamada rompe el momento de incomodidad y él se apresura a sacar el móvil de su chaqueta. Es Mariajo. La moto de Chesca ha aparecido tirada cerca de la M-30, en un descampado junto al Ruedo.

—Que vaya Orduño y se entere de cómo ha llegado hasta allí. Y que se lleve a la nueva.

Cuelga. Elena sigue mirando fotos, actúa como si no le interesara el hallazgo en la investigación.

—Ha aparecido la moto de Chesca en un descampado —dice Zárate.

—Lo he oído. Esto no me gusta nada.

—¿Te refieres a las fotos?

Elena le mira con asombro. Le tiende la tablet.

—Escúchame bien, Ángel. No me interesa si pensabais casaros y tener hijos o solo echabais un polvo de vez en cuando, lo único que quiero es averiguar dónde está Chesca. Cuéntame el último caso en el que habéis trabajado.

Zárate intenta hacerle un resumen rápido: hace catorce años apareció una mujer descuartizada en un vertedero de Valladolid. La investigación del caso no llegó a nada, pero, cuando la BAC lo retomó, revisaron las autopsias y los datos del expediente y dieron con un hilo del que tirar: la víctima estaba casada, pero tenía un *affaire* extramatrimonial; hasta consiguieron el nombre de su amante, Alejandro Cesa. Era dueño de un bar en aquella época, pero la adicción a las drogas le había hecho perder todos los negocios. Hasta hace unas semanas, estaba enredado en una red de trata de blancas dedicada a las mujeres del este. No era un mandamás en la organización, más bien un subalterno que se encargaba de vigilar a las mujeres para que no denunciaran nada. Chesca cerró así dos casos a la vez: la detención de Alejandro Cesa por el asesinato de aquella mujer y la desarticulación de la red. Dejaron en libertad a más de quince mujeres que estaban bajo su yugo.

—¿Crees que puede tener algo que ver con su desaparición? —pregunta Elena.

—No lo sé.

—De cualquier forma, pide todos los expedientes de los acusados y estúdialos uno a uno.

—No salió de casa por nada de trabajo. Se habría llevado el arma.

Le muestra la pistola de Chesca.

—¿Dónde?

Se dirigen al armario de la entrada, lleno de abrigos y chaquetas. Elena palpa las prendas, busca en los bolsillos. Saca un móvil de uno de ellos.

—Es su móvil —dice Zárate.

Elena intenta encenderlo, pero está bloqueado.

—¿Te sabes la contraseña?

—¿Por quién me tomas? No soy uno de esos celosos de mierda que espían el móvil de su pareja.

—Me lo llevo —dice guardándoselo en el bolsillo—. Me tengo que ir, si no vuelvo al Casino mi madre me va a matar.

—Espera, ¿en qué abrigo estaba ese móvil?

Elena saca una gabardina color hueso. Zárate hurga en los bolsillos. En uno interior hay algo. Un DNI. Lo estudia con interés y clava la mirada en su compañera. Ella comprende que pasa algo.

—Mira esto. Un DNI falso. La foto es de Chesca. Pero el nombre…

Elena coge el documento.

—Leonor Gutiérrez Mena. ¿Quién es esa mujer?

—Ni idea.

—¿Por qué tenía Chesca un DNI falsificado con otro nombre?

Zárate no es capaz de contestar a la pregunta de Elena.

—Llévatelo a la BAC y dáselo a Mariajo para que lo investigue.

Zárate asiente y se guarda el DNI.

—¿Hay algo que no me hayas contado, Ángel?

—No.

Elena prefiere callar que no le cree.

Capítulo 6

El Ruedo es un edificio famoso en Madrid, todo el mundo lo ha visto desde la M-30 y ha sentido respeto por ese muro de ladrillo con pequeñas ventanas que más parece una cárcel que un lugar donde vivir. Pero desde cerca, concretamente desde dentro de la espiral que forma, asusta menos. Ahí se ve colorido y ajardinado, con balcones y zonas de juegos infantiles, con jubilados sentados en bancos a la sombra y parejas de novios charlando de la mano. Cuando se construyó, a finales de los ochenta, sirvió para realojar a familias de ingresos bajos, aunque con los años ha ido perdiendo su fama de lugar prohibido y peligroso, de los que hay que evitar. Sigue sin ser el mejor lugar de Madrid para vivir, pero ya no supone marginación y tráfico de drogas, como en sus inicios.

La moto de Chesca ha aparecido en un descampado cercano, tirada en el suelo y con menos piezas de las que tenía cuando ella la sacó del garaje. Pero conserva la matrícula y eso ha hecho sonar las alarmas en cuanto un vecino del Ruedo llamó a la policía para denunciar su hallazgo.

Una pareja de la Policía Municipal custodia la moto hasta la llegada de los agentes de la BAC. Con ellos, el vecino que la encontró, un jubilado molesto con su actuación.

—Ya les he dicho a sus compañeros que la culpa la tienen los rumanos que han montado el campamento allí abajo. Pero nada, aquí la policía solo interviene si eres español; a los de fuera les ponen una alfombra roja. Todavía les darán una paga y pisos nuevos.

—No se enfade y cuénteme, que nosotros no tenemos nada que ver con lo del campamento —lo tranquiliza Orduño—. ¿Vio quién dejó aquí la moto?

—Ya le he dicho, un rumano de esos. Pero después nos echarán la culpa a los que vivimos en el Ruedo. Si es que los hay que cardan la lana y los hay que nos llevamos la fama. Aquí, en lugar de un descampado, lo que tenía que haber es un campo de fútbol.

—No te veo jugando al fútbol a tu edad, a ver si te va a dar un yuyu y estiras la pata, abuelo —le lanza, inopinadamente, Reyes.

Tanto el vecino como Orduño la miran extrañados, ¿a qué viene esa falta de respeto? Orduño no quiere hacer como que no lo ha oído.

—Perdone usted la mala educación de mi compañera. Me decía que había visto llegar a un vecino del asentamiento de chabolas…

—Mire, los vecinos del Ruedo veníamos realojados de Vallecas, del Pozo del Huevo, y el barrio nos recibió de uñas. ¿Sabe cómo se llama este barrio? La Media Legua, que todo se olvida. Nosotros nos manteníamos al margen, aunque algunos se dedicaran al trapicheo, pero aquello ya pasó. Ahora somos normales, hasta hay un equipo de fútbol, tenía que ver lo bien que juegan algunos chavales… Pero lo de los rumanos es distinto. Yo no sé por qué no los devuelven a su país en cuanto llegan a la frontera.

Orduño, como forma de pedir perdón por la bordería de Reyes, se ve obligado a escuchar la perorata del vecino antes de cortarlo.

—Le agradezco todo lo que me cuenta y se lo haré saber a mis superiores, pero ahora necesito que me ayude. ¿Sabría usted reconocer al hombre que tiró aquí la moto?

—¿Reconocerlo? No, yo no me meto en líos con esa gentuza. Que son rumanos, que no son gente como nosotros. ¿No los ha visto? Son pendencieros. Si voy con ustedes a su campamento y me pillan, no salgo vivo.

—Está bien, por lo menos díganos cómo era.

—Pues como son todos.

Hasta Orduño empieza a dudar de la sinceridad del testigo.

—¿Llegó montado en la moto?

—¿Y yo qué sé?

No parece un testigo muy fiable, tiene más ganas de echar a los rumanos que de ayudar a esclarecer algo sobre la moto.

—Vamos al campamento de los rumanos —ordena Orduño—, a ver lo que nos dicen allí.

Mientras se alejan, siguen oyendo la voz indignada del vecino.

—Mandarlos de nuevo a su país sin billete de vuelta, eso es lo que habría que hacer con ellos. Que ustedes los detienen y entran por una puerta y salen por la otra. Vaya país…

Tras dar instrucciones a la pareja de municipales para que retiren la moto del descampado, Orduño y Reyes se acercan al campamento de rumanos.

—Que sea la última vez que le faltas al respeto a nadie. Y menos a un testigo —le dice él mirándola a los ojos.

—Perdón. Es que me jode…

—A nadie le importa lo que te joda o no. La última vez, si quieres seguir en la BAC, sea tu tío Rentero o el rey de España. Ah, y cuando hablamos con un ciudadano al que no queremos presionar, lo hacemos de usted. Son ciudadanos, tu sueldo lo pagan ellos.

El asentamiento es igual que muchos otros en los que han estado: chabolas, hogueras encendidas, hombres y mujeres huidizos, niños que los rodean pendientes de la novedad. Un hombre sale a recibirlos. Habla un español muy correcto.

—Vienen por lo de la moto, ¿no?

—Sí. Un vecino nos ha dicho que vio a un rumano dejarla ahí.

—Pues ya le digo que es falso, los vecinos dirían que nos comemos a los niños crudos con tal de echarnos de aquí. ¿Usted cree que si la hubiéramos robado nosotros la habíamos dejado en un descampado a doscientos metros de nuestras casas?

—No me extrañaría.

—Somos pobres, pero no imbéciles. La trajo una furgoneta blanca, una vieja. El que conducía llevaba un mono azul.

—¿Nada más?

—Sí, las letras de la matrícula eran M-HP. Me fijé porque me pareció que decían Menudo Hijo Puta.

Orduño y Reyes no tienen más remedio que sonreír.

—Con eso será bastante. Gracias.

Reyes no ha podido pensar en nada más que en su metedura de pata con el jubilado. No se va a quedar tranquila si no pide disculpas, así que lo hace nada más subir al coche, uno de los Volvo de la brigada.

—Perdona lo de antes, lo del viejo.

—Nunca sabes qué testigo te puede dar lo que necesitas.

—Tienes razón, lo siento.

—Otra cosa —se atreve a decirle Orduño—. ¿Vas siempre vestida así, con traje y corbata? Yo no tengo nada en contra, pero quizá no sea lo mejor para que los testigos tengan ganas de hablar contigo.

—No, no voy siempre así.

Reyes no da más explicaciones y Orduño no las pide.

—¿Qué crees que ha pasado con Chesca?

—¿Cómo voy a saberlo? No la conozco —se defiende Reyes.

—Eso da igual, muchas veces hay que seguir el instinto. ¿Qué te dice tu instinto?

Reyes piensa un par de segundos. Es verdad que hay algo que le ronda la cabeza, lo que no sabe es si le conviene decirlo. Cree que no conoce a Chesca y que nunca la conocerá.

—Nada, el instinto no me dice nada. Quizá sea que los novatos no lo tenemos muy desarrollado —contesta por fin.

Capítulo 7

Cuando Elena regresa al Casino, la recepción ya ha terminado. Tiene en su teléfono varias llamadas perdidas de su madre y tres mensajes que no quiere escuchar, prefiere acercarse a su casa y dar la cara. Es lo que siempre ha hecho cuando la jefa —como la llamaba su padre— tenía razón: no esconderse. Entiende que esté enfadada por haber dado la espantada en un acto de una organización benéfica que la misma Elena preside, tras suceder a su propia madre.

A Isabel Mayorga, la viuda de Blanco, la madre de Elena, le horrorizan esos grandes chalés de las afueras a los que se han ido a vivir muchos millonarios. Para ella, hay que diferenciar: si vives en Madrid, vives en un piso —puede estar en el barrio de Salamanca, en el de Chamberí o junto al Retiro, nada más—; si quieres jardines, piscina y aire libre, te trasladas a tu finca, que para eso la tienes. Ella pasa temporadas en el piso de Chamberí, en el cigarral de Toledo y en su lugar favorito, la casa en Italia, en la orilla del lago Como. De hecho, cada día le unen más cosas a Italia y menos a España. Una de esas cosas no es su hija Elena.

El piso de la calle Zurbano es espectacular, algo más de quinientos metros cuadrados que ocupan toda una planta de un edificio señorial que se ha salvado de la lacra de las oficinas. En él creció Elena, de él son algunos de los más gratos recuerdos de su infancia, aunque parezca más un museo que una vivienda familiar.

Desde que no vive allí, Elena no tiene acceso a cualquier estancia de la casa, es una visita y como tal se debe comportar. Solo el respeto por la tradición que siente la familia le permite suponer que su cuarto sigue exactamente igual a como ella lo dejó y que del despacho de su padre, el mismo en el que murió de un infarto, no se ha movido ni una pluma estilográfica de su gran colección.

Su madre —«llámame Isabel, hija, me horroriza lo de mamá»— la recibe en el salón verde. No es ni el salón de las visitas, el principal, ni el de hacer vida familiar, la salita. Un término medio que indica su consideración en el hogar de los Blanco Mayorga: ni una desconocida, ni una habitante de la casa. Puede parecer una tontería, pero Elena está segura de que a su madre le ha llevado varias horas tomar esa decisión, después de sopesar los pros y los contras.

—No voy a andar con medias tintas, Elena. Lo que has hecho es una vergüenza.

—Lo sé, madre, y te pido disculpas. Me preocupó mucho la desaparición de esa policía. Ten en cuenta que trabajó conmigo, que es mi amiga.

—Yo no me voy a meter en tu vida. Bastante sé que no merece la pena y que vas a hacer lo que quieras. Solo te pido que cumplas con tus obligaciones. Estuve dando conversación al caballero ese alemán, a Weimar, hasta que no me quedó más remedio que reconocer que no ibas a volver. Qué bochorno…

Jens Weimar es un rico heredero alemán, forrado de títulos nobiliarios y de dinero; también de exmujeres. Su familia hizo fortuna con la siderurgia en el siglo xix. Quedan de aquellos tiempos tantos millones de euros, de dólares y de francos en los bancos suizos que no serán capaces de gastarlos en varias generaciones. Pero es que, además, Jens se dedicó en su juventud a las inversiones tecnológicas y está detrás de muchas de las empresas punteras del sector. Isabel Mayorga ha logrado convencerlo de que haga una importante donación para las escuelas de Myanmar. Pero no quiere que se le escape la presa.

—Jens va a seguir dos días más en Madrid. Está en el Villamagna. Le he dicho que le llamarías y que comerías o cenarías con él, no me dejes mal.

—Descuida, mamá.

—Te he dicho mil veces que me llames Isabel.

En realidad, ese compromiso no es un sacrificio. Jens es un hombre atractivo y Elena cree que divertido. Quizá, si Chesca aparece pronto, haga caso a su madre y le llame. Desde hace varios meses, desde los lejanos días de los todoterrenos en el aparcamiento de Didí en la plaza Mayor, no ha estado con ningún hombre. Tal vez no sepa comportarse en una cita, si es que al final tiene una con Jens.

Decide caminar desde el piso de su madre hasta su casa en la plaza Mayor. De manera casi inevitable, piensa en Chesca. Recuerda uno de los primeros casos en los que trabajaron juntas, el de un estafador que había cambiado de identidad. Cuando lo pillaron, para celebrarlo, fueron a un karaoke y bebieron hasta que todos cayeron rendidos. Todos menos Elena y Chesca, que se animaron a cantar. Chesca odiaba las canciones italianas. Ella era más de cantantes brasileños, no entendía la pasión de su jefa por Mina. Aquella noche se rieron, se hicieron amigas, cantaron «Sozinho», de Caetano Veloso: *«Às vezes no silêncio da noite, eu fico imaginando nós dois, eu fico ali sonhando acordado, juntando o antes, o agora e o depois»*… Le sorprendió que Chesca eligiese una canción tan tierna.

En el bolsillo lleva el móvil que ha encontrado en una gabardina. Le gustaría poder devolvérselo en mano, sin examinar su contenido. Todos tenemos secretos y hay que respetarlos; cuando una persona se queda sin secretos lo ha perdido todo.

En su casa, Elena piensa que la mayor parte de sus secretos y de sus recuerdos pertenecen a otra vida, incluso a otra persona. Son de hace mucho tiempo, cuando su hijo no había desaparecido, cuando Zárate no había entrado en

su vida. El punzón de los celos se le clava momentánea-
mente al pensar en Zárate y Chesca juntos. Imaginaba que
podía haber algo entre ellos. Pero... ¿qué derecho tiene
ella a sentirse implicada en esa relación, a sentir el menor
desasosiego siquiera? Necesitaba darle la espalda a los que
eran sus amigos y a la BAC para seguir viva. Hizo bien en
recabar la ayuda de su madre, en meterse en la Fundación:
está haciendo una buena obra y de eso se trata, ¿no? De ser
buena persona.

   ¿Por qué mira el reloj como si contara las horas para ir
a las oficinas de la BAC? Esa ya no es su vida. Ella ya no es
policía.

Capítulo 8

Los ojos le escuecen, tiene la boca seca y le duele todo el cuerpo. Necesita agua urgentemente, siente que el roce de la lengua con el paladar o los dientes le puede llegar a causar llagas. Ha vuelto a tirar de los brazos y las piernas, pero ya se ha dado cuenta de que es imposible soltarse y lo único que consigue es hacerse daño en las muñecas y los tobillos. Piensa, además, que debe reservar fuerzas para cuando pueda usarlas para liberarse. En algún momento aparecerá alguien, no cree que vayan a dejarla morir, sin más. ¿Será Julio o será uno de los otros tres hombres?

Si se abstrae del dolor, puede pensar en la situación y hay algo que no entiende. ¿Qué habría pasado si ella hubiera llevado a Julio a su propio apartamento? Tal vez nada: un polvo y cada uno a su casa. Eso quiere decir que no estaba preparado. O sí, que Julio pensaba llevarla a ese piso de la calle Amaniel, muy cerca de la plaza de las Comendadoras, fuera como fuera, solo que ella lo puso más fácil.

La puerta que hay frente a ella, arriba de las escaleras, se abre. La luz la ciega. Baja una silueta que, al principio, no reconoce, pero luego, sí. Es Julio.

—Hola —saluda.

Ella tiene ganas de insultarle, pero se contiene: sabe que es mejor llevarse bien con él.

—¿Me vas a soltar?

Ha querido sonar neutra, como si no tuviera miedo, aunque el resultado ha sido patético, la voz se le ha quebrado y, en lugar de fría, parecía la de una cría suplicante.

Pero Julio no responde, solo se sienta a su lado.

—¿Tienes sed? —le pregunta.

—Sí.

Va hasta un mueble que está en alguna zona que Chesca no alcanza a ver. Regresa y se sienta otra vez a su lado con un vaso de agua en la mano. Le deja caer el líquido en la boca, poco a poco, con cuidado, como si lo hiciera con un enfermo convaleciente.

—¿Por qué me haces esto? —trata de nuevo de parecer serena en cuanto ha logrado humedecer la boca.

—Porque te deseo y ayer no pudimos terminar lo que habíamos empezado. Y ahora, por favor, cállate, no tengo ganas de escucharte.

Chesca se intenta resistir, pero él le tapa la boca con cinta adhesiva.

Julio comienza a desnudarse; tiene, como Chesca ya apreció ayer, un cuerpo atractivo, musculoso. Su pene está en erección, se unta un gel.

—No digas que no soy delicado contigo. Desde ayer llevo pensando en esto y no quiero hacerte más daño del necesario.

Julio se coloca encima y la penetra. Chesca aguanta el dolor. La lubricación no sirve para mitigarlo. Intenta parecer entregada. Él se va dejando llevar, tiembla sobre ella, excitado. Chesca cree encontrar el momento adecuado cuando él se corre y se deja caer sobre ella, entonces, con un gesto brusco de cuello, le suelta un cabezazo.

Es un golpe contundente que le abre una brecha y lo aparta un instante. Lejos de enfadarse, Julio sonríe: la sangre le resbala por la mejilla. Saca la lengua y la lame. La sangre no aplaca sus deseos, se enciende más.

—Así, así me gusta más.

Vuelve a estar empalmado y la viola por segunda vez. Los intentos de Chesca por resistirse son inútiles: atada, no puede mover los brazos ni las piernas. La violación se prolonga en el tiempo, parece que no fuera a acabar nunca. Julio, casi animal, sigue sangrando, pero le da igual.

Gime sobre ella. Al acabar, le quita la cinta. Chesca grita desesperada.

—Da igual que grites, no te va a oír nadie. Y si te oyen va a ser peor, porque los vas a excitar y van a venir. Ellos no serán tan delicados como yo.

Julio mancha un dedo en su propia sangre y empieza a escribir algo sobre el cuerpo de Chesca, algo que ella no consigue ver.

—¿Quieres saber qué dice? *Zhuniáng Jíxiáng*. Buena suerte para el año del cerdo.

Capítulo 9

Orduño levanta la vista sorprendido al ver entrar a Reyes. Ha abandonado el traje masculino de la víspera para aparecer con un vestido floreado, con poco escote. También ha cambiado el maquillaje, del agresivo y marcado del día anterior ha pasado a uno natural que dulcifica sus rasgos. Ayer ya lo pensó al verla, pero hoy todavía más: es una mujer bellísima.

—He pedido a Tráfico que me localicen todas las camionetas blancas con la matrícula M-HP —le informa—. En cuanto nos llegue el listado nos ponemos a buscarla. No puede haber demasiadas, la matrícula HP es de hace muchos años, casi todas estarán ya dadas de baja.

—¿Hay algo que pueda hacer yo? —se ofrece Reyes.

—Pensar en lo que vimos en el descampado. Cualquier detalle puede ser una tontería, pero también puede provocar la chispa en otro de los compañeros para entender algo.

En unos minutos hay convocada una reunión en la que todos deben aportar ideas y los datos que hayan podido averiguar. Es un caso personal para todos ellos, pero lo tratarán como si fuera uno más de la BAC, el primero para Reyes.

—Voy a contar lo que sé —toma la iniciativa Zárate—. Yo estuve con Chesca hasta las ocho y media de la noche. Habíamos quedado para ver el desfile de la comunidad china por su barrio, pero me surgió un imprevisto y me fui a cenar con unos amigos. Si alguien lo quiere comprobar, le puedo dar sus nombres y sus teléfonos y los lugares donde estuvimos.

Nadie ha pensado en que Zárate pueda ser el culpable de la desaparición de Chesca, así que ninguno le pide esos datos.

—¿Hablaste con ella a lo largo de la noche? —le pregunta Mariajo.

—No, si quieres te doy el móvil para que lo compruebes. Habíamos quedado en encontrarnos en los juzgados de la Plaza de Castilla por la mañana, para la declaración contra la red de trata de blancas. Cuando vi que no aparecía fue cuando me empecé a preocupar.

Entra entonces Elena en la sala y surge un alborozo de saludos y exclamaciones de sorpresa. Buendía, Mariajo y Orduño llevan más de un año sin verla. Pero no hay tiempo para ponerse al día, ella misma se hace cargo de lo inoportuna que es su aparición en la brigada. Hay que suspender toda curiosidad sobre lo que ha hecho este último año, la vida de una compañera corre peligro. Con un gesto les indica que sigan con la reunión mientras se sienta a la mesa.

—Espero que no os importe que me incorpore. Los responsables de la brigada, en ausencia de Chesca, siguen siendo Zárate y Orduño. Yo me limitaré a observar y, si os parece bien, a sugerir alguna idea si lo veo oportuno.

—Sabes que siempre eres bienvenida —la recibe Orduño—. ¿Alguien más habló ayer con Chesca?

—Yo hablé con ella por la tarde, antes de que saliera de aquí. Lo único que le preocupaba era la declaración en los juzgados, pero la llevaba muy bien preparada —dice Mariajo.

Buendía carraspea antes de tomar la palabra, como hace casi siempre.

—Yo también la vi. Entró en mi despacho para decirme que tenía los ojos irritados, una conjuntivitis. Le recomendé un colirio. Le advertí de que no estamos en época de alergias, que podía tratarse de estrés, pero se rio, me dijo que el estrés era para ejecutivos, que ella solo era una policía que ponía la vida en juego día sí, día también.

Todos sonríen y Reyes deduce que era algo propio del sentido del humor de Chesca.

Orduño intenta aplacar las risas con un gesto. No quiere distracciones.

—Pues vamos a ver lo poco que tenemos concreto. La moto de Chesca apareció en un descampado en el barrio de la Media Legua. La tiró allí un hombre con un mono azul que iba en una camioneta blanca vieja, con matrícula M-HP. He pedido a Tráfico que rastreen la matrícula.

—Perfecto. Yo he sacado varias huellas de la moto —interviene Buendía.

Elena va tomando notas de todo en una libreta. Reyes se fija en ella, es por esa mujer por la que insistió tanto a su tío en entrar en la BAC, cree que es de quien más puede aprender.

—¿Qué sabemos del DNI falso que encontramos en su casa?

Elena abanica el aire con la libreta. Acaba de contradecir su intención de limitarse a escuchar.

—Lo he estado analizando, está a nombre de Leonor Gutiérrez Mena, que es alguien que parece no existir —responde Mariajo—. No es falso, es decir, sí que es falso porque tiene la foto de Chesca y está a otro nombre, pero no es una falsificación, sino un DNI oficial.

—No sería la primera vez que nosotros mismos pedimos un DNI para una tapadera —dice Orduño—. Es probable que eso mismo haya hecho Chesca. Habrá que preguntar.

Mariajo confirma esa suposición.

—Ya he hecho la consulta, ha sido así. Y también he estado mirando cuándo se ha podido usar el documento. Hasta ahora solo he encontrado una reserva en el parador de La Granja, fue el fin de semana del 11 al 13 de enero.

—¿Sabes algo de ese fin de semana, Zárate? —se interesa Buendía.

Elena agradece la intervención del forense; ella misma iba a lanzar la pregunta, pero en sus labios iba a quedar un tanto indiscreta.

—No… Bueno, sí sé, pero yo no estuve con ella.

Todas las miradas están pendientes de Zárate y él se da cuenta de que en esa investigación va a quedar expuesta su vida personal.

—¿Por qué fue Chesca al parador de La Granja con una identidad falsa? —pregunta Orduño.

—No lo sé.

—¿No te lo contó?

—¿Me estáis interrogando? —aquello no le hace ninguna gracia.

—Es importante, Zárate, a ninguno de nosotros nos interesan tus intimidades.

Elena trata de suavizar la situación. Pero es obvio que el recuerdo de aquel incidente le resulta doloroso. Toma aire y tarda unos segundos en armar el relato.

—No sé por qué estuvo Chesca en ese parador. Es la primera noticia que tengo. A mí me dijo que iba a participar en una carrera de motos en Huesca. No recuerdo qué pasó en la BAC, pero tuve que llamarla para hacerle una consulta; no lograba dar con ella en el móvil, así que me puse en contacto con la organización de la carrera. Me dijeron que Chesca no estaba inscrita.

—Te había mentido —dice Elena.

—Eso parece. Y os aseguro que mentía muy bien. El domingo, cuando volvió por la noche, me contó detalles de esa carrera y del circuito. Yo no le desvelé que sabía que era mentira.

—Parece que no conocíamos a Chesca tan bien como creíamos —concluye Elena Blanco.

—¿Por qué crees que te mintió? —pregunta Buendía.

—No lo sé.

—Alguna razón tiene que haber.

—La conjetura evidente es que tenía un amante.

De nuevo, Mariajo ha resumido la cuestión sin medias tintas.

—Eso mismo pensé yo.

Zárate se esfuerza en sonar natural, un hombre mundano al que no le afecta más de la cuenta una canita al aire de su pareja.

—No me cuadra lo de la identidad falsa —dice Elena—. Creo que me voy a dar un paseo por el parador.

Entra el comisario Rentero. Ni siquiera saluda a su sobrina, se limita a acusar la presencia de Elena con un gesto breve y se acerca a Zárate.

—¿Algo nuevo de Chesca?

—No.

—Creo que ayer me mostré insensible con este tema. Quiero que sepas que estoy preocupado y que tienes todos los medios a tu disposición. Es una compañera.

—Gracias.

—Me alegra que estés de vuelta, Elena. Voy a preparar los papeles de tu reingreso en el cuerpo.

—No te equivoques, Rentero. No he vuelto a la BAC. Solo estoy arrimando el hombro para encontrar a Chesca.

—Muy bien. Cuando tenga los papeles te los paso para que los firmes. Te quiero liderando este equipo.

Elena ni siquiera se molesta en discutir. Conoce muy bien la terquedad del comisario. También se conoce a sí misma. Aceptará trabajar con placa y con arma reglamentaria, que se pueden hacer necesarias. Pero no firmará esos papeles.

—Y cuida de mi sobrina, está aquí para aprender.

Reyes no disimula un resoplido de disgusto. No le va a ser fácil escapar del síndrome del enchufado. Orduño responde a una llamada telefónica. Hay noticias de la matrícula de la furgoneta blanca. Está a nombre de un delincuente habitual conocido como el Penas.

Capítulo 10

El taller mecánico de la calle de la Industria no tiene nombre en la puerta y el cierre metálico está medio bajado, a pesar de que los policías llegan en horario comercial. Algún trapicheo se debe de producir ahí dentro. El lugar parece sacado de otra época: calendarios de mujeres semidesnudas en las paredes, una radio encendida en la que se escucha un programa de deportes, un par de monos de trabajo viejos y sucios colgados de clavos, piezas de motor cochambrosas por todas partes y un Renault Laguna desvencijado en el que el Penas está trabajando cuando ellos entran. Mejor no pedir los papeles del coche, están seguros de que no los tiene.

La camioneta blanca, matrícula M-HP, está a la entrada de la nave, abierta. Dentro hay varias piezas. Orduño coge de dentro un tubo de escape. El Penas sale del fondo de la nave.

—Eh, ¿qué haces?

—Es de una Honda, ¿no? Una CBR 500R.

—Deja eso ahí —dice el Penas con chulería, mientras coge una llave inglesa y la esgrime con aire amenazador.

—Suelta esa llave, Penas, que todavía te haces daño.

Al oír su apodo, el hombre duda.

—¿Cómo sabes quién soy?

—¿Cómo sabía el Ratoncito Pérez que se te había caído un diente? Hay cosas que se saben y ya está.

Antes de salir de la BAC, Buendía les ha confirmado que las huellas de Guillermo López Morillas, alias el Penas, estaban en la moto. Han mirado su historial: condenado varias veces, ha pasado cortas temporadas en la cárcel, siempre por delitos contra la propiedad, nunca agravados por el uso de la fuerza. El mote le viene de su mala suerte porque, cuando se mete en algo empiezan los problemas, hasta límites que más tienen que ver con una comedia que con la realidad: robo de un coche de caudales de una empresa de seguridad que estaba completamente vacío, entrada mediante butrón en un banco equivocándose de pared e irrumpiendo en una pizzería, intento de estafa en el que abordaron a un guardia civil... Al Penas le faltan tres dedos en la mano izquierda, los perdió en un accidente laboral cuando trabajaba, hace más de veinte años, en la cadena de montaje de una fábrica de coches.

—Penas, soy el subinspector Orduño. Vengo a hablar contigo y más te vale hacerme caso.

—A mí no me jodas, que estoy limpio y no me meto en líos.

—¿Por qué todos decís siempre esa frase? Debe de ser de una película. ¿Estás seguro de que estás limpio? ¿Tienes los papeles de este taller?

—Venga, tío. ¿Me vas a empapelar porque les arreglo a los vecinos el coche sin factura? Que esto es un barrio obrero, aquí nos tenemos que echar una mano todos —se defiende el Penas.

—Déjame las fotos, Reyes.

La moto de Chesca, tirada en el descampado de al lado del Ruedo, aparece en todas ellas, desde todos los ángulos.

—¿Quieres la lista de las piezas que le faltan? —le pregunta, divertida, Reyes.

—No, aquí mi amigo Penas me las puede decir una a una, ¿a que sí? Hemos buscado huellas en la moto y las tuyas salían por todas partes. Y eso que te faltan dedos, si no, no sé qué habríamos encontrado. O nos dices lo que sabes o te comes un marrón de los buenos.

—¿Por una moto?

—Porque tú tienes muy mala sombra, Penas, que hasta si robas una moto por la calle te trae más problemas que a otro robar el Banco de España.

—Está bien, os digo todo lo que sé, pero no me busquéis líos, que estoy intentando portarme bien, que he tenido un hijo y quiero darle buena vida.

—Empieza. Y no te saltes ningún detalle.

—Pillé la Honda por casualidad. Ayer fui a la calle del Limón a ver una motillo que vendía un chaval, una mierda. Una Vespino, ¿hace cuánto tiempo no veis una Vespino? No se ven porque nadie quiere ya eso, pero el chaval me juró que estaba como nueva y pensé que a lo mejor se la colocaba a un coleccionista.

—Penas, no te vayas por las ramas. La Honda... —le aprieta Orduño.

—Estaba aparcada en la calle Amaniel, ahí, donde se cruza con la calle del Cristo. No tenía ni candado ni nada.

—No me mientas, Penas. Vas por la calle y por casualidad ves una moto, y por casualidad la miras, y por casualidad no lleva candado.

—Joder, que fue así.

—Reyes, ¿has traído las esposas? Creo que nuestro amigo va a dejar a su hijo crecer sin su padre cerca. Dime la verdad, coño.

—Vale, tío, pero que conste que yo no hice nada. Vi a una pareja llegar en la moto, un tío y una tía, ella era la que conducía. Cuando pararon empezaron a comerse la boca, parecía que iban a echar un polvo allí mismo, encima de la moto.

—¿Cómo era ella?

—Alta, morena, con vaqueros y una cazadora de cuero marrón.

Reyes mira a Orduño y no le hace falta que él conteste para saber que sí, que puede ser Chesca.

—¿Y él?

—Normal, alto también, con una trenca de esas verde por fuera y naranja por dentro. Hacía muchos años que no veía una, igual que las Vespinos. Pero estaba oscuro, no le vi la cara.

—Bien, sigue.

—Cuando acabaron de pegarse el lote se metieron en un portal y me fijé que no le ponían nada a la moto. No tardé ni un minuto en desbloquearla y llevármela.

—¿En qué portal se metieron?

—En el de al lado, no me fijé en el número. Yo esperé un poco, y cuando vi que no salían subí la moto a la furgo y me las piré.

—¿Qué hora era?

—No muy tarde, las doce y media, como mucho la una. No me fijé porque no llevo reloj. Después me vine aquí, al taller, y desmonté las piezas que podía vender fácil. Por la mañana, todavía era de madrugada, me quité la moto de encima, la tiré cerca de la M-30.

Orduño saca el móvil y marca un número.

—Zárate, creo que hemos localizado un sitio donde estuvo Chesca. Un piso en la plaza de las Comendadoras. Ve con Buendía, nosotros llevamos al testigo.

Cuelga. El Penas ha escuchado la conversación y ahora menea la cabeza.

—Yo no voy a ninguna parte, tengo mucho curro, mira cómo está el taller.

—Andando, Penas —se limita a decir Orduño.

Capítulo 11

En la plaza de las Comendadoras, un lugar recoleto con el convento que le da nombre, columpios en el centro y terrazas, ahora vacías por el frío, los esperan Zárate y Buendía.

—Este es el Penas, cuéntales lo que nos has contado a nosotros —dice Orduño.

El Penas se acerca al cruce de Amaniel con la calle del Cristo.

—La moto estaba aquí. Y se metieron en ese portal.

—¿Se metieron quiénes? —pregunta Zárate—. ¿Por qué habla en plural?

Esa es la pregunta que Reyes temía. La historia del Penas demuestra que Chesca estaba con otro hombre. Y los cuernos se llevan mejor si solo se sospechan. Zárate escucha el relato sin mover un músculo.

—¿Estás seguro de que se metieron ahí? —pregunta con decisión. Un modo de dejar fuera de las pesquisas los desengaños personales.

—Fue ahí, joder. ¿Me puedo ir ya?

Lo dejan ir.

Unas chicas con el uniforme de una empresa de limpiezas entran en el portal que les ha señalado. Los policías entran tras ellas. Más llevados por la intuición que por otra cosa, les preguntan a qué piso se dirigen. Trabajan limpiando varios pisos turísticos por la zona, en ese inmueble les toca limpiar el tercero B.

—Somos policías, estamos en una investigación importante —dice Zárate—. Abran la puerta del piso, por favor.

Una de las empleadas se apresura a hacerlo.

—Esperen fuera —dice Orduño.

El suelo de madera cruje bajo las pisadas de los cuatro policías. Es un apartamento pequeño. Un salón con cocina americana, un cuarto de baño de dimensiones reducidas y un dormitorio espartano, amueblado solo con una cama grande y una mesilla con una lamparita. Un revoltijo de sábanas sobre el colchón. Manchas de barro en el suelo. Una copa con restos de vino en la mesilla.

—No toquéis nada —pide Buendía.

Zárate pasea en silencio por la estancia. Se fija en las sábanas, en un resto de carmín en el cristal de la copa.

—Venid a ver esto.

Reyes ha entrado en el cuarto de baño y ha encontrado en el lavabo un frasquito de plástico. No se atreve a tocarlo.

—Joder, es el colirio que le receté. Chesca ha estado aquí.

Buendía guarda el frasquito en una bolsa de pruebas.

Zárate estudia el lugar. Una toalla arrugada colgada de un gancho junto al lavabo. Imagina a Chesca secándose con esa toalla unas gotas de colirio que bajaban por su rostro. Es mejor no pensar, detener el carrusel de imágenes que se le agolpan. Se queda mirando la cama, imagina a Chesca enredada en el ovillo de sábanas, cree ver su rostro dibujado en la almohada aplastada, como una máscara mortuoria.

Buendía está hablando por el móvil, pidiendo refuerzos de la Policía Científica. Orduño, también por el móvil, le está dando a Mariajo los datos del piso turístico para que averigüe quién es el dueño y a quién se lo ha alquilado. Conversaciones cruzadas que a Zárate se le clavan en el cerebro como alfilerazos.

Inspeccionan ahora el salón, la cocina americana.

—¿Y esto? —Orduño señala un blíster de medicamentos que ha encontrado en la cocina, junto al fregadero.

Buendía lo coge, lleva los guantes puestos para no contaminar ninguna prueba.

—¿Azaperonil? Parecen viales… No me suena de nada. Espera.

Consulta en su móvil y no tarda en obtener la respuesta, una respuesta que no entiende.

—Es un medicamento para cerdos —dice por fin.

Reyes, como si fuera un apache, está casi tumbada en el suelo olisqueando los granos de barro.

—Creo que es estiércol.

—¿Por qué lo sabes?

—Joder, Orduño, porque huele a mierda.

—Pronto lo sabremos —dice Buendía—. Buscad en el cubo de la basura y en los rincones, tiene que haber una cánula que contenía un reactivo.

—¿Un reactivo? —Orduño no entiende nada.

—Venid.

Los conduce al dormitorio y señala la copa.

—Fijaos en el vino, tiene un tono azulado —acerca la nariz a la copa—. No hay duda, le han echado un reactivo.

—Cuando dices un reactivo, ¿te refieres a…?

Es Zárate quien quiere comprender lo que insinúa su compañero.

—Un veneno. O un narcótico.

—¿Crees que a Chesca la han envenenado?

—¿Por qué solo hay una copa de vino? —pregunta Reyes—. Si estaban en plena seducción, lo normal es que haya dos copas.

—Compartieron una —dice Orduño.

—Yo estoy con Buendía, le han echado algo en el vino para dormirla —resuelve Reyes.

Zárate asiste al debate, pero no se pronuncia.

—No nos precipitemos. ¿Cuándo llega tu equipo, Buendía?

—Están de camino, tranquilo.

Unas voces en el rellano se hacen más y más audibles. Una vecina está hablando con las chicas de la limpieza, que se han sentado en un escalón a esperar tranquilamente.

—Debería estar prohibido lo de alquilar las casas como si fueran hoteles —se queja la vecina—. Los turistas siempre arman barullo, pero lo del otro día fue peor que nunca, yo creo que se juntó ahí más de media docena de personas.

Zárate ha salido al rellano y se acerca a la vecina.

—¿Vio usted a las personas que se alojaban aquí?

—Yo no las vi. Pero las oía.

—¿Qué es lo que oía? ¿Voces? ¿Ruidos?

—Jaleo, mucho jaleo. Golpes. Y sobre todo… Ay, madre, yo no sé la que montaron en este piso.

La mujer se santigua, como si le resultara insoportable el recuerdo de lo sucedido.

—Cuénteme lo que oyó, por favor.

—Había cerdos dentro del piso.

—¿Cómo que había cerdos?

Una de las chicas de la limpieza suelta una risita y Zárate la fulmina con la mirada.

—Se oían gruñidos —continúa la vecina.

—No puede ser, señora —razona Zárate—. ¿Es posible que hubiera una televisión encendida o que usted confundiera los ruidos con otra cosa?

—Llámeme loca, llámeme sorda y todo lo que usted quiera. Pero yo le digo que hace dos noches en ese piso había cerdos.

Zárate se gira hacia sus compañeros, que están igual de perplejos que él.

—¿Qué cojones ha pasado aquí? —pregunta.

Nadie sabe responderle.

Capítulo 12

Chesca tiene ganas de orinar. Está asquerosa, nota plastas de sangre coagulada por todo el cuerpo, los ojos le queman y los labios, después de que Julio le quitara la cinta adhesiva de un tirón, le escuecen. Pero lo único que conserva confortable es la colchoneta que hay en la cama a la que está sujeta con bridas, por suerte está seca; si se deja ir y orina, ni siquiera tendrá eso.

Prueba a moverse rítmicamente, como hacía de niña, pero así solo aguantará unos minutos más. Entonces decide dejar de resistirse y se relaja, empieza a notar la humedad, también el alivio de vaciar la vejiga. No va a oler peor de lo que ya huele, ese olor a cerdo que está tan presente que ya casi no lo nota.

Oye que la puerta vuelve a abrirse. ¿Será otra vez Julio? ¿Volverá a violarla? Tiene la sensación de que hace muy poco tiempo que se marchó y, que ella sepa, la violó dos veces: no puede haberse recuperado con tanta velocidad. Pero si no es él, serán los otros… Chesca siempre ha presumido de fuerza y de valentía, pero ahora está muerta de miedo, siente verdadero pánico.

Intenta incorporarse para mirar quién viene, pero no logra subir mucho la cabeza y no ve a nadie. Entonces, de repente, siente que la tocan y oye un maullido, es un gato que ha empezado a andar sobre la cama. Se acerca a su cuerpo, nota los lamidos, la lengua áspera. Supone que la sangre de Julio, con la que le escribió sobre la tripa, ha llamado su atención y le gusta. Pero no se hace ilusiones: intuye que la novedad del gato es alguna clase de juego macabro. Alguien ha abierto la puerta para que el animal acceda al sótano, y ese alguien está también en la habitación, Chesca nota su presencia. No se mueve, no quiere mostrarse temerosa y prefiere esperar a que el visitante dé la cara.

—Gata, baja de ahí.

Es la voz de una niña. Chesca se pregunta si no estará delirando. ¿Qué hace una niña en esa casa, dondequiera que esté? ¿Por qué habla con esa naturalidad cuando ella está secuestrada?

—¿Quién eres? —pregunta débilmente.

La niña se pone al alcance de su mirada. Es rubia, de pelo largo y menuda, puede tener siete u ocho años. Lleva un vestido de nido de abeja y ha cogido a la gata en brazos.

—Soy la Nena.

—¿Qué estás haciendo en este sitio?

—Vivo aquí.

No hay asomo de incomodidad en la mirada de la niña.

—Vete, por favor.

—Te has hecho pis encima.

Chesca esboza una sonrisa nerviosa.

—A mí me castigan cuando me hago pis en la cama. Hace ya mucho que no me lo hago. Tengo un truco: lo último que hago, antes de ir a dormir, es hacer pis. Me siento en el baño y no me levanto hasta que lo he hecho, tenga ganas o no.

—Anda, vete, no estés aquí. Déjame sola.

—¿No quieres que te haga un poco de compañía?

Chesca reprime las ganas de llorar. En su universo moral, una niña no puede presenciar ciertas cosas. Ha discutido muchas veces con amigas muy relajadas a la hora de imponer límites a sus hijos, sobre todo con ciertos programas de televisión que les permiten ver. No puede soportar que una niña tan pequeña sea testigo de su cautiverio, de su degradación, de las torturas que está sufriendo.

—Es que me aburro —dice la Nena.

—No creo que sea muy divertido verme así.

—No, no es divertido.

La cara de pena que pone la niña parece real. Y entonces Chesca comprende que debe dejar a un lado sus remilgos, que no debe expulsarla de su lado. No sabe por qué la Nena vive en esa casa, pero de pronto vislumbra una oportunidad de salir con vida. Esa niña podría ayudarla a escapar.

—¿Vives aquí con tus padres? ¿Te han secuestrado?

La niña se encoge de hombros.

—¿Cómo te llamas de verdad? La Nena no es un nombre.

La niña no responde.

—¿No me lo dices? ¿Quieres saber cómo me llamo yo? —insiste Chesca para ganarse su confianza.

—Prefiero que no me lo digas.

—Me llamo Chesca.

—Noooo, no me lo digas, tonta.

La Nena cruza los brazos en señal de protesta.

—¿Quieres saber de dónde viene Chesca?

—No.

—¿Por qué no? ¿Es que no quieres ser mi amiga?

—No.

—¿Por qué?

—Porque si nos hacemos amigas, me va a dar mucha pena cuando te maten.

Capítulo 13

El dueño del apartamento turístico de la calle Amaniel ha llegado a las oficinas de la BAC acompañado por su abogada. Él es un hombre mayor, más de sesenta y cinco, bien vestido, elegante; ella es una joven de no más de veinticinco o veintiséis, rubia, muy guapa. En cuanto Zárate entra en la sala de interrogatorios, antes incluso de que se haya presentado, empiezan las quejas.

—Mi defendido no sabe por qué le han hecho venir.

—¿Su defendido? No lo entiendo —tira de ironía Zárate—. Nadie le acusa de nada. Y no le hemos hecho venir, le hemos pedido amablemente que acudiera a nuestras oficinas para hacerle unas preguntas, pero no tenía obligación, también podíamos haber ido nosotros a las suyas. No me ha dicho cómo se llama.

—Lola Rojas.

—Encantado —el policía le tiende la mano—, soy el subinspector Ángel Zárate. Ella es la agente Reyes Rentero.

El propietario del apartamento, Ernesto Agudo, no ha dejado de consultar el móvil, sin prestar atención a los policías.

—Señor Agudo…

—Un momento, es importante.

Durante unos segundos, todos los presentes en la sala están pendientes de él y de su teléfono. Hasta que levanta la vista y lo deja sobre la mesa.

—Ya, era un asunto urgente.

—Queremos interrogarle por el apartamento turístico que alquila en la calle Amaniel.

—Lola, ¿tenemos algún apartamento en la calle Amaniel? Comprenderán ustedes que no puedo acordarme de cada uno de los apartamentos que tengo. Son sesenta o setenta en todo Madrid.

Los policías miran a Lola, a la espera de que conteste.

—Tenemos dos, don Ernesto.

Ernesto los mira desafiante.

—Ya lo han oído, tenemos dos. ¿Van a empezar a pedirme licencias? Está todo en orden, pero para eso es mejor que hablen con mi abogada y que yo me pueda marchar.

—No nos interesan los papeles, sino quién alquiló uno de ellos. Le ruego que se quede unos minutos.

El móvil del propietario de los pisos empieza a sonar, lo mira. Está claro que lo va a contestar, sea lo que sea es más importante que lo que los policías puedan querer de él, pero Reyes se le adelanta.

—Se lo dejo fuera de la sala.

—Eh, espere.

Ella no le hace ningún caso. Sale y vuelve a entrar sin el móvil.

—No se preocupe, aquí nadie se lo va a robar y así podemos hablar más tranquilos. Esto de los móviles es una pesadez.

El hombre la mira sorprendido, no sabe cómo actuar. La abogada también, parece esperar a que su jefe reaccione. Se siente obligada a decir algo.

—Vamos a ponerle una denuncia.

Pero su jefe la desautoriza.

—Déjate de denuncias y de tonterías, Lola. Vamos a acabar con esto, ¿qué es lo que quieren saber de los pisos?

—Solo queremos saber quién lo tuvo alquilado el 5 de febrero, si era la primera vez que lo alquilaba, y cómo lo pagó —interroga Zárate antes de que el hombre se arrepienta.

—Lola, dale los datos a estos dos agentes de la ley y nos vamos, que no tengo todo el día.

La abogada saca de su cartera una carpeta.

—El que ustedes han estado registrando estuvo alquilado por una mujer.

—¿La vio usted?

—No, alquiló a través de una plataforma, con un nick, Serena23. El apartamento tiene una cerradura con una clave numérica que se entrega al cliente cuando ha hecho el pago. No necesitamos estar allí para abrir la puerta.

—¿No piden ninguna documentación?

—Un escáner del DNI, pero no somos estrictos. No nos lo envió, solo la tarjeta de crédito, a nombre de Yolanda Zambrano García. Alquiló el apartamento una noche, la del martes 5, pagó ciento veinte euros. Aquí tienen una fotocopia del pago.

—¿Era la primera vez que usaba sus servicios?

—Sí, nunca le habíamos alquilado nada a esa mujer. Y, teniendo en cuenta las quejas recibidas, no le volveremos a alquilar.

—¿Qué tipo de quejas?

—Una vecina dice que han entrado cerdos en el apartamento.

Ernesto Agudo considera que es suficiente la atención que les han prestado y se levanta.

—Si no necesitan nada más, haga el favor de devolverme el teléfono, señorita.

Zárate le hace un gesto de asentimiento y Reyes sale a buscar el móvil.

—Me ha gustado esa muestra de carácter —le dice el hombre—. Si algún día busca trabajo, aquí tiene mi tarjeta. Estoy harto de lameculos que solo atienden órdenes.

Sin volverse a saludar a Zárate, sale de la sala. Ni siquiera espera a su abogada, que guarda los papeles a toda prisa para salir corriendo tras él.

En cuanto se va, Reyes se ríe.

—Me ha salido un trabajo, seguro que pagan mejor que en la policía.

—También podía haberte denunciado, ten cuidado. Hay que darle a Mariajo los datos de la tarjeta de esa mujer, de Yolanda Zambrano, para que nos diga lo que se sepa sobre ella.

Antes de cinco minutos tienen resultados: Yolanda Zambrano García, de origen ecuatoriano, nacionalizada española hace cuatro años. Vive en Cuenca. Tienen su dirección y su número de teléfono, un móvil al que no contesta. Entra en la sala también Buendía.

—Acabo de recibir respuesta de la Agencia Española del Medicamento. Los viales de Azaperonil que encontramos en el apartamento de Amaniel son de una partida que se vendió en una farmacia de Cuenca.

—Todo nos lleva a Cuenca. ¿Cuánto se tarda en llegar?

—No llega a dos horas.

—Vamos.

Capítulo 14

El Real Sitio de La Granja de San Ildefonso está muy cerca de Segovia, a poco más de diez kilómetros. Apenas una hora y cuarto desde Madrid —algo más, una hora y media, si se viaja en un viejo coche de fabricación soviética, como el Lada de la inspectora Blanco—. Elena ha ido escuchando, y cantando, un disco con canciones famosas de Caetano Veloso, le recuerdan a Chesca: «*para desentristecer, leãozinho, o meu coração tão só, basta eu encontrar você no caminho*»...

Hacía muchos años que Elena no venía a La Granja, está casi segura de que la última vez fue en una excursión del colegio, aunque no se lo puede creer, tiene que haber alguna otra ocasión que ahora no recuerda. Se arrepiente cuando llega, es un lugar muy bonito, se hace el propósito de volver en cuanto pueda.

Al lado del Palacio Real, en lo que antiguamente fue la Casa de los Infantes, mandada construir por Carlos III para que albergara a la servidumbre de los infantes Gabriel y Antonio de Borbón y Sajonia y el Cuartel General de la Guardia de Corps, está el Parador Nacional del Real Sitio de La Granja de San Ildefonso.

El edificio es impresionante pese a su sobria fachada. Desde que sale del coche y se acerca, la inspectora Blanco no deja de preguntarse qué llevó a Chesca a alojarse allí un fin de semana a espaldas de todo el mundo, si fue sola o acompañada... No le parece un lugar que su compañera escogería para un fin de semana de pasión sexual, quizá sí para uno de introspección. Ha leído que hay un buen circuito de spa en el parador, quizá Chesca solo quisiera pasar un fin de semana tranquila.

Elena entra en el hotel y se deja envolver por la suntuosidad un tanto decadente de los paradores. Se acerca al mostrador de recepción, se presenta como inspectora de policía y pregunta acerca de un huésped que se alojó allí un fin de semana del mes de enero.

—No puedo darle esa información que me pide —se defiende la recepcionista.

—Lo entiendo y hace bien en cumplir con su obligación. Haga el favor de pedirle a su director que me reciba.

Elena agradece la discreción, a ella no le gustaría que se airearan datos sobre ella en un parador, pero, no sin antes dar explicaciones y mostrar varias veces su placa, consigue que el director acceda a hablar con ella. Se sientan a una mesa baja del vestíbulo, iluminada por una lámpara con una gran campana. Frente a Elena hay un tapiz que representa una cacería en una escena medieval.

—Leonor Gutiérrez Mena se alojó aquí dos noches, el 11 y el 12 de enero. Poco más le puedo decir.

El director suelta la información entre carraspeos, como para marcar lo mucho que le cuesta destapar las intimidades de sus huéspedes.

—¿Sabe usted si vino acompañada?

—Vino sola.

—¿Está usted seguro?

—Solo se registró ella y no se la vio acompañada. Cenaba y comía aquí.

Elena se obliga a repasar sus conjeturas. Estaba casi convencida de que Chesca se había pegado un fin de semana romántico con algún amante, a espaldas de Zárate. Se sorprende lamentando que no sucediera así, como si una infidelidad comprobada pudiera desmontar de un plumazo la farsa de que Chesca y Zárate se querían.

—¿Cómo pagó la cuenta?

—En efectivo. Me pareció raro, casi nadie lo hace ya. Pero no le di mayor importancia.

—¿Podría ver la cuenta de sus comidas y cenas? Quiero verificar que estaba sola.

—Se las busco. Pero estaba sola, estoy seguro.

—De acuerdo. Entonces no le molesto más. Si se acuerda de algún detalle, no deje de llamarme.

Le tiende su tarjeta y el director se la guarda en la cartera.

—Gracias por todo.

Se dirige a la salida con una sensación familiar de impotencia, la de volver de una investigación sin un solo avance. Cuando está entrando en el Lada ve al director cruzando el *parking* a grandes pasos, acercándose a ella.

—He recordado algo. No sé si es importante, pero usted ha dicho que cualquier detalle le puede interesar.

—¿De qué se trata?

—Pidió los servicios de una masajista. Lo hizo cuatro veces el fin de semana.

—Quería relajarse. No veo nada raro en ello.

—Insistía en que los masajes se los diera la misma persona.

—¿Siempre la misma masajista?

—Sí, siempre la misma.

—¿Puedo hablar con ella?

—Lo siento, esa chica había empezado a trabajar con nosotros hacía menos de un mes. Dejó de hacerlo el lunes siguiente.

—¿El lunes 14 de enero?

—Eso es.

—¿Dio alguna explicación de por qué dejaba el trabajo?

—No, pero a todos nos extrañó mucho. Parecía muy integrada en la plantilla.

Elena asiente, hirviendo de sospechas.

—¿Cómo puedo contactar con esa masajista?

—Se llamaba Rebeca Campos, no era de aquí, creo que vivía en Segovia capital. Si se espera un momento, le doy su dirección y su teléfono.

Nadie atiende al teléfono que le ha dado el director, Elena solo consigue hablar con un contestador que le pide que deje el mensaje. La dirección en la que se alojaba Rebeca está en el centro de Segovia, en la calle Juan Bravo, llegando a la plaza del Platero Oquendo, no muy lejos del Acueducto, en un precioso rincón en el que está el palacio del conde Alpuente.

—¿Rebeca? Estuvo muy poco tiempo en el piso, ni siquiera llegó a un mes. Vino al acabar las vacaciones de Navidad y se marchó a principios de febrero.

El piso donde vivía Rebeca lo comparten ahora varias estudiantes. La que atiende a Elena apenas la conocía, pero le asegura que otra de las compañeras, Alicia, se llevaba bien con ella y seguro que sabe dónde puede encontrarla.

—Ahora está en clases, pero a las dos de la tarde sale, puede hablar con ella.

A Elena le queda una hora que aprovecha paseando por la calle de la Alhóndiga, pero está nerviosa y pronto regresa al edificio donde vivía Rebeca, quiere hablar lo antes posible con Alicia. No quiere llamar a sus compañeros en la BAC, no quiere estar encima de ellos. Por mucho que esté colaborando, los tiempos de la brigada se han terminado para ella, ahora los que mandan son otros.

—Pues no sé qué quiere que le diga de Rebeca, que era una chica normal. ¿Es que le ha pasado algo? —se inquieta su amiga, cuando al fin llega.

El teléfono que tiene Alicia es el mismo que le dio a Elena el director del parador y al que ha llamado varias veces sin éxito.

—¿Sabes qué le pasó en el parador de La Granja? Es raro que lo dejara tan de repente, ¿no?

—Sé que tuvo mal rollo con una clienta, pero no me contó nada más. Me dijo que estaba harta, que había estudiado Fisioterapia para poder marcharse a vivir a Madrid y que era lo que iba a hacer.

—¿Y no sabes dónde vive en Madrid?

—Ha alquilado un estudio en el centro. Ayer colgó fotos en Facebook.

Elena no tarda en dar con el perfil de Rebeca Campos. El primer paso es solicitar su amistad. Después le mandará un mensaje para explicarle la situación y reunirse con ella esa misma tarde.

Capítulo 15

La calle de Tiradores Bajos, en Cuenca, es de esas que son un laberinto para los que vienen de fuera y no conocen bien la ciudad. En el mismo barrio se juntan Tiradores Bajos A, Tiradores Bajos B, C, D, y al lado Tiradores Altos, también con varias letras. No hay navegador que valga, no se llega a una dirección sin preguntar a algún vecino. Es una zona deprimida, de calles estrechas y muchas cuestas y escaleras, un barrio de casas bajas y mal asfaltado, lleno de grietas y socavones. Una mancha en el lienzo de una ciudad coqueta y cuidada como Cuenca.

La casa de Yolanda Zambrano García es una más del barrio, de una sola planta, con una cierta prestancia ya entregada al deterioro de los años. El buzón, situado junto a la puerta, está lleno. Un mensaje inequívoco para ladrones, vecinos y cualquiera que tenga capacidad de observación: el habitante de la casa lleva un buen tiempo sin pasar por allí.

Orduño mira a través de los cristales, pero apenas se ve nada. Lo único que llama la atención es el ladrido de unos perros.

—¿Están dentro de la casa?

—No, parece que por detrás.

Dan la vuelta a la parcela. Allí hay un terreno que recuerda más a un vertedero que un jardín. La mirada de Reyes es fotográfica y va retratando lo que ve en distintos flashes: una lavadora vieja y destartalada, una bañera, una carretilla de obra a la que le falta la rueda, un balón de fútbol desinflado. Un paisaje en ruinas que puede inducir a la nostalgia, o al menos a Reyes le parece que flota en el lugar un halo romántico que rasgan con sus ladridos tres perros callejeros, flacos y pulgosos.

—Cuidado —avisa Orduño.

Ella se ríe.

—No me digas que te dan miedo.

Pero tampoco se acerca, los perros parecen cada vez más agresivos. Se oye a un vecino desde la ventana.

—Un día voy a coger la escopeta y le voy a meter un cartucho a cada uno de esos putos perros. Todo el día jodiendo con los ladridos. Y la culpa es de la Yola, que es la que los acostumbró a que vinieran a comer.

Unos minutos después, están hablando con el vecino y su esposa en su salón, humilde, con una vieja televisión de las de tubo encendida sin sonido. Son vecinos de Yolanda. Los dos pasan de los cincuenta, ella tiene un aspecto normal, pero él no puede ocultar que es un exdrogadicto que supo escapar a tiempo de la muerte.

—¿Policías? A mí no me vengan a tocar los cojones que yo estoy limpio. Desde que salí del trullo no me he metido en ningún lío. ¿Verdad, Caro?

Carolina, su esposa, asiente sin convicción, como si no estuviese segura, como si considerara imposible que su marido no se hubiera metido en líos.

—No se preocupe que no nos concierne lo que haya hecho usted —le tranquiliza Orduño—. Solo queremos saber algo de su vecina, de Yolanda Zambrano.

—Amiga de esta es, que mía no.

Como si hubiera dejado de interesarle, el hombre se levanta y los deja con su esposa. Antes les demuestra su hospitalidad.

—¿Quieren un botellín?

—No, gracias. Estamos de servicio —contesta Reyes sin ver la sonrisa de Orduño.

—Usted es novata, ¿no? No había oído esa frase nunca fuera del cine. Pues anda que no he visto a maderos de servicio con unos pedales que no se tenían en pie.

Carolina no tiene tanta costumbre de tratar con policías como su esposo y está tensa, sentada muy tiesa.

—Yo de Yolanda no sé mucho, teníamos el trato típico de los vecinos, que te saludas y si a una se le acaba algo, le presta la otra. ¿Ha hecho algo malo?

—No, esperamos que no, pero necesitamos hablar con ella.

—Hace como un mes que no viene por la casa.

—¿Le dijo si se iba de viaje o algo?

—A mí no me dijo nada. Lo mismo se fue a su país, ella lleva muchos años en España, pero es de Ecuador.

—¿Sabe si tenía familia?

—En España no, por lo menos nadie venía a verla a su casa. En Ecuador supongo que tendría, aparte de su madre, que murió. ¿Es que se ha metido en algún lío? Lo digo porque llevaba meses sin trabajar, desde que cerró la fábrica de muebles que había en Palomera, como ahora todo se lo llevan a hacer en la China…

—¿Sabe si tenía problemas de dinero?

—Nunca hemos hablado de eso, pero supongo que estaba cobrando el paro. Llevaba muchos años trabajando y vivía sola, sin lujos, aunque las mujeres de estos países, ya se sabe… Lo mismo mantenía a toda la familia en Ecuador. Además, le darían indemnización al echarla, vamos, digo yo.

—Sabemos que hace un par de días Yolanda alquiló un apartamento en Madrid, ¿viajaba a menudo?

—No creo… Pero vamos, que cada uno en su casa sabe lo que hace. A mí nunca me habló de que hubiera estado en Madrid. Desde que vive aquí, que yo sepa, solo se fue una vez a Ecuador y fue porque murió su madre. Hace por lo menos cuatro años de eso.

—No tendrá usted llave de su casa, ¿no?

—No, pero mi marido se la abre en un periquete, lleva haciéndolo toda la vida para robar, con más razón lo hará si se lo pide la policía.

Orduño rechaza la oferta. Más tarde, cuando van hacia el coche, Reyes plantea una duda que le está rondando desde hace un rato.

—¿Por qué no hemos entrado en esa casa?

Orduño se detiene, la mira como si se hubiera vuelto loca.

—No se puede sin una orden judicial.

—Pero el vecino se ofrecía a hacerlo.

—Un exconvicto. Reyes, si quieres hacer carrera en la policía tienes que respetar las normas.

—Yolanda Zambrano alquiló el piso en el que estuvo Chesca antes de desaparecer. Puede que esa mujer la haya secuestrado. Es esencial entrar en su casa.

—Ahora mismo voy a hablar con Rentero para que pida una orden judicial. Haremos las cosas bien, ¿estamos de acuerdo?

Una llamada telefónica interrumpe la discusión: es Buendía.

—Tengo resultados de las pruebas que hemos recogido en el piso de Amaniel. Hay huellas de Chesca en el baño, tenemos claro que estuvo allí, ya no necesitamos fiarnos solo del bote de colirio.

—¿Algo más?

—Hemos recogido huellas dactilares de cuatro personas más, pero el cotejo con la base de datos es negativo. Ninguno de los que estuvieron en ese piso tiene antecedentes penales.

—¿Qué pasa con los cerdos?

—Eso es un misterio. Hemos recogido pelos, pero son humanos. También estiércol, lo que puede indicar que venían de algún sitio rural. Pero en mi opinión, no entraron cerdos en el piso.

—¿Y los gruñidos que oyó la vecina?

—No lo sé, no tengo todas las respuestas, Orduño.

—De acuerdo. Necesitamos una orden judicial para entrar en casa de Yolanda Zambrano. Es urgente.

—Yo hablo con Rentero.

Orduño cuelga y mira con suficiencia a su compañera, como dejando claro el modo correcto de hacer las cosas. Pero antes de entrar en el coche se queda observando la casa desvencijada. Se ha nublado y de pronto le parece que hay algo siniestro en el tejado con un alero roto, en las ventanas oscuras.

—¿Para qué se utiliza el Azaperonil?

El farmacéutico tiene en la mano el blíster del medicamento y juega con el plástico. Más bien lo retuerce en señal de nerviosismo. Es un joven alto, de nuez pronunciada y marcas de acné que motean su rostro. Parece recién salido de la facultad.

—Es un tranquilizante muy fuerte, se les da a los cerdos antes de trasladarlos, o en un parto. Cosas así.

La mente de Zárate trabaja deprisa. El Azaperonil tranquiliza a los cerdos antes de un traslado. Si un loco quería meter cerdos en el piso de Amaniel, necesitaba tener ese medicamento a mano. Todo encaja. Todo, menos las razones por las que alguien querría meter una piara de cerdos en un apartamento céntrico de Madrid.

—¿Quién se llevó este medicamento? ¿Lo recuerdas?

Zárate está convencido de que es mejor emplear el tuteo con algunos testigos. Es una forma de marcar la autoridad.

—Era un hombre muy gordo. Y un poco raro.

—¿Raro? Explícate.

—Iba muy sucio. Y me pareció que tenía un retraso. No habló. No dijo ni una palabra, ni siquiera contestó a mi saludo. Dejó la receta en el mostrador y cuando le di el medicamento, pagó y se fue.

—¿Lo conocías de otras veces?

—Sí, había venido antes. Siempre con esa receta. Pero ya no le voy a vender más.

—¿Por qué? ¿Por el retraso?

—No, por la receta. El veterinario que las expide tiene mala fama.

—¿Fama de qué?

—Mire, yo no quiero problemas. Esa información no se la puedo dar.

—Es al revés —se pone serio Zárate—. Si no me das la información es cuando vas a tener muchos problemas.

La nuez del boticario se mueve como una bola subiendo y bajando por una cuerda.

—Vive en un pueblo cercano.

—¿Cómo se llama el veterinario?

—Hay medicamentos para animales que se usan como drogas y él es aficionado a recetarlos.

—¿Es el caso del Azaperonil?

—No lo sé.

—El nombre.

—¿Qué?

—El nombre del veterinario, no tengo todo el día.

—Júreme que esto no va a salir de aquí. Ese hombre no es trigo limpio, no quiero problemas.

—¿Cómo se llama?

La voz del farmacéutico sale ahogada, como si una mano fuerte le estuviera apretando el cuello.

—Emilio Zuecos. No le diga que el dato ha salido de mí, se lo pido por favor.

Capítulo 16

Rebeca Campos no tiene más de veinte años. Una melena corta, morena, acaricia su cuello robusto, sombreado por una papada incipiente. Es una mujer con sobrepeso, atractiva. La mirada inquieta puede obedecer a los nervios del momento, a Elena Blanco no le cuesta imaginarla como una chica tranquila. Se han citado en el Café de Ruiz, en el barrio de Malasaña, después de un intercambio breve de mensajes.

—He venido porque me ha dicho usted que es urgente y que hay una vida en peligro —dice Rebeca—. No me apetece nada hablar de ese fin de semana.

—Te agradezco que estés aquí, te aseguro que es importante. La persona que se alojó en el parador de La Granja esos días es una compañera policía. Y ha desaparecido.

Rebeca asiente en un gesto mecánico. Ni siquiera se ha quitado la cazadora al sentarse a una mesa con Elena. Un modo de marcar su deseo de que la conversación sea lo más breve posible.

—Cuéntame lo que pasó ese fin de semana, por favor.

—Vale —deja escapar un suspiro—. Empiezo por el principio, supongo. Ella llegó el viernes y esa misma mañana pidió los servicios de una fisioterapeuta.

Habla con fatiga, como si le costara mucho desgranar el relato. Elena asiente, no quiere interrumpirla.

—A esas horas estábamos Roberto y yo. Pero ella pidió que el masaje se lo diera yo. Me puse contenta, claro, llevaba muy poco tiempo trabajando allí y eso quería decir que alguien a quien había atendido le había dado mi nombre, que me había recomendado. Esas cosas se tienen en cuenta, que la gente te pida, que haga una valoración buena... Al final tienes más trabajo.

—¿Le diste el masaje en su habitación?

—Sí, y fue normal. Estuvo callada todo el tiempo. Me dijo que tenía una contractura en la espalda y se dejó hacer. Yo la contractura no se la noté, lo que sí que tenía era la espalda cargada, las cervicales muy tensas, supuse que tenía un trabajo con mucho estrés. La gente que va a esos sitios caros suele trabajar mucho.

—¿La notaste rara en algún sentido?

—Al principio no. Pero el masaje de por la tarde fue distinto, no paraba de hablar. Me preguntó si me gustaba mi trabajo, si había sido buena estudiante, hasta si tenía novio.

—¿Es raro que un cliente te dé conversación?

—Me pareció un poco cotilla, aunque tampoco desagradable. Lo único que me mosqueaba era que, en cuanto tenía la oportunidad, se me quedaba mirando. Hasta pensé que quería rollo conmigo. Pero bueno, tampoco me hizo nada, no me tocó, no me dijo nada fuera de lugar...

—Vale. Sigue, por favor.

—El sábado por la mañana volvieron a llamarme para decirme que esa mujer quería que la atendiera, y ahí empecé a mosquearme. Dije que estaba ocupada, pero insistió y no me quedó más remedio que ir. Y ya por la tarde, cuando entré en la habitación, estaba claro que no quería masaje. En lugar de esperarme en bata estaba vestida. Tenía una botella de whisky abierta y creo que había bebido demasiado. Y... fue ahí...

A Rebeca se le quiebra la voz. Una lágrima rueda por su mejilla. Elena le agarra la mano con calidez.

—¿Qué pasó, Rebeca?

Rebeca sonríe y, al hacerlo, aun con las lágrimas, su rostro adquiere una luz mucho más favorable.

—Me dijo que era mi madre.

Capítulo 17

El dolor de Chesca por estar tanto tiempo atada en la misma posición empieza a ser insoportable. También tiene hambre, no ha comido nada desde la bolsa de patatas que le compraron al chino a la salida del bar de Paco. ¿Van a dejarla morir de hambre?

El cansancio y el dolor le impiden pensar, aunque sabe que pensar es la única forma de salir de allí. Debe concentrarse en encontrar un modo de huir. La Nena. Tiene que ganarse su confianza como sea. Por muy monstruoso que le parezca el hecho de que esa niña conozca lo que pasa en ese sótano, es su única posibilidad de escapar con vida. Lo siente así. Lo sabe. Es una verdad absoluta. Su vida está en manos de esa niña pequeña y extraña. Pero no ha vuelto a entrar en el sótano desde su primer encuentro. Trata de convocarla con la mente, en un juego infantil y absurdo, un juego que parece dar resultado cuando la puerta se abre muy despacio. ¿Es ella?

No. Son pasos de hombre. Es Julio. El hombre que la sedujo. O el hombre que ella eligió para un desahogo de una noche.

Sabe que es Julio, pero él no habla, solo se sienta en un escalón y se enciende un cigarrillo. Está así casi un minuto, ella tampoco dice nada.

—No fumas, ¿no? —rompe por fin el silencio.

—No.

—Haces bien, fumar es malo. Yo debería dejarlo.

—¿No me vas a dar de comer?

—En algún momento.

—¿Qué queréis de mí?

Julio no contesta.

—¿Por qué no me matáis de una vez?

—En la vida hay que tener paciencia.

—Hijo de puta, mátame. O fóllame. No te quedes ahí callado como un idiota. ¡Baja! Quiero verte.

Julio se mantiene en silencio. Ella nota cómo disfruta de su desesperación. Se enciende otro cigarrillo. Se lo fuma entero.

—Mira, tienes visita.

Chesca no ha oído el rechinar leve de la puerta. Tampoco oye los pasos en la escalera, debe de ser alguien muy sigiloso. ¿La Nena? No es la Nena. Es un hombre que roza los cincuenta años, de piel morena por el trabajo en el campo. Lleva unos pantalones de pana.

—¿Cómo está? —le oye decir al hombre.

—Tiene hambre —le contesta Julio.

—Nadie se ha muerto por estar un par de días sin comer. El visitante, por fin, se sienta junto a Chesca.

—¿No te acuerdas de mí?

Solo entonces Chesca le mira a la cara. Le ha reconocido, pero la conmoción que siente al verlo es tal que se ha quedado sin palabras.

Segunda parte

ERES LINDA

Eres fuerte,
dientes y músculos,
pechos y labios.
Eres fuerte.

Valentina nunca pensó que pudiera echar de menos a Ramona. Pero lo hace, no solo porque ahora sea ella la que tiene que cargar con todas las tareas de la casa, también porque, a su manera, pese a su brutalidad, era el único ser humano, aparte de ella y de su hijo, que vivía en la granja. Con Ramona se sentaba todas las tardes después de comer, cuando los hombres se iban con los cerdos y el bebé dormía. A su suegra le gustaba la tele, solo para quejarse de todo lo que salía, pero le gustaba. Sobre todo las telenovelas sudamericanas: Huracán, Leonella, Luz María...*

—Ellas también son de donde tú, pero no son tan feas.

—Le gustan mucho las historias de amor a usted, si al final va a ser una romántica —le contestaba Valentina ignorando su pulla, sabía que era su única forma de relacionarse con los demás.

—Claro, me gustan porque nada de eso existe.

Cuando por fin Valentina logró entenderse con ella y hasta sentía algo de afecto hacia su suegra, Ramona empezó a encontrarse mal. No la visitó ningún médico, ella tampoco lo pidió. Simplemente, se fue a la cama y se dejó morir sin que su marido o su hijo le prestaran ninguna atención en las tres semanas de agonía. Valentina se sentaba a su lado, trató de preguntarle por su vida, pero la vieja no hablaba. Solo le contó una vez por qué habían ido a buscarla, por qué Dámaso fue al club de alterne en la carretera y le ofreció casarla con su hijo Antón. La historia era tan terrible que Valentina no quiso creerla, prefirió pensar que eran desvaríos de una anciana a punto de morir. Valentina, en cambio, le contaba su infancia en Bolivia, lo que esperaba cuando llegó a España, lo que tuvo que hacer para ganarse la vida...

—Si lo sé, me quedo allí, de verdad se lo digo.

Cuando Ramona murió, Valentina fue corriendo a buscar a Dámaso y a Antón a los chiqueros.

—Luego, luego vamos, cuando hayamos repartido el pienso a los cerdos.

El día del entierro de Ramona, cuando volvieron a la casa, Valentina entró en su cuarto a amamantar a su hijo. Cuando levantó la vista, Antón la estaba mirando. Era la primera vez en el año y poco que llevaba en la casa que él la miraba, no separaba la mirada del pezón del que mamaba el pequeño. Valentina no era capaz de decir si su mirada era de asco o de deseo. Seguía sin tocarla. Para Valentina, su marido era un ser indescifrable.

Esa tarde, después de que lo descubriera mirándola mientras amamantaba, Antón se marchó de la habitación. Valentina no sabía dónde iba hasta que comenzó a oír los alaridos de dolor de un cerdo. Los gritos desesperados del animal, esos que a veces resonaban por la casa los días de matanza. Salió de la casa y vio a Antón delante de la era: había colgado al cerdo y lo había abierto de un tajo cuando todavía estaba vivo. La sangre se derramaba, pero no la estaba recogiendo. Parecía que simplemente disfrutaba matando al animal, que le gustaba que la sangre le salpicara y le llenara los brazos, el pecho, la cara. Avisado por los gritos del puerco, también llegó Dámaso.

—¿Qué haces?

Le soltó un bofetón a su hijo y lo tiró al suelo. Luego empezó a insultarlo: lo acusó de ser un medio hombre, de no cumplir como debía...

—¿Cómo debería cumplir? ¿Como tú lo hiciste? —le gritó Antón a Dámaso—. ¿Para traer a dos subnormales a este mundo?

—¡Valen más que tú!

Era la primera vez que Valentina los oía discutir, también la primera vez que hablaban de los hermanos de Antón, los dos que vivían en las porquerizas, encerrados en una jaula igual que las bestias. Valentina les llevaba la comida, pero nunca se había atrevido a mencionarlos delante de ellos.

En ese momento, con el cerdo todavía gritando conforme se desangraba y el cuchillo de matarife en las manos, Valentina volvió a ver la mirada extraviada de Antón, la misma con la que se quedó a ver cómo daba de mamar a su hijo, solo que ahora era a Dámaso a quien miraba. Fue rápido: Antón dio una zancada, se colocó frente a su padre y le clavó el cuchillo en el cuello. Dámaso se llevó las manos a él, en un gesto inútil, mientras la sangre salía borboteando. Cayó al suelo, al lado del cerdo, y sus sangres se mezclaron.

Antón no se descompuso en ningún instante. Se quedó mirando cómo su padre se retorcía en el suelo con sus últimos estertores. Luego, miró a Valentina.

—Ven aquí, cógelo de los pies.

Ella estaba aterrorizada. El olor a sangre, la del cerdo y la de Dámaso, se extendía por todos sitios. Hizo lo que Antón le ordenó: arrastraron a Dámaso hasta el obrador donde a veces hacían los embutidos. Tenía una máquina para cortar los huesos. Antón no dudó un segundo: colocó a su padre ante la máquina y le acercó la cabeza. Se la cortó por el mismo sitio donde le había clavado el cuchillo...

—Cuando vengan a recogerlo, les diremos que fue un accidente. Que estaba trabajando en el obrador y, cuando vinimos a verlo, estaba así. Que quizá se suicidó por la pena de haber enterrado a su esposa.

Valentina no pensó que nadie lo fuera a creer, pero lo hicieron, no se investigó la muerte de Dámaso. El hombre timorato con el que Valentina se casó había desaparecido del todo. Ahora era un monstruo. Valentina se dio cuenta de que lo que le había contado su madre era verdad, ya sabía por qué la casaron con él y debe cuidarse de cometer errores o ella sería la próxima víctima.

Antón le ordenó que fuera a las porquerizas y sacara de allí a Serafín y Casimiro. Que los acomodara en la casa. No quería que, si venían los de la funeraria o quienes tuvieran *que venir, vieran que tenían a sus dos hermanos retrasados viviendo con los cerdos. Todavía conmocionada, Valentina se fue a la porqueriza. Allí, en su jaula, estaban Casimiro y Serafín. Los dos babeaban, sucios de estiércol, cuando Valentina les abrió la jaula.*

Capítulo 18

¿Es posible que Chesca tuviera una hija y que ni la que fue su jefa en la BAC y se supone que tenía que saber todo sobre ella antes de admitirla en el cuerpo ni el hombre que fue su pareja en los últimos tiempos lo supieran? Quizá solo Orduño tuviera constancia de algo, se supone que él es su gran amigo. O nadie, puede ser que nadie conociera de verdad a Chesca. Esa evidencia flota de manera insidiosa entre Elena y Zárate. No conocen a Chesca y eso dificulta enormemente la tarea de encontrarla.

Él ha acudido a la llamada de Elena. «Ven enseguida, he descubierto algo importante.» Eso es todo. Un simple mensaje que podría haber merecido una llamada de comprobación o un arrebato inicial de curiosidad. Pero Zárate confía plenamente en Elena. Ha dejado a Orduño y Reyes en Cuenca con una misión urgente: localizar a Emilio Zuecos, el veterinario, y apretarle hasta que cuente todo lo que sabe sobre el Azaperonil, sobre los cerdos y sobre el apartamento de Amaniel. Ha vuelto a Madrid y ha corrido al encuentro de Elena.

Al atravesar la plaza Mayor ha distinguido el balcón de Elena Blanco, el lugar donde, durante tantos años, estuvo situada la cámara que fotografiaba la plaza. Ahora no hay nada, es un balcón más del edificio. Parece mentira que ese simple balcón, ese inmueble, ese lugar, contengan tantos recuerdos: la primera vez que estuvo allí, cuando entró en la brigada, cuando aquella mujer, para su sorpresa, lo llevó a su piso el primer día que lo conoció para hacer el amor con él; el karaoke en el que estuvieron, en la calle Huertas, las canciones italianas que ella cantaba, la grappa que tomaba y que al parecer no ha vuelto a probar; la noche que pasó custodiando a su hijo Lucas y la investigación para desmantelar la Red Púrpura; el paseo de los dos por esa misma plaza, una Navidad, con los puestos del mercadillo instalados, cuando ella le dijo que abandonaba la brigada. Ha habido momentos buenos y malos, pero quizá hayan sido más los malos.

—Si Rebeca tiene veinte años, Chesca fue madre a los quince —Zárate hace las cuentas.

—Zárate, dime la verdad. ¿Tú no lo sabías?

—¡No!

—¿Es posible que tu pareja estuviera buscando a su hija secreta y tú no te enteraras de nada?

—Yo no sabía nada, Elena. No me lo podía ni imaginar. ¿Rebeca tampoco sabía nada?

—Sabía que era adoptada, sus padres se lo dijeron cuando cumplió los doce años. Y no quiere saber nada de Chesca.

—¿Le has dicho que está desaparecida?

—Sí, pero ni siquiera eso la ha ablandado. Se ha puesto una coraza. Me ha pedido que si la encontramos no le digamos dónde vive. No quiere verla.

—En cierto modo, la entiendo. Sus padres son los que la recogieron y le dieron todo lo que tiene en la vida, los que siempre estuvieron a su lado y no la abandonaron.

—La pregunta es qué le pasó a Chesca cuando tenía quince años. ¿Quién es el padre de esa hija y por qué la abandonó?

—Tenemos que hablar con alguien de su familia.

—Sus padres fallecieron hace años.

—Tiene una hermana —dice Zárate—. Pero nunca se han llevado muy bien.

—¿En El Escorial? Recuerdo haberla oído decir que pasaba allí los veranos.

—No, en El Escorial tenía una abuela o una tía abuela, ella era de un pueblo de Segovia.

—Ni siquiera sabía que no era de Madrid —reconoce Elena—. Todo el mundo dice que fui una buena jefa de la

BAC, pero es falso, nunca me preocupé por los problemas de nadie que no fueran los míos. ¿Cuál es el pueblo?

—Turégano, en Segovia. ¿Lo conoces?

—No, pero lo vamos a conocer hoy mismo. Si salimos ahora, estaremos allí antes de que sea demasiado tarde, espero que la hermana de Chesca no sea de acostarse muy temprano.

Los dos bajan a la calle y atraviesan la plaza, Zárate ha venido andando, así que irán en el coche de Elena, en el bueno, el Mercedes, que está en el aparcamiento de debajo de su casa, el mismo al que ella en otros tiempos llevaba a sus amantes en sus todoterrenos. Van a bajar a por él, pero Elena piensa en algo antes.

—Ven conmigo.

Zárate la sigue sin saber dónde van hasta que, a unos doscientos metros de la plaza Mayor, entran en un locutorio cutre. Detrás del mostrador hay un magrebí.

—Hola, Allou, ¿te acuerdas de mí?

—Buenas tardes, doña Elena. Cuánto tiempo sin venir.

Elena deja sobre la mesa el móvil de Chesca, el que se llevó de su casa en el registro.

—Quiero que lo desbloquees y saques lo que haya dentro.

—¿Es legal? —pregunta el magrebí.

—No, ya sé que la tarifa es más alta. Mañana por la mañana me paso a por él.

Elena ha dejado sobre el mostrador doscientos euros, que Allou recoge a la vez que el móvil.

—Mañana por la mañana estará.

Una vez dentro del coche y camino de Turégano, Zárate se decide a preguntar.

—¿Por qué no se lo has dado a Mariajo?

—No me gusta tener que abrir el móvil de Chesca, por lo menos que su intimidad no quede expuesta ante más gente de la necesaria. Sé que ella habría hecho lo mismo por mí.

Capítulo 19

Es de noche fuera y no entra ni un resquicio de luz por las rendijas de las ventanas altas. El silencio es casi absoluto. Solo se oye, a lo lejos, un rumor que no desaparece. Cree que ha identificado lo que es, gruñidos de cerdo, pero quizá sea otra cosa, puede que solo esté sugestionada por el olor. Desnuda como está, le extraña no sentir frío. En algún lugar debe de haber una estufa.

En ese momento de calma irreal se deja mecer por el sueño. La puerta se abre. Es otra vez Julio y trae un cuenco con comida. Chesca tiene tanta hambre que huele su contenido antes de que termine de bajar la escalera. Sea lo que sea, lleva carne.

—Has tenido suerte, vas a comer.

Julio le suelta las muñecas y le da una cuchara de plástico. También le enseña una especie de pistola.

—Es para cerdos, los deja aturdidos. No sé qué haría contigo, lo mismo te mataría, será mejor que no lo pruebes.

Chesca no pensaría en atacarle ni aunque la cuchara fuera de metal. Solo piensa en comer el caldo con trozos de carne y de patatas que hay en el cuenco.

—Agua, dame agua.

Julio le da agua en un vaso de plástico. Cuando termina de comer, le pone primero unas esposas en las manos, después le suelta los pies. La ayuda a levantarse, pero a Chesca le fallan las piernas.

—Estás como para escaparte —se ríe él—. Anda, ve a cagar.

—¿Dónde?

—No querrás que te lleve al baño. En cualquier rincón, por ahí hay un desagüe.

No la pierde de vista mientras ella busca su letrina. Pese a la vergüenza que siente, Chesca obedece las órdenes de su amo. Él decide cuándo se come y cuándo se caga. Las piernas le duelen mucho en cuclillas, para no caerse apoya la espalda en la pared. En esa posición, le parece dudoso que vaya a conseguir levantarse. Mira alrededor, es una sala grande y oscura, llena de trastos y muebles viejos. Hay, como ella había notado, una estufa encendida. Cuando acaba, ve que Julio la apunta con una manguera. Un chorro de agua golpea el cuerpo de Chesca y ella pierde el equilibrio.

—Estás asquerosa. No me pareciste tan guarra en la fiesta de los chinos.

El agua sale con mucha presión y araña su piel entumecida. Pero la sensación es vivificante. No dura mucho. Julio apaga la manguera y eso significa que la hora del aseo ha terminado.

Después vuelve a esposarla a la cama, desnuda, mojada, en la misma posición en la que estaba, muñecas y tobillos abiertos en aspa. Coge el cuenco, la cuchara y el vaso de plástico y se lo lleva todo en una bandeja, como un buen enfermero. Sube la escalera sin despedirse. Chesca sabe que en algún momento volverá a soltarla. Si logra hacer acopio de fuerzas, tal vez pueda atacarle entonces y escapar.

Ha sido humillante, pero ha comido, ha evacuado el intestino, la han lavado y se siente más limpia. Se duerme y no se despierta hasta que oye ruidos junto a ella.

—Mirad, ya se ha despertado. Chesca, te presento a Casimiro y a Serafín, mis tíos.

Es otra vez Julio, acompañado por dos hombres de edad imprecisa. Su aspecto sucio y las evidentes marcas de un retraso mental en sus rasgos y su fisonomía dificultan el cálculo de su edad. Tal vez unos cincuenta años. Uno de ellos está medio calvo y es especialmente gordo, el que

Julio ha presentado como Casimiro; el otro, más bajo, también gordo, con ojos pequeños y dientes protuberantes, es Serafín. Antes de que se acerquen a ella, Chesca detecta un olor a sudor agrio y estiércol. En la oscuridad, las pupilas de los dos hermanos brillan como si fueran de cristal. Están encendidas de deseo, de ansiedad. De pronto, se ponen a gruñir como si fueran cerdos. Dan vueltas alrededor de Chesca, hozando la cama, su pelo, sus pies. Ella trata de convencerse de que esta danza macabra es parte de una pesadilla, pero no es así.

—Gruñen cuando están cachondos —explica Julio—. ¿No me digas que no te despiertan ternura?

Los gruñidos crecen en intensidad. Chesca está aterrada. Cada vez se acercan más a ella con sus olisqueos, no van a poder contenerse mucho más tiempo. El restallar de una correa que Julio usa a modo de látigo interrumpe el acoso.

—Ya está bien, solo os he traído para que Chesca os conozca y vea lo mucho que va a disfrutar con vosotros. Pero hoy todavía la quiero para mí.

Capítulo 20

Cuando llegan a Turégano ya es de noche, una noche oscura, sin luna. Van directos a la dirección que Mariajo les ha conseguido mientras estaban de camino: la calle Real.

La casa de Juana Olmo, la hermana de Chesca, es la misma en la que la familia vivió siempre. Allí nacieron las dos hermanas. Zárate y Elena la miran a la luz de una farola: una casa baja de pueblo, bien conservada, recubierta de piedra y con dos bonitos balcones. Antes de llegar al pueblo han hablado por teléfono con Juana para que los espere despierta. Los recibe en la entrada, el típico zaguán de las casas castellanas que impide que salga el calor y entre el frío.

—¿Qué le ha pasado a mi hermana? ¿Qué es eso de que ha desaparecido?

—Si nos deja entrar, se lo explicamos.

Juana Olmo tiene un ligero parecido familiar con Chesca; los ojos son los mismos, pero los años —Juana anda muy cerca de los cincuenta mientras Chesca solo mediaba los treinta— han pasado por ellos y están rodeados de arrugas. Además, no tiene el cuerpo trabajado de la policía de la BAC, es una mujer rellena, con mirada triste y con las canas blanqueando su pelo. El salón está apenas iluminado por una lamparita colocada sobre una mesilla en un rincón. Se sientan a hablar en una mesa de madera envejecida. La estancia es fresca, austera. Una tabla con la imagen de una virgen es el único cuadro que decora las paredes. Antes de recibir los detalles de lo que ha sucedido, Juana lanza sus conclusiones.

—Sabía que acabaría mal, que la policía no era para ella. Pobre Francisca.

Francisca… A Chesca en el pueblo la llamaban así. Probablemente ella quisiera olvidarlo todo cuando se marchó, hasta el nombre por el que la conocían.

—¿Cuándo fue la última vez que vio a su hermana? —quiere entrar deprisa en materia Zárate.

—Estuve muchos años sin verla, pero hace unos meses volvió al pueblo y últimamente pasaba algún fin de semana aquí, a veces hasta venía una tarde entre semana. Antes, desde que se marchó, solo había venido para el entierro de nuestra madre. Al de nuestro padre ni siquiera se presentó —da la impresión de que ella misma le sorprenda, después de tanto tiempo—. Francisca nunca se llevó bien con papá. Desde niña fue muy revoltosa, se veía que el pueblo no era para ella.

—Dice que desde hace unos meses regresaba de vez en cuando.

—Sí. Pero apenas hablábamos. Venía un día, se encerraba en su habitación y se marchaba el siguiente. Como mucho, daba un paseo por el pueblo. Lo habrá hecho tres o cuatro veces.

—¿Sabe a qué venía?

—Mi hermana era muy reservada. Decía que echaba de menos el pueblo, pero yo no me lo creo. Este sitio nunca le gustó.

Tanto Elena como Zárate se dan cuenta de que Juana habla de Chesca en pasado, como si nunca fuera a aparecer.

—¿Sabía que Chesca tiene una hija? —pregunta de sopetón Elena.

Juana se queda helada, incluso hace un gesto con los brazos de ponerse una toquilla, como si la sola mención de ese episodio le provocara escalofríos. Habla entre balbuceos.

—Eso fue hace mucho tiempo, ya casi ni me acordaba. La niña fue dada en adopción y ya no he vuelto a saber nada.

—Hace un mes, Chesca la buscó y se reencontró con ella. ¿No lo sabía?

—Yo no quería que la dieran en adopción —Juana habla en voz baja, como si quisiera proteger la información de

114

algún testigo—. Ni mi madre, ella tampoco, pero mi padre tomó la decisión y se hizo lo que él mandó.

—¿Y Chesca?

—Mi hermana estaba como ausente, catatónica. Yo creo que ni sabía lo que ocurría. No volvió a ser la misma después de aquello; en cuanto pudo, se marchó a Madrid para hacerse policía.

Menea la cabeza. Ni Elena ni Zárate saben si lo que más desaprueba es el embarazo de su hermana o el hecho de que se hiciera policía.

—¿Qué pasó, Juana? —pregunta Elena—. ¿Cómo es que Chesca se quedó embarazada?

Ahora Juana asiente, como si estuviera esperando el momento de esa pregunta. Se emociona al recordar, los ojos se le llenan de lágrimas que quedan como embalsadas. No llegan a rodar por su rostro.

—Fue en las fiestas del pueblo, el primer fin de semana de septiembre. Fiestas en honor al Dulce Nombre de María —sonríe con sarcasmo—. Chesca tenía catorce años. Mis padres eran estrictos, muy religiosos y no la dejaban salir hasta tarde. Pero Chesca se escapaba. Esa noche fue a la verbena y, cuando volvía a casa, unos hombres la asaltaron. Cuando llegó, Chesca no podía ni recordar bien qué había pasado.

—¿Qué quiere decir con que la asaltaron? —pregunta Zárate.

Juana lo mira, le hace daño recordar. Le están pidiendo que pronuncie una palabra que ella prefiere mantener velada. Elena busca un atajo, quiere un relato completo, sin eufemismos, sin expresiones delicadas. Quiere entender lo que pasó aquella noche.

—Juana, ¿está segura de lo que nos está contando? ¿A Chesca la violaron cuando tenía catorce años?

Habla con firmeza, casi con ira, indignada con la revelación, con la pesadilla que tuvo que vivir Chesca, con el silencio que mantuvo en la ignorancia a todos los que la rodeaban.

Juana asiente apretando los labios. Abre y cierra las manos en un tic nervioso, o como si echara de menos jugar con las cuentas de un rosario.

—¿Contó quiénes eran?

—Solo dijo que eran tres hombres. Tuvo que ser horrible. Lo contó al llegar a casa y luego se esforzó por olvidar todo y seguir con su vida como si aquello no hubiera pasado.

—Es imposible olvidar una experiencia tan traumática —Elena niega con la cabeza.

—Sobre todo porque tuvo consecuencias. Unas semanas después mis padres descubrieron que se había quedado embarazada. Imagínense el impacto. La niña embarazada. En mi familia no pasaba por la cabeza de nadie la posibilidad de abortar, por eso tuvo que parir a su hija y, en cuanto nació, la dieron en adopción.

—¿Chesca estaba de acuerdo con esa medida? —pregunta Zárate.

—Francisca estaba destrozada, metida en su mundo. Dejó que mis padres decidieran por ella.

Un crujido de la madera, seco, bestial, sobresalta a los dos policías. Es como si la casa estuviera reaccionando a las revelaciones de esa noche. Juana, en cambio, no se inmuta. Parece acostumbrada a los ruidos.

—Chesca quería encontrar a su hija —dice Elena—. No solo eso, quería conocerla. ¿Por qué?

—No lo sé.

—¿Nunca le habló de ese deseo?

—Jamás. Les aseguro que nunca, en todos estos años, mi hermana Francisca se ha referido a aquello, nunca hizo el menor comentario. Yo hasta pensaba que lo habría olvidado.

—Pues no, no la había olvidado, una hija es imposible de olvidar. Hasta ha encontrado la manera de localizarla.

Juana se echa las manos al rostro y sofoca así el llanto que la gana de pronto. Las lágrimas bañan los recuerdos que han emergido como un géiser.

—¿Podríamos ver la habitación de su hermana?

A Elena le sorprende ese capricho de Zárate, no sabe si inscribirlo en el lado profesional o en el de las emociones. Todavía se lo pregunta mientras suben la escalera de madera que conduce al primer piso. Pero al entrar en la habitación, que mantiene la decoración infantil de hace muchos años, comprende que Zárate necesita conectar con la adolescente que aquella noche infausta se tumbó en esa cama a llorar de rabia, de dolor y de impotencia después de haber sido violada. Tal vez, los dos perros de peluche que hay sobre la almohada fueron entonces su único consuelo. Todo está en orden, preservado, como si fuera la estancia de un museo. Los enseres, los libros, los muebles, la cama, la mesa, la silla y la alfombra forman parte de un espacio sagrado. Hasta el polvo parece suspendido en el tiempo. Es un lugar muy triste.

Es casi la una cuando salen de la casa de la hermana de Chesca. Muy tarde para meterse otra vez en la carretera, pero también para buscar un hotel en el que alojarse.

—No me apetece nada, pero es mejor que volvamos a Madrid.

Mientras Zárate conduce, Elena se hace la dormida. Durante la conversación con Juana le han venido ramalazos de su hijo Lucas, secuestrado cuando era un niño. Ocho años desaparecido. No, no se puede olvidar a un hijo. Ni siquiera cuando se ha convertido en un monstruo, como el suyo. El hijo perdido, el hijo encontrado, el hijo muerto. Quiere cortar el flujo de sus pensamientos, poner una barrera, un cortafuegos que le permita pensar solo en Chesca, recordarla, preguntarse cómo pudieron conocerla tan poco. Si consiguen encontrarla, tratará de ponerle remedio. En su mente, sin mover los labios, tararea una de sus canciones favoritas de Caetano, una que Chesca conocía seguro: *«meu coração vagabundo, quer guardar o mundo em mim»*…

Capítulo 21

Diez minutos antes de las ocho, la hora a la que Allou abre el locutorio, Elena está junto a la puerta para recoger el móvil de Chesca. Muy cerca —a apenas treinta o cuarenta metros— está el bar donde ha pasado años desayunando, el bar donde charlaba todas las mañanas con Juanito. Desde que decidió cambiar de vida no ha vuelto. Además, su camarero favorito se marchó. Pero cuando entra, lo encuentra allí, tras la barra.

—¡Inspectora! —exclama el rumano, contento de verdad.

—¿Qué haces aquí? ¿No te habías ido a un bar de Pueblo Nuevo?

—Un desastre, el local era malo, no entraba nadie. Había días que hacía solo una tortilla de patatas y me llevaba la mitad a casa. Aquí estoy bien. Barrita con tomate como siempre, ¿no?

—Como siempre, Juanito. Pero sin grappa, que los años no pasan en balde.

—Sigue usted igual de bonita, pero nos hacemos viejos, inspectora. Ya ni siquiera Messi es el mismo. A lo mejor me hago del Atleti.

—Me decepcionarías, Juanito.

Allou abre su local con diez minutos de retraso, pero ha cumplido su promesa y le entrega el móvil de Chesca desbloqueado.

—Pago doble, inspectora. El móvil tenía doble tarjeta y la segunda era casi imposible de abrir.

—¿Lo has conseguido?

—Me ha costado un buen rato.

Elena paga el extra que le pide el magrebí, cien euros más. Antes de salir le pregunta si ha visto algo raro.

—Soy un profesional, inspectora. Lo he desbloqueado, pero no he fisgado nada. Quiero que usted me encargue más trabajo.

—Así me gusta, Allou, así me gusta.

En la portería de la calle Barquillo, donde están las oficinas de la Brigada de Análisis de Casos, se encuentra con Zárate.

—¿Has dormido?

—Casi nada. No podía dejar de pensar en Chesca.

—Vamos a encontrarla —le promete Elena.

—¿A tiempo?

No puede contestar a eso, porque al salir del ascensor se tropiezan con Rentero.

—Qué alegría verte, Elena. Tus papeles ya están listos, solo tienes que firmarlos y vuelves a ser la jefa de la BAC.

—No voy a volver a la policía, Rentero.

—¿Vas a seguir consiguiendo escuelas para los rohingyas o como se llamen? Deja eso para tu madre, Elena. Eso no es lo tuyo, tu sitio está aquí.

—No voy a cambiar de opinión.

—Entonces no podrás acceder a la BAC, no me obligues.

La amenaza de Rentero termina de impacientar a Zárate.

—¿Por qué no resuelven esto cuando aparezca Chesca? Ahora mismo es lo único que importa.

—Piénsate lo de los papeles —son las últimas palabras de Rentero al entrar en el ascensor.

Las caras en la reunión no pueden denotar más sorpresa cuando Elena y Zárate informan de lo descubierto la noche anterior, la hija y la violación de Chesca a los catorce años. Ni Orduño, el más cercano a ella de todos, estaba al tanto.

—¿Puede estar relacionado con su desaparición?

—No tenemos ni idea, es una de las cosas que debemos averiguar —reconoce Elena.

Zárate se acerca a Orduño.

—¿Novedades con el veterinario?

—Sabemos que trabaja en un matadero en un polígono cerca de Cuenca. Si no hay nada más urgente, esta misma mañana hablamos con él.

—Llévate a Reyes contigo. Y aprieta bien a Zuecos.

A Reyes le brilla la mirada, le apetece entrar en acción. Hoy se ha puesto un vestido negro, de cuero, muy corto y bastante escotado, que muestra sus piernas y su pecho más allá de lo decoroso.

—Ya tenemos el análisis de tóxicos —dice Buendía—. En la copa de vino había restos de barbitúricos.

Ahora sí, el debate está zanjado: a Chesca la durmieron. Elena se gira hacia la hacker de la BAC.

—Mariajo, ¿has sabido algo más del DNI falso?

—Sí, se usó para una inscripción en la Feria Ganadera de Zafra. Fue a mediados de septiembre del año pasado.

—¿Zafra? —Orduño no esconde la sorpresa—. ¿Qué pinta Chesca en una feria ganadera? Era muy urbanita, huyó de su pueblo, se avergonzaba de su origen rural.

—Seguiré investigando. Ya sé que lo que os doy parece un rompecabezas, pero es lo que tengo. He sacado toda la información que he podido de la tarjeta de Yolanda Zambrano, la mujer ecuatoriana que pagó el apartamento de Amaniel, aunque ya sabes que no es fácil que los bancos colaboren. Es raro, hay bastantes operaciones, todas de escaso valor, hasta hace unas semanas. Después solo una, el pago del apartamento. Lo único que se me ocurre es que se la hayan robado.

—¿Y ella dónde está que no la ha anulado?

—Ni idea.

—¿Tenemos la orden judicial para entrar en esa casa? —pregunta Zárate.

121

Orduño busca a Buendía con la mirada. Prometió ocuparse de ese asunto.

—De momento no. Nos ha tocado el juez Oncina, el más conservador. Dice que no está motivada la entrada en esa casa.

—Esa mujer está desaparecida y resulta que alquila un apartamento para secuestrar a Chesca. ¿No está motivado? ¿Qué más quiere, joder? —salta Elena.

—Voy a añadir al escrito la prueba de tóxicos de la copa de vino. Puede que sirva para el empujón final.

—Hazlo. Hoy mismo, Buendía. Vamos, todos a trabajar.

Elena se levanta y llama a Zárate con un gesto. Entran en el despacho que siempre fue de la inspectora hasta que Chesca la reemplazó, aunque fuera de forma provisional, como jefa de la BAC.

—Tengo el móvil de Chesca, ahora mismo es un libro abierto. Solo he mirado sus mensajes del día que desapareció.

Zárate asiente, serio.

—¿No tienes nada que decir? —pregunta Elena.

—Dispara, ya que lo sabes todo.

—Escucha, Zárate, he tenido la delicadeza de no sacar este tema en la reunión delante de todo el mundo. Ahora quiero que me cuentes qué había entre Chesca y tú.

—Eso es privado y lo sabes.

—Era privado antes de ver que el último mensaje de Chesca te lo escribió a ti —consulta el móvil para leerlo con exactitud—. Nueve y cuarenta y tres: «¿No vas a venir? Eres un cabrón». La dejaste plantada, Zárate.

—No la dejé plantada.

Elena vuelve al móvil, busca otro mensaje.

—Nueve y dos: «Quiero que vengas a casa y brindemos por el inicio de nuestra vida juntos». Nueve y dieciocho: «¿No me respondes?». Nueve y treinta y uno: «¿Dónde estás?».

—Yo había quedado con unos amigos y ella estaba empeñada en que cancelara mi plan para pasar la noche con ella —Zárate se desespera—. No sé qué coño hago hablando de esto. Es privado, Elena, no tiene nada que ver con la investigación.

—¿Habíais hablado de vivir juntos?

—Ella quería, yo no.

—Ofrece un brindis por vuestra nueva vida. O Chesca estaba loca o no lo entiendo.

—Pues a lo mejor estaba un poco loca.

—Eso no te lo acepto. Ella te estuvo esperando y como no venías ni respondías a sus mensajes, se fue a dar una vuelta y a desahogarse un poco. Y desde entonces no sabemos nada de ella. Algo de responsabilidad tienes, ¿no te parece?

—¡¿Es culpa mía que la hayan secuestrado?! Vete a la mierda.

Zárate sale del despacho dando un portazo. Elena respira profundamente. Está irritada, pero sabe que enseguida llegará el arrepentimiento. No debería haber llegado tan lejos con sus suposiciones. Buendía llama a la puerta y se asoma un instante.

—¿Todo bien, Elena?

—Sí, todo bien, gracias.

Buendía asiente, no muy convencido, y se va. Está claro que el portazo de Zárate se ha oído en toda la brigada. Elena tiene la sensación de que ha sido injusta con su compañero. Suena su móvil. Es su madre, que es como un tiburón que huele la sangre. La llama justo cuando ella se siente más vulnerable.

—Sí, mamá, dime… Sí, perdona, no te volveré a llamar mamá, no te pongas pesada con eso, por favor.

Su madre le dice que la semana que viene hay una cena benéfica en Berlín, que la preside Jens Weimar y que debería ir.

—¿Qué día es?

—El 14. Habría que viajar el 13.

Elena se queda en silencio. Ha dormido mal esa noche, el agotamiento le golpea en las sienes. El móvil de Chesca está sobre la mesa, con los mensajes sin contestar que le mandó a Zárate.

—¿Estás ahí, hija?

—Sí, estoy aquí. Iré contigo, ¿de acuerdo? Y cenaré con ese alemán. ¿Puedes pedirle a la secretaria de la asociación que me gestione el billete y la reserva de hotel? Sí, el mismo al que tú vayas...

Cuelga y toma aire. No sabe si ha hecho bien en dejarse engatusar por su madre, no sabe si ha sido demasiado dura con Zárate. No sabe nada. Se siente perdida. Pero tiene trabajo por delante. Allou le ha hablado de una doble tarjeta SIM en el teléfono de Chesca. Es raro. Decide inspeccionar el contenido de esa tarjeta. Algo le dice que va a acceder a un mundo secreto y oscuro, que el contenido la va a sacudir con fuerza. Anticipa escenas de sexo con Zárate, imágenes pornográficas que se van a alojar en su memoria para siempre. Pero lo que encuentra desborda todas sus previsiones. Sale del despacho y va al encuentro de Zárate, que la recibe con enorme seriedad.

—Ven conmigo, tienes que ver esto.

Hay tanta determinación en Elena que Zárate ni siquiera discute la orden. La acompaña al despacho y ella, sin preámbulos, conecta el móvil de Chesca al ordenador. En la pantalla se puede ver lo que parece una habitación de hotel. La grabación está tomada desde una esquina con una cámara angular. Es como si fuera una cámara de seguridad o algo así. No hay sonido. Un hombre de unos cincuenta y tantos años entra en el cuarto, bien vestido. Parece algo borracho, pero feliz. Se sienta en la cama con una cerveza en la mano. Está sonriendo y habla con alguien que está fuera del plano. ¿Quién es ese tipo? ¿Por qué tiene ese vídeo Chesca? De repente, un disparo impacta en la cabeza del hombre, que cae muerto sobre la cama. Las sábanas se empapan de sangre. El vídeo se corta.

Capítulo 22

En el coche, camino de Cuenca, Orduño se decide, por fin, a hablar con Reyes para preguntarle lo que quizá todos quieren saber.

—¿Te puedo hacer una pregunta?

—Solo si a cambio yo te puedo hacer a ti otra —contesta Reyes, sin cortarse. Parece como si el descaro de su vestuario se contagiase a su personalidad.

—Es justo. Soy el más veterano de los dos, así que decido el orden, empieza tú —exige Orduño.

—¿Por qué vamos a todas partes en vez de llamar por teléfono?

—La gente tiene que notar que habla con la policía, eso todavía impone respeto. Además, así les miramos a los ojos mientras hablan.

—¿Crees que en los ojos de la gente se ve si dicen la verdad o no?

—Esa es la segunda pregunta y te la contestaré cuando te llegue tu turno, ahora me toca a mí. ¿Por qué te vistes así? No me parece mal, que conste, cada uno se viste como quiere, pero no entiendo tanto cambio.

—¿Has oído hablar del *gender fluid*, el género fluido?

—No. ¿Qué es?

—Segunda pregunta. Cuando volvamos a Madrid, lo buscas en internet. Y, cuando lo sepas, te resuelvo todas las dudas.

El destino es un matadero. Ninguno de los dos había estado nunca en uno, pero en poco se diferencia de otra nave de un polígono industrial dedicada a cualquier actividad. Este se llama Polígono La Montonera, y la empresa, Incacuesa.

—Buscamos a Emilio Zuecos, el veterinario.

Aparentemente, no hay ningún control de acceso, la persona con la que se han encontrado en la entrada les señala un pasillo.

—Segunda.

Los dos llaman a la puerta y nadie contesta. Reyes se decide a abrirla, sin más. Emilio está medio dormido en su silla de oficina y da un respingo al verlos entrar. Es un tipo de algo más de cincuenta años, calvo, ojeroso, con pinta de haber pasado muchas noches muy duras, la de ayer una de ellas.

—¿Quiénes son? ¿Qué quieren?

—Policía.

El anuncio y la placa sobresaltan tanto al veterinario que está a punto de caerse de la silla.

—¿Podemos pasar?

—Claro, claro, por favor, siéntense.

—Venimos por una receta de Azaperonil que firmó hace poco.

El veterinario está como aturdido, como si todavía no estuviera despierto o no entendiera la importancia de la pregunta. Tal vez esperase ser interrogado por cualquier otra cosa.

—Es un medicamento normal, para cerdos. Sirve para controlar su libido y para relajarlos. Hago muchas recetas de Azaperonil a los ganaderos que traen a sus puercos al matadero.

—¿No lleva control?

El hombre resopla, se sube los pantalones hasta la barriga y señala el ordenador con un gesto desdeñoso.

—Pues sí, pero tuve un accidente. Se borró mi archivo. Seguro que fue culpa mía, que soy un inútil con las máquinas.

—Qué casualidad —exclama Orduño—. El cliente era muy gordo, no olía bien y tenía un retraso. Es lo que nos ha dicho el farmacéutico.

126

—No recuerdo a todos los ganaderos, hay muchos por esta zona. Y no son gente guapa, casi ninguno.

—¿Por qué me está dando la sensación de que no quiere colaborar?

Orduño ha decidido pasar al ataque, pero tampoco así descompone la resistencia de Zuecos.

—A esa pregunta no le puedo contestar. Yo le cuento lo que sé, ni más ni menos.

—Ya.

Poco más le sacan al veterinario. Salen del despacho con aire de derrota, pero Reyes ha cogido un calendario de encima de su mesa sin que ni Orduño ni el veterinario se dieran cuenta.

—El Shangay River, me encantan los nombres de los puticlubs, ¿de dónde habrán sacado que en Shanghái hay un río? —se la muestra a Orduño—. Aunque en todas las ciudades lo hay, ¿no? Parece que nuestro amigo es parroquiano del sitio. ¿Y si vamos? Está en este mismo polígono, La Montonera.

—No puedes coger cosas de las mesas de la gente a la que vamos a ver.

—¿No? No lo sabía —se mofa Reyes—. No se pueden abrir puertas a patadas, no se pueden robar calendarios… Es un poco coñazo esto de ser policía.

El Shangay River está a solo un par de calles del matadero. Por detrás y en línea recta no debe de haber más de cincuenta metros entre una nave y otra. De hecho, al entrar por la carretera, si hubieran estado pendientes, lo habrían visto. Cuando llegan todavía es la hora de comer y el club está cerrado, pero hay un bar justo al lado, el Juanfer. Un bar de carretera en un sitio donde la carretera principal dejó de pasar hace años. El bar está vacío, menos por el dueño y un hombre que echa monedas a una máquina tragaperras.

—A Emilio Zuecos, sí, le conozco, trabaja ahí en el matadero. Pero si quieren saber más de él donde tienen que preguntar es en el Shangay. Va todas las tardes y hay veces que sale a la hora de entrar a trabajar.

Regresan al aparcamiento y se quedan mirando el club.

—¿Has estado en alguno de estos sitios? —pregunta Reyes.

—¿En un puticlub? Nunca en mi vida.

—Qué aburrido, yo una vez fui a uno por la carretera de Burgos.

—¿Vestida como hoy?

—No, ese día iba muy sosa. Una pena que esté cerrado, me gustaría entrar vestida así, a ver qué pasa.

—Que te confundirían con una de las chicas —se atreve Orduño a burlarse de ella.

No sigue hablando porque se acerca a ellos el hombre que jugaba dentro del Juanfer en la máquina tragaperras.

—Buscaban a Emilio Zuecos, ¿no? Un hijo de puta.

El tipo ha bebido en exceso, pero eso no implica que lo que tenga para decirles no sea interesante.

—¿Le conoce? —pregunta Orduño.

—¿Ese es su coche? Vamos, que les voy a llevar a un sitio que lo dice todo.

El borracho los va guiando por una carretera rural, a la vez que murmura cosas ininteligibles para ellos.

—Ese cabrón es un vendido. Si tienes dinero se calla lo que tendría que denunciar. Gente como ese hijo de puta es la que hace que el mundo sea la mierda que es.

Llegan a una valla y les manda bajar del coche, es la parte de atrás de una nave. Huele a estiércol. En el lateral de la nave pueden leer el nombre de la empresa: Aljibe S. A. Se oyen gruñidos de cerdos.

—No creo que haya nadie, pero vamos a entrar por la puerta de atrás.

—¿Es legal?

—Claro que no, nada es legal, esto es una puta pesadilla. Si han desayunado, van a echar la pota. Les voy a enseñar lo que comen por culpa del hijo puta del veterinario.

El hombre busca una parte donde la valla está rota, se ve que ya ha estado allí otras veces y sabe por dónde acceder. Los tres entran en la parcela de la empresa. A pocos metros hay una puerta pequeña que no tiene candado. Los gruñidos de los cerdos son ensordecedores.

Al empujar la cancela, lo que ven deja a Orduño y Reyes paralizados. Es un espectáculo espeluznante: cerdos deformes, jorobados, algunos sin patas, los hay que se muerden los unos a los otros, ojos inflamados a punto de explotar y un penetrante olor a mierda… Reyes resiste más o menos bien, pero Orduño tiene que aguantarse las arcadas.

—Asqueroso, ¿no? Pues estos cerdos pasan el examen del veterinario. Del cabrón de Zuecos. Claro que a él le basta con tener pasta para copas, para coca y para las fulanas del Shangay River. A ver si consiguen que cierren la pocilga y le quiten el título a ese hijo de la gran puta.

Capítulo 23

«Si quieres ver la segunda parte del vídeo, deja veinticinco mil euros en la consigna de la estación de Burguillos del Cerro. El día 1 lo difundo.»

Elena lee el mensaje que ha encontrado en el teléfono de Chesca. Un mensaje tosco, un procedimiento de película antigua. No hay pago en bitcoins ni cuentas encriptadas. El dinero en metálico en una bolsa de deportes, una consigna de una estación, todo huele a delincuente aficionado. Mariajo y Buendía están al tanto de la existencia del vídeo. Al verlo, no han podido disimular la impresión. La inspectora Blanco no quiere conjeturas, solo quiere datos.

—El chantajista es de párvulos, quiero saber de dónde viene este mensaje.

Mariajo coge el teléfono y se pone manos a la obra.

—Burguillos del Cerro está a veinte kilómetros de Zafra —Buendía ha hecho una pesquisa rápida en el Maps.

—Chesca se registró en la Feria Ganadera de Zafra con el nombre falso —recuerda Zárate.

—Voy a tirar de ese hilo.

Buendía abandona también el despacho. Se quedan Elena y Zárate frente a frente. El silencio se puede palpar.

—Le han tendido una trampa, Elena.

—Puede ser.

—No concibo otra posibilidad.

Ella se mantiene en silencio durante unos segundos.

—¿No crees? —insiste Zárate.

—¿Por qué no contestó?

—¿Cómo?

—El chantaje es muy impreciso. No dice cuándo debe dejar el dinero, no dice en qué consigna.

—Se sobreentiende que Chesca debía dejar el dinero en una consigna y después informar con los detalles.

—¿Tú imaginas a Chesca recibiendo ese mensaje y tragándoselo sin más?

—No.

—Una policía experta como ella habría contestado, habría tratado de obtener información del chantajista. Ese silencio no es nada natural.

—Y por lo que parece, no pagó el dinero. Tenía hasta el 1 de octubre, han pasado varios meses.

Mariajo entra en el despacho con datos.

—El mensaje se envió desde un teléfono libre con tarjeta prepago. Es obligatorio pedir el DNI a todo el que compra una tarjeta, pero no se hizo. Hay vendedores muy laxos con la ley.

—Así que el chantajista es un aficionado, pero no tanto —resume Elena—. Quiero que investigues la cuenta de Chesca. A ver si hay un movimiento raro de dinero.

Entra Buendía.

—Esto se pone interesante.

Todos le miran. Lleva el portátil en la mano y lo pone sobre la mesa. Hay una noticia abierta del periódico extremeño *Hoy*, del 16 de septiembre: «Un hombre asesinado en un hotel de Zafra», y debajo: «Según fuentes policiales, la víctima recibió un disparo en la cabeza».

—El muerto se llamaba Fernando Garrido, era vecino de Seseña, donde vivía con su madre, y se dedicaba al negocio de los cerdos, por eso había ido a la feria —lee Buendía—. La Guardia Civil de esa localidad extremeña está totalmente perdida. El tratante no se metió en ningún lío los días que pasó allí, era un negociante conocido entre los demás ganaderos, con fama de serio y cumplidor.

—Habla con la Guardia Civil de Zafra y que te pasen el expediente.

A Buendía no le cuesta mucho cumplir con el encargo de Elena.

—Había hecho un buen negocio y lo celebró con otros asistentes a la feria. Se fueron a cenar a un restaurante en el pueblo, el Acebuche —le informa por teléfono el sargento de la Guardia Civil que llevó el caso—. Interrogamos a todos los que cenaron con él y todos dijeron lo mismo: que estaba feliz y que le apetecía tomar unas copas antes de irse a dormir. En el hotel nadie lo vio llegar. Encontraron su cadáver por la mañana, cuando la limpiadora entró en la habitación.

—¿Nadie oyó el disparo?

—Nadie. Hemos hablado con todos los huéspedes. Probablemente el asesino usara silenciador, aunque son solo suposiciones: no tenemos ni arma, ni casquillo, ni nada.

A petición de Buendía, el guardia civil les manda un listado de los huéspedes del hotel aquella noche. Sus presagios se confirman: uno de los nombres es Leonor Gutiérrez Mena. El nombre del DNI falso que encontraron en casa de Chesca.

—Mariajo, quiero que destripes este teléfono, llámanos con cualquier novedad —dice Elena mientras se levanta y coge su chaqueta.

—¿Adónde vais?

—A Seseña.

Elena conduce su Mercedes y Zárate viaja a su lado, incapaz de digerir la nueva línea de la investigación.

—¿Tú entiendes algo? —pregunta.

—Entiendo poco. Está claro que Chesca estaba investigando algo. Y lo hacía en secreto. Una investigación que la llevó a una feria ganadera.

—También sabemos que estaba buscando a su hija y que la encontró. ¿Cómo encajan esas piezas?

—Y sabemos que fue víctima de un chantaje.

—Insisto, Elena. Le tendieron una trampa. Ningún hotel tiene cámaras de seguridad en las habitaciones, ¿dónde se ha visto eso? La cámara la colocó alguien con la intención de hacer un chantaje.

—¿Alguien que sabía que se iba a producir un asesinato?

—No lo sé.

—Yo tampoco, ¿te importa que vayamos en silencio? Necesito pensar.

Elena intenta encajar las piezas, pero no lo consigue. Recuerda a Chesca, fue ella quien la seleccionó para la brigada, estaba en Homicidios y un inspector se la recomendó encarecidamente: inteligente, preparada, trabajadora, con buen talante. Nunca se arrepintió. Sonríe al pensar en el afecto sincero que ella le profesaba. La pérdida de su hijo le hizo romper con toda su vida y eso implicaba romper con sus amistades, con la familia que había creado en la BAC incluida Chesca. Por doloroso que fuera.

Zárate, por su parte, piensa en la noche que desapareció su amiga. Todavía no sabe que ese pensamiento se está adhiriendo a sus órganos internos, al esófago, a la tráquea, a las meninges. Al corazón. «Si hubiera contestado a sus mensajes, me habría convencido de que volviera a casa. Si no me hubiera ido, Chesca estaría a salvo. Si hubiera sido un hombre atento y sensible, esa noche habríamos compartido una botella de vino y tal vez ella me habría contado por qué estaba tan rara últimamente.»

Ensaya trucos para salir del bucle, pensar en las cuitas de alguno de sus amigos, tararear en silencio una canción pegadiza, convocar en su memoria la última carcajada sana que soltó. Ningún truco revela su eficacia, todos son engullidos por el bucle. «Si yo hubiera sido mejor persona, Chesca estaría aquí ahora mismo. La culpa es mía. La culpa es mía. La culpa es mía.»

Capítulo 24

Cuando Orduño y Reyes regresan al matadero, Emilio Zuecos ya se ha marchado.

—¿Estará en el Shangay River?

—Al final voy a tener la suerte de entrar a conocerlo. No descarto quedarme trabajando dentro —bromea Reyes.

El Shangay River acaba de abrir y no ha recibido a muchos clientes. Es todavía más cutre de lo que parecía desde fuera: espejos con manchas en el azogue, sofás rojos, anaqueles con botellas de alcohol adulterado, un par de clientes de charla con otras tantas chicas mientras beben, ellos en vasos de tubo y ellas de cóctel. Ninguna de las chicas va vestida como Reyes, no llevan vestidos, solo tangas, ligueros, medias, sujetadores… Una mujer de algo más de cuarenta, que está sentada junto a la barra, ve entrar a Reyes con curiosidad. Orduño se acerca a ella. No le da tiempo a hablar antes de que la mujer proteste.

—¿Te llevas comida a los restaurantes? Pues no te traigas a tu puta a un club de alterne.

Orduño saca la placa.

—Soy policía, igual que mi compañera, así que voy a hacer como que no lo he oído.

—No te enfades, Orduño. Me encanta que me confunda con una compañera.

—Con esa cara tan guapa que tienes, no estarías en un cuchitril como este —le dice la que debe de ser la madama del sitio—. Y, además, española, lo que más se cotiza.

—¿Dónde estaría?

Reyes formula la pregunta con aire rumboso. Está disfrutando de la charla.

—En Madrid o en Barcelona, pero no te puedo decir mucho más. Hace tantos años que ando dando tumbos por provincias que ni sé por dónde se mueve el negocio ahora. Me llamo Osiris y soy la encargada.

Reyes, pese a la impaciencia de Orduño, se acerca a darle dos besos como presentación.

—Yo Reyes, un día que tenga más tiempo, me vengo, que me gusta saber cómo funciona todo.

Orduño decide cortar de raíz el comadreo.

—Busco a Emilio Zuecos.

—Aquí nadie dice su nombre. ¿Te crees que yo me llamo Osiris de verdad?

—El veterinario —explica Reyes.

—¿Ah, ese? En una de las habitaciones, ha sido llegar y subirse con Valkiria, que es nueva. A ver si paga o hace lo de siempre, montar el pollo.

Cuando abren la puerta de la habitación, en el piso superior del Shangay River, sorprenden al veterinario sentado en la cama con una mujer arrodillada ante él, practicándole una felación. Para su sorpresa, la mujer es negra.

—Fuera —Orduño muestra su placa.

Reyes no tiene tiempo de explicarle a la negra que las valkirias son rubias, porque antes de poder abrir la boca la chica se ha largado. Emilio Zuecos se sube los pantalones y mira a los policías, asustado.

—Te voy a enseñar un vídeo, a ver si sigues tan callado como esta mañana. Le va a caer un paquete a la empresa, habrá una inspección sanitaria y, probablemente, salgas perjudicado.

Se sienta en la cama junto a Zuecos y le pasa la mano por el hombro, como si fuera su mejor amigo. Es un modo de dirigir su vista al vídeo que ya se empieza a reproducir en su teléfono móvil. Los cerdos lastimosos, las jorobas, la porqueriza inhabitable.

—Yo hago lo que me mandan —musita el veterinario Zuecos.

—Estás en un lío y yo no te voy a sacar de él. Eso sí, si me dices a quién le diste la receta para el Azaperonil, puede que hable bien de ti y te caigan menos años de los que te mereces.

—Era un tipo muy gordo. Calvo, con los dientes para fuera. Pero no sé cómo se llama.

Orduño se levanta.

—Tú mismo.

—Espere. No sé cómo se llama, solo que a veces viene, me da cien euros y le firmo la receta. Él nunca habla, no sé si es mudo o retrasado.

—¿La matrícula?

—¿Se creen que voy mirando la matrícula de los coches?

—Nos estás dando muy poco —habla Reyes, de pronto—. Y me estoy cabreando.

Saca el arma y juega a pasársela de una mano a otra. Orduño se queda estupefacto con la salida de tono de su compañera, pero ahora no hay tiempo para reprimendas.

—Les juro que no sé el nombre de ese tipo. No es de aquí. A lo mejor de la provincia sí, pero no son de Cuenca capital. Debe de tener una granja, pero no es de las que yo atiendo.

—¿Cada cuánto tiempo viene?

—Una vez al mes, a veces dos. La última vez fue hace quince días.

—¿Va al matadero a por la receta?

—No, aquí. Me espera en el aparcamiento y me aborda cuando voy a entrar. En la explanada no hay ni cámaras ni nada.

—La próxima vez que venga el retrasado a por la receta, le vas a retener con cualquier cuento y nos vas a avisar. Si todo sale bien, yo borro este vídeo y corremos un tupido velo. ¿Qué te parece el trato, Zuecos?

Le tiende su tarjeta. El otro la coge.

Ya en el aparcamiento, Orduño se gira hacia Reyes.

—¿Lo de sacar la pistola a qué venía?

—Ha estado bien, se ha acojonado. ¿No has visto cómo temblaba? Se me da guay hacer de loca.

—Vamos a comer algo y me vas a explicar de una vez qué te pasa; no quiero trabajar con una demente, seas sobrina de Rentero o de su puta madre.

Capítulo 25

Todo el mundo ha oído hablar de El Quiñón, en Seseña, la urbanización del Pocero, de ese monstruo crecido en medio del campo que se ha tomado como ejemplo de la desmesurada fiebre del ladrillo, a principios del milenio. Pero pocos de los que no han ido a comprar un piso allí han paseado por sus anchas avenidas impersonales o por ese parque en el que han colocado hasta un lago. Hace años se decía que era una ciudad fantasma, vacía; ahora da la impresión de tener vida y de que la existencia de sus vecinos es mucho mejor que la que llevarían en algunos barrios de Madrid, a donde han tenido que acudir muchas veces como policías: los barrios de los más pobres de la sociedad.

—Me lo esperaba peor —comenta Elena—, ¿tú no?

—Yo no. Uno de mis compañeros de la comisaría de Carabanchel se vino a vivir aquí y nos invitó una vez a comer un domingo, ya lo conocía. ¿Qué quieres que te diga? Yo no me vendría porque en cuanto sales de aquí es todo campo, pero en peores sitios he estado.

El edificio en el que vive Felisa Álvarez, la madre de Fernando Garrido, el hombre asesinado en Zafra, está en la calle del Greco. Es igual a todas las demás calles del barrio.

—Creo que si viviera aquí, me perdería y no sería capaz de encontrar mi casa.

—¿Es que no has visto los adosados de Las Rozas? Eso sí daría para un cuento de terror: un hombre saca a pasear a su perro y muere de inanición antes de localizar cuál era su chalé. Nadie se da cuenta porque es el único que anda a pie por las calles, todos los demás se mueven en coche.

Si no estuviera tan preocupado, Zárate sonreiría.

El salón de la casa de doña Felisa está en penumbra. En un rincón, a modo de altar, hay una foto del hijo rodeada de estampas religiosas y dos velas apagadas.

—Era un buen hombre, muy religioso, muy cumplidor…

Se ha alegrado de que la visiten los policías, cree que eso significa que han avanzado en el caso, que pronto se descubrirá al culpable del asesinato de su hijo.

—Sé que la venganza no es cristiana, pero no lo puedo evitar. Cuando me voy a la cama solo pienso en que encuentren a ese desgraciado que lo mató y que su familia lo pase tan mal como lo he pasado yo. Después me arrepiento y voy a la iglesia y pido perdón, pero por la noche vuelvo a pensar lo mismo. No solo me quitaron a mi hijo, me han quitado también la compasión.

La mujer se empeña en servirles café antes de empezar a hablar. Tanto Zárate como Elena se sienten como dos impostores: están allí, con la madre del muerto, se hacen pasar por policías interesados en resolver el caso de su hijo, cuando ellos dos solo quieren información para localizar a Chesca.

—Yo me quedé viuda hace más de veinte años. Desde entonces, solo Fernando me hacía compañía. Era un hijo maravilloso, siempre a mi lado, siempre pendiente de que no me faltara nada. Yo no sé qué voy a hacer ahora. Era él quien me llevaba al médico, quien se acordaba de que me tomara las medicinas. Últimamente le había dado por cocinar y me preparaba los domingos una paella, no sabe lo ricas que las hacía. Creo que ya no voy a ser capaz de comer paella nunca más.

Doña Felisa cuenta que su Fernando siempre había trabajado en el campo y que, de un tiempo a esta parte, se embarcó en su propio negocio. Criaba y comerciaba con cerdos. Por eso fue a la semana porcina de Zafra. Él nunca se metía en jaleos. No sabe qué pudo pasar allí, la policía dice que a lo mejor fue para robarle, pero ya no volvió más a casa.

—Alguien lo mató, y solo de imaginarlo al pobre muerto, en la habitación del hotel… —doña Felisa, que hasta ahora lo había evitado, rompe a llorar.

—¿Sabe si su hijo tenía algún enemigo?

—¿Enemigos? Imposible, Fernando era un bendito.

—¿Algún competidor que le quisiera mal?

—Nadie. Fernando no tenía la ambición de engañar a nadie, solo de sacar adelante su negocio para que pudiéramos vivir los dos. Siempre me lo decía: no he tenido hijos, ¿para qué voy a ganar más dinero del que necesitamos, para ser los más ricos del cementerio?

—¿Nunca se casó?

—Nunca. Tuvo una novia, pero de eso hace más de veinte años. Desde entonces, no le he conocido ninguna.

Elena saca del bolso una foto de Chesca, se la muestra a Felisa.

—¿Le suena esta mujer?

Ella la coge, la mira con atención, se la devuelve.

—Me suena su cara, pero no sé de qué. ¿Por qué me enseñan su retrato?

No pueden darle ninguna explicación coherente, solo evasivas.

Cuando ya se marchan, mientras se ponen los chaquetones en el descansillo, Elena deja caer un último comentario.

—Estos pisos son bastante nuevos, tienen muy buena pinta.

—Son los famosos del Pocero. Están muy bien hechos, pero tuvieron tan mala fama al principio que tardó en llenarse el barrio.

—Sí, eso he oído decir. ¿Dónde vivían usted y su hijo antes, aquí en Seseña?

—No, en Turégano, en Segovia. Aunque somos de Madrid, a mi esposo lo destinaron allí cuando Fernando era pequeño, allí murió —entonces cae—. Claro, de allí me suena la mujer de la foto. Es la hermana de Juana, no me acuerdo de cómo se llamaba.

Con un ruido intolerable que rompe la calma de la oficina, el fax escupe un papel que Buendía está esperando. Lo coge y se acerca a Mariajo.

—Por fin. El juez Oncina nos autoriza a entrar en la casa de Yolanda Zambrano.

Mariajo no responde. Está concentrada en el vídeo de Zafra. Las imágenes están ampliadas en la pantalla de su ordenador.

—¿Me oyes? Hay que avisar a Elena.

Mariajo se frota los ojos y mira a Buendía con un temor que él identifica de inmediato. Es el preludio de las malas noticias.

—He encontrado un reflejo en un cuadro de la pared. Le he quitado el brillo con un programa de tratamiento de imágenes. Ya tengo el resultado.

Buendía se fija en la pantalla.

—Es una mano.

—Fíjate en el reloj de la muñeca —pide Mariajo.

Su voz suena estragada, como si llevara días sin hablar.

—Es un Swatch normal y corriente. Hay miles así.

—Es el reloj de Chesca. Se lo regalamos en su último cumpleaños entre todos, fui a comprarlo yo.

Buendía se queda mirando la imagen. No encuentra cómo refutar la seguridad de su compañera. La orden judicial tiembla en su mano.

Capítulo 26

Chesca ha soñado con su padre. Un sueño raro en el que los dos discutían, su padre la acusaba de no haber ido nunca a verle cuando estaba enfermo, pero después se convertía en su madre y le decía que no le hiciera caso, que nunca hablaban de ella y no la echaban de menos, que a su padre le daba igual que fuera a verle o no. Iban en un coche, su padre era el que conducía, pero, cuando se convertía en su madre, aparecía en el asiento de atrás.

Ya despierta, en la cama del sótano, en la misma posición en la que lleva por lo menos dos días, recuerda cuando su madre la llamó y le dijo que le habían detectado a su padre un cáncer con metástasis y que, aunque no podían hacer nada por él, le darían radioterapia y quimioterapia. Chesca estaba en las oficinas de la BAC, investigaban entonces un aburrido caso de estafa. Colgó el teléfono y a su lado estaba Orduño, que le preguntó si pasaba algo. Ella le dijo que no, que nada, que por qué no se iban a tomar una caña. Luego, por la noche, en su apartamento, reparó en que no había sentido la menor lástima por su padre ni por su madre. Para ella estaban muertos hacía mucho tiempo, murieron cuando la obligaron a dar en adopción a su hija, aunque entonces no se diera cuenta. Desde que su madre le habló de la enfermedad de su padre hasta que llamó su hermana para decirle que había muerto y comunicarle la hora del entierro, por si quería ir a Turégano, no volvió a saber de ellos ni tuvo tentación de llamarlos.

—¿Tienes sed?

Chesca parpadea y sonríe, fatigada, al ver que la Nena está en el sótano con la gatita en el regazo. Se ha colocado

143

en su ángulo de visión para que ella no tenga que torcer el cuello para verla.

La Nena le acerca agua y se la echa sobre la boca. Después se tumba a su lado. Es como si tuviera cariño por Chesca pero, cuando esta menos lo espera, le muerde un brazo.

—¡Ay! ¿Por qué me haces eso?

La Nena se ríe como si le hubiera gastado una broma. A Chesca le ha dolido el mordisco, pero le gusta que la niña se haya tumbado junto a ella. Piensa en Rebeca, en la hija abandonada, en lo mucho que le hubiera gustado que se echara en sus brazos cuando le dijo quién era. «Qué ingenua he sido», piensa. Esas escenas solo ocurren en las telenovelas baratas. Lo normal es lo que hizo Rebeca, preguntarle si estaba loca y marcharse de la habitación.

—¿Quiénes son los dos hombres que bajaron antes?

—Serafín y Casimiro. Son hermanos de Antón. A veces son un poco brutos, pero yo los quiero mucho.

—Pero no son normales, ¿no?

—Son muy buenos. Serafín me trae chuches sin que Antón se entere.

A Chesca le sorprende la información. Le han parecido dos personas con un retraso severo, no se los puede imaginar yendo de compras ni en ningún acto de tipo social.

—Entonces salen a la calle…

—Muy poco. Solo a la farmacia, para comprar medicinas.

—¿Y tú nunca has estado fuera de aquí?

—No.

—¿No te aburres?

—Un poco.

—¿Quieres que juguemos a algo?

—¡Síí! —contesta la Nena, de pronto feliz—. ¿A qué podemos jugar? Tú estás atada.

—Hay muchos juegos. Podemos decir palabras que empiecen por… por a, por be, por ce… ¿Te sabes el alfabeto?

—Sé leer, he leído cuentos. Me los trajo Julio.

—Vale, pues entonces podemos jugar. El que pierda paga una prenda.

—¿Eso qué es?

—Que tiene que hacer lo que el otro le diga. Por ejemplo, si ganas tú, puedo dejar que me muerdas.

—Vale. Empiezo yo. ¿Puedo decir la palabra que quiera?

—Algo que veas y que empiece por a.

—Agua —dice la Nena sonriendo.

—Muy bien. Ahora yo por be. Botón.

Lo dice señalando con la cabeza un botón lateral en el vestido de la niña.

—¿Ahora yo por qué letra?

—Por ce.

—Por ce... Casa. Esto es una casa.

—Muy bien, yo por de. Dedo. Tú por e.

—Escalera.

La Nena se ríe, eufórica, al haber dado tan pronto con una palabra adecuada.

—¡Perfecto! Oye, tú juegas muy bien. Yo por efe... Fuego. El fuego de la estufa.

—¡Estufa era otra palabra por e!

—Sí, pero ahora te toca por ge.

—Por ge...

La niña no da con ninguna palabra. Se levanta, pasea por el sótano, nada.

—Es que no sé...

—Oh, oh —anuncia Chesca con voz infantil—. Me parece que has perdido. Tienes que pagar una prenda.

—¿Qué tengo que hacer?

—Una fácil, por ser la primera prenda. Tienes que meter un papel en el bolsillo de Serafín la próxima vez que vaya a la farmacia.

—Eso está chupao.

—Pero sin que se dé cuenta. Y tiene que ser un papel con un dibujo mío.

—Pero aquí no hay pinturas.

—¿No hay pinturas? En alguna parte habrá un lápiz o un bolígrafo o un rotulador.

La Nena menea la cabeza.

—Bueno, no importa. Tú tráeme una hoja de papel y yo intento hacer un dibujo. ¿Vale? Y otro día echamos la revancha y seguro que me toca pagar una prenda a mí.

—¡Vamos a jugar a otra cosa!

—Luego. Primero tráeme un papel.

—Vale.

La Nena sale dando saltitos. De pronto se para, se echa la mano a la boca. Vuelve junto a Chesca.

—Gata empieza por ge, ¿no?

—Sí.

—Qué tonta. Pierdo con la ge y resulta que gata empieza por ge.

Sube las escaleras lamentando su olvido. A Chesca le enternece la niña, pero no quiere perder tiempo con esas emociones. Necesita mandar un mensaje al exterior y agarrarse a la esperanza remota de que sus compañeros lo encuentren. A un primer conato de entusiasmo sucede un acceso de tristeza: es casi imposible que lo reciban. Es como tirar una botella al mar.

Capítulo 27

Juana Olmo rompe a llorar cuando ve el retrato de Fernando Garrido y se entera de que está muerto.

—Asesinado, alguien le voló la cabeza en Zafra, hace unos meses —le espeta con crudeza Elena.

—Hace muchos años que no sabía nada de Fernando. Desde que él y su madre se marcharon de Turégano.

Elena contiene un brote de impaciencia. Quiere remover la lentitud proverbial de esa mujer, encontrar atajos en la conversación. No tiene tiempo para efusiones sentimentales.

—Juana, esto es muy importante. Necesitamos saber qué relación tenía Chesca con ese hombre.

—Mi hermana no tenía relación con él —dice con una extraña languidez—. Pero yo sí.

Elena y Zárate cruzan una mirada rápida. La narración de Juana es serena, fluida, como si la hubiera ensayado docenas de veces a lo largo de los últimos veinte años.

—Fernando fue mi novio. Si es que se le puede llamar así. Yo era muy católica y nunca nos quedamos a solas para evitar la tentación. Pese a que nunca me tocó, fue el único hombre de mi vida. Después de él no ha habido otro. ¿Él se casó?

—No, seguía viviendo con su madre —dice Zárate.

—A lo mejor seguía pensando en mí. Como yo en él. ¿Puede ser?

—No lo sabemos, Juana, solo queremos que nos cuente lo que está tratando de no decir —aprieta Elena, ahora sí, con impaciencia.

—Es difícil contarlo, es de aquel verano de hace veintiún años, de cuando mi hermana Francisca tenía catorce.

147

Aunque en la casa nunca entraba la música de la radio o las revistas, mucho menos internet, Chesca se apañaba para estar al día de todo. La canción del verano era «Salomé», de Chayanne, y su autor estaría en el pueblo en fiestas, no se lo podía perder, la dejara su padre o no. Siempre hacía lo mismo, esperaba a que Juana y sus padres se fueran a la cama, algo que hacían muy temprano, y se escapaba por la ventana de la habitación, que daba al patio. Juana la escuchaba, pero no decía nada, solo rezaba por ella, para que algún día fuera obediente y cumpliera con las órdenes de su padre y con lo que se esperaba de ella.

—Ya saben, aquella noche fue la de la violación. Siempre pensé que, de alguna manera, Dios la había castigado.

—No sabemos qué tiene que ver todo esto con Fernando Garrido, le agradecería que no se fuera por las ramas, Juana —dice Zárate.

—Francisca nunca acusó a nadie de la violación, siempre dijo que estaba todo a oscuras, que no los reconoció, que apenas recordaba lo ocurrido. Pero yo siempre sospeché que había sido Fernando, mi novio. Solo que fui egoísta, no quería perderlo, soñaba con casarme con él, con darle hijos, por eso no dije nada.

—¿Por qué sospechó de él?

—Mi hermana empezó a evitar a Fernando, dejó de hablar con él. Me decía que era mala persona, que no me amaba, que nunca me casaría con él y que, si lo hacía, sería muy infeliz.

—Al final no se casó.

—No, él me dejó y se marchó del pueblo. Y un día Francisca me confesó que había sido él.

—¿Por qué nunca lo denunció?

—Me sentía muy culpable. Tal vez si yo le hubiera dado lo que él deseaba, no lo habría tomado de mi hermana.

—¿Quiénes eran los otros violadores? —pregunta Elena.

—No sé quiénes eran los otros dos. Había fiestas en el pueblo, mucha gente de fuera. Quizá feriantes, quizá visitantes de otros pueblos.

—¿Nunca le preguntó a Fernando?

—Jamás hablé de esto con él. Yo quería que siguiera conmigo. Estaba dispuesta a perdonar, a darle lo que hasta entonces le había negado. Pero me dejó. No quería verme más. Supongo que necesitaba poner distancia con lo que había sucedido.

—Y culpó a su hermana de eso —Zárate no pregunta, afirma.

—Simplemente, me quedé en el pueblo, en esta casa, a cuidar de mis padres mientras mi hermana se marchó a Madrid y no volvió.

Hay una nota de resentimiento en las palabras de Juana. Las relaciones entre hermanos son a veces indescifrables, hay complicidades absurdas y agravios que nunca se olvidan. Sentada en una mecedora, Juana parece tener en el regazo una madeja de rencor que no logran desovillar ni la caridad ni la fe cristianas.

De vuelta a Madrid, en el coche, Zárate no deja de arremeter contra Juana. ¿Cómo puede callar alguien una violación? ¿Cómo puede anteponer su relación seca de virgen a la dignidad de su hermana? Si las cosas se hubieran hecho de otro modo hace veinte años… Tanteos estériles por cambiar el tiempo, el curso de los días. La nostalgia de un mundo más feliz en el que no existe la crueldad. Elena le permite el desahogo. Luego posa la mano sobre la de su compañero, que descansa sobre la palanca de cambios. Él ha pedido que le dejara conducir, como si necesitara una distracción. El teléfono móvil de Elena suena, es Mariajo, que les informa de su terrible descubrimiento. Los dos escuchan con el corazón encogido.

—¿Estás segura? —se limita a preguntar Elena.

—Cuando lleguéis os enseño la prueba.

Ya no hay dudas, lo que llevan sospechando desde que vieron el vídeo, lo que ninguno de los dos quería verbalizar, ahora se confirma. Chesca ha asesinado a un hombre que, con casi toda probabilidad, era uno de sus violadores.

—Tenemos localizada a Rebeca, la hija de Chesca. Por su ADN podremos saber si Fernando Garrido era el padre o fue uno de los otros dos —dice Elena.

Quiere meter a Zárate en la conversación, quiere que salga del mutismo en el que ha caído. Pero él no dice nada.

—Lo siento por ella —sigue entonces—. Estaba muy esquiva, no quería colaborar. Pero va a tener que hacerlo.

Elena mira a su compañero. Tiene la vista fija en la carretera, conduce como un autómata.

—¿Te has planteado la posibilidad de que a Chesca no la hayan secuestrado? Puede que sea una fugitiva, se ha cargado a uno de sus violadores y ahora va a por los otros dos.

—Sabes que no es así.

Elena le mira sorprendida. No le parece que su conjetura deba desecharse tan a la ligera.

—Sabes que si la encontramos, tenemos que detenerla, ¿verdad?

—¿Nos vamos a Zafra? —dice Zárate—. Necesito saber qué pasó en esa habitación de hotel.

Capítulo 28

Dos gatos aúllan de forma lastimosa al otro lado de la puerta. Orduño y Reyes esperan a que el cerrajero de la policía abra la cerradura. Les suenan las tripas, al final no han tenido tiempo de comer nada. Buendía les ha informado de las novedades, la orden que el juez Oncina ha dictado al fin, las prisas por verificar si Yolanda Zambrano está detrás del secuestro de Chesca o su desaparición la convierte en una víctima.

La casa huele a pis y está llena de pelusas. Los gatos están delgados y nerviosos. Han tenido la suerte de que un grifo ha quedado medio abierto, soltando un hilo mínimo de agua, suficiente para mantenerlos con vida. En la cocina hay un saco rajado con restos de pienso.

En las paredes hay retratos de Yolanda, una mujer de unos cuarenta años. La cama del dormitorio está sin hacer, una almohada retorcida tras una noche de desvelo, quizá. Las sábanas arrugadas, la punta del edredón rozando el suelo. Los armarios están llenos de ropa. El cuarto de baño es el de una persona que contaba con volver a su casa: útiles de aseo por todas partes, una crema facial con la tapa abierta. Reyes reprime el impulso de coger un poco con un dedo, de oler la crema, extendérsela por la piel de la cara, que se le está resecando con el frío y con la falta de sueño.

—Si el juez quiere saber si esta mujer es una secuestradora o una víctima, creo que la respuesta es evidente —dice Reyes.

—¿Por qué lo tienes tan claro?

—No se ha llevado su ropa, no se ha llevado el aseo, hay una nota pegada con un imán en la nevera que es un recordatorio de una cita médica. ¿Sigo?

—No olvides que alquiló un apartamento en el que Chesca estuvo la noche que desapareció.

—Alguien pudo alquilarlo con su tarjeta. Su secuestrador.

—Puede ser. Pero también pudo hacerlo ella. Secuestró a Chesca y ahora la tiene cautiva en algún lugar, por eso no ha vuelto a casa. O mejor dicho, sí ha vuelto.

Orduño consigue intrigar a Reyes.

—¿Ha vuelto?

—Al menos una vez. Para alimentar a los gatos. Les ha traído pienso para varios días y ha dejado un grifo abierto, solo un poco, lo justo para que beban y para que no se inunde la casa.

—Eso puede haberlo hecho el secuestrador.

—¿Qué es más lógico: un secuestrador con conciencia gatuna o que la dueña de los gatos se preocupe por ellos?

Reyes gruñe en una muestra de contrariedad.

—Puede que tengas razón, Reyes, pero no lances hipótesis tan a la ligera. Solo sabemos que el apartamento de Amaniel se pagó con la tarjeta de Yolanda. Y que está desaparecida. Puede ser una prófuga de la justicia o una víctima. Las dos opciones están abiertas.

Inspeccionan el resto de la casa, pero nada arroja una luz reveladora del tipo de persona que era Yolanda. Según Mariajo, en su perfil de Facebook ha llegado al límite de los cinco mil amigos. Y, sin embargo, nadie parece echarla de menos. Nadie ha denunciado su desaparición. Las fotografías de la pared, en las que nadie la acompaña, la decoración impersonal, la despensa mal surtida, todo apunta al perfil de una mujer solitaria.

—Como Chesca —resume Reyes.

A Orduño le sorprende, no tiene a Chesca por una mujer solitaria.

—Vivía sola, en un apartamento impersonal, su vida era la brigada y estaba liada con un compañero al que ni siquiera había dado las llaves de casa. Tú eras su gran amigo y no sabías que tenía una hija fruto de una violación cuando tenía catorce años. Apenas se relacionaba con su hermana y a sus padres no los visitó ni en el velatorio. Si quieres sigo contándote por qué digo que era solitaria.

—No, no, tal vez tengas razón. Pero a mí siempre me ha parecido una mujer con una vida muy rica.

Ahora, la sensación de Orduño es extraña: ha estado al lado de Chesca muchos años, han compartido momentos muy difíciles y, de la misma forma que él sí ha confiado en ella para hablar cuestiones íntimas, ella jamás ha enseñado nada de su vida personal. Era un búnker. Su actitud, su carácter, daban la sensación de una extrema fortaleza y hacía impensable creer que, por debajo, había otra cosa.

—Todos nos ponemos máscaras, inventamos personajes con los que protegernos —dice Reyes—. Yo decidí hace tiempo liberarme y por eso ya no dudo en mostrarme tal como soy: a veces femenina, a veces masculina.

—¿Ese es el género fluido del que me hablabas?

—Sí, pero no es solo la ropa o el maquillaje. También mi actitud cambia. A veces me siento mujer y a veces hombre. No tengo definida mi identidad sexual.

Orduño la mira sin entender nada.

—Eres la compañera de trabajo más rara que he tenido nunca.

Llama a la BAC para contar el resultado de la inspección de la casa: no hay señales de violencia ni de una fuga precipitada de Yolanda Zambrano. Hay dos gatos en mal estado, pero alguien se ha preocupado de alimentarlos.

—¿Dos? Debería haber tres —es Mariajo quien está al otro lado del teléfono—. En las fotos de Facebook salen tres gatos. Y son fotos recientes.

Orduño y Reyes buscan al tercer gatito. Podría estar escondido debajo del sofá o de la cama. Pero no. En la casa solo hay dos gatos. Un misterio que no se ven capaces de resolver.

La preocupación en la BAC por la vida de Chesca ha subido un grado. Hay que buscarla sin desmayo. No debería ser tan difícil dar con un hombre muy gordo, casi calvo, de dientes saltones y mal olor. Dan la descripción de ese hombre a algunos vecinos, pero a ninguno parece sonarle. Desanimados, Orduño y Reyes vuelven al Juanfer y piden unas raciones.

—Género fluido —dice Orduño.

—Sí.

—O sea, que no puedo saber si estoy con una mujer o con un hombre.

—Exacto.

—¿De qué depende? ¿De cómo te levantes?

—No es tan fácil —dice Reyes—. A veces cambio de un minuto a otro.

—Venga ya, ahora me estás tomando el pelo. ¿Puedes empezar a tomarte el morteruelo que hemos pedido como una mujer y al terminarlo ser un hombre?

—Es aún peor —pone con una mueca divertida—. Imagínate que follamos. Podrías estar follando con una mujer y antes de que te corras estar follando con un hombre.

Orduño la mira, muy serio.

—Prefiero el ejemplo del morteruelo.

Capítulo 29

El caso de la muerte de Fernando Garrido, que todavía está abierto, lo lleva en Zafra el sargento Mariano Pérez, un hombre que parece competente y dispuesto a colaborar.

—Aunque no tengamos los mismos medios que ustedes en Madrid, hicimos la investigación según el protocolo, no creo que haya habido errores.

—No venimos a enmendarle la plana a nadie, sargento, solo a ayudar —Elena sonríe, acostumbrada a la reticencia de los compañeros siempre que la BAC llega a hacerse con un caso, pero el sargento demuestra su carácter.

—Ustedes hagan lo que tengan que hacer, lo importante es que el culpable acabe en la cárcel, no que yo esté más contento o menos.

Ni Elena ni Zárate le dicen que ellos ya saben quién es el culpable y que disponen de una grabación de vídeo que lo demuestra, que lo que quieren es entender qué llevó a Chesca a matar a ese hombre. Algo les dice que solo si entienden eso serán capaces de encontrarla.

—¿Estuvo usted en el levantamiento del cadáver?

—Sí, ¿han leído el informe?

—Lo hemos leído, pero nos gustaría que usted mismo nos mostrara el lugar del crimen.

La habitación 223 del hotel Guadalupe, en la calle de la Virgen de Guadalupe de Zafra, está ocupada cuando llegan los policías y deben esperar a que el director del hotel consiga desalojar a su inquilino.

—Le he tenido que dar una suite para que no me presentara una reclamación —protesta.

—Se lo agradecemos, este año le mandamos una postal de Navidad de la Guardia Civil —le dice con sorna el sargento Pérez.

Ha sido preciso enmoquetar la habitación de nuevo y se han cambiado los colchones y algunos muebles más que se mancharon con la sangre, pero el director del hotel asegura que son idénticos a los que había entonces y que la distribución es la misma. Enseguida localizan con la mirada el lugar desde donde se hizo el disparo, algo que les confirma el sargento y, sobre todo, donde podía estar la cámara con la que se grabó.

Pérez va atendiendo eficaz y solícito a todas sus preguntas y peticiones.

—En la autopsia del muerto no apareció nada fuera de lo normal. Había bebido vino en la cena y no había consumido drogas. Y la muerte fue, ya lo saben, de un tiro en la cabeza. Hay orificio de entrada y de salida. Por la herida hemos deducido que era de un calibre de nueve milímetros.

—¿Quién encontró el cadáver?

—La camarera de piso. El cartel de no molestar estaba en el pomo, así que fue una de las últimas habitaciones que abrió. Ya eran casi las tres de la tarde cuando entró. La muerte se produjo entre las doce de la noche y la una de la mañana.

—¿Cámaras de seguridad en el hotel?

—No, no había ninguna instalada. Tampoco en las calles próximas, mala suerte.

—Me decía que había interrogado a clientes del hotel. ¿Recuerda si habló con esta mujer?

Elena le muestra en su móvil una fotografía de Chesca. Zárate aprieta las mandíbulas, no le gusta que la inspectora sea tan exhaustiva.

—Sí. Hablé con ella. Me dijo que esa noche había llegado tarde a la habitación, no oyó ni vio nada raro. Le dejé mi tarjeta por si recordaba algún detalle.

—¿Quién estaba esa noche en la recepción?

El guardia civil consulta otra vez sus notas.

—Sebastián Horrillos. Fue despedido poco después.

—¿Por qué?

—No lo sé. Eso tendrán que hablarlo con el director del hotel.

El director del hotel Guadalupe, Luis Díaz, no trabajó aquellos días, estaba de baja por una operación de una hernia.

—Imagínense, la semana de más trabajo del año en Zafra, la de la Feria Ganadera, y me tienen que operar de urgencia. Y, encima, lo del asesinato de ese pobre hombre. Un desastre. Menos mal que la empresa no me despidió, me veía en la calle.

—Me han dicho que usted sí despidió a Sebastián Horrillos.

—Sebastián era un buen hombre, hasta que su mujer se divorció de él. ¿Saben eso de las películas antiguas de que la mujer se va con un viajante? Pues parecido, la mujer se fue con un ganadero… Desde entonces, Sebastián iba de mal en peor: borracheras, drogas… Yo intenté ayudarle, pero lo último no tenía defensa posible: intentó chantajear a un cliente con una grabación en la que se le veía con una mujer que no era su esposa. Le pusimos de patitas en la calle.

—¿Una grabación?

—Había instalado una cámara oculta en la habitación. Tuvo la suerte de que el cliente prefirió no denunciarlo para que no hubiera más lío y no se vio envuelta la policía. Pero en nuestro hotel no podía seguir.

—¿En qué habitación estaba montada esa cámara? —pregunta Elena.

La pregunta parece caer como una losa sobre el director del hotel. Primero se tensa, luego resopla, mueve las manos sin concierto.

—Oiga, esto es un negocio modesto. Cuesta mucho remontar después de un suceso como aquel.

—¿Esa cámara estaba en la habitación del crimen?

El hombre detiene el movimiento de las manos, su expresión se vuelve resignada. Asiente.

Capítulo 30

Ha intentado por todos los medios soltarse de las bridas que la retienen, pero es imposible y, tirando con fuerza, lo único que consigue es hacerse heridas en las muñecas. No sabe si la Nena va a pagar la prenda y le va a traer un papel, y, en caso de que lo haga, se pregunta si ese mensaje llegará a alguna parte. No sabe si Julio volverá a desatarla ni si tendría fuerzas para dejarlo fuera de combate de un par de patadas. Piensa, piensa mucho y no consigue imaginar una forma de salir de allí.

La puerta del final de la escalera se abre. Una cadena de jadeos y gruñidos anuncia la presencia de Serafín y Casimiro, que bajan como dos bisontes. Esta vez no vienen a olfatear a la presa, Chesca no se engaña ni por un instante. Cierra los ojos y trata de refugiarse en sus pensamientos.

Rememora aquella noche de septiembre de 1998, una noche que todavía olía a verano. Recuerda lo bien que se lo pasó con su amiga Sandra en los coches de choque, recuerda el mareo y las risas en el pulpo gigante, una de las atracciones de la feria. El chasco cuando Sandra le dijo que tenía que llegar pronto a casa, que tenía movida con sus padres y no quería problemas, y la decisión de ella de quedarse más tiempo, de ver el concierto un rato y contagiarse de la alegría de la gente.

Siente un estacazo muy agudo en la entrepierna, como si la estuvieran partiendo en dos; nota un voltaje subiendo por su cuerpo y concentrándose en su cerebro, tiene la impresión de que se va a morir de dolor. Es difícil evocar los recuerdos de aquella noche cuando Serafín le está arañando la espalda, los brazos, el cuello, con unas uñas renegridas que parecen garras.

Solo había que caminar diez minutos hasta su casa, dejar atrás la feria, los generadores eléctricos, los camiones aparcados, alejarse de la música, las bocinas y las risas, coger la carretera solo un trecho y después entrar por la calle de la fuente y subir hasta el estanco. ¿De dónde salieron? ¿Estaban escondidos esperándola o fue casualidad?

Al primero lo tuvo siempre localizado y nunca lo delató. Durante mucho tiempo pensó que su silencio era esclavo de un sentimiento de culpa y de humillación. Pero, con el paso de los años, comprendió que no era así: no quería que lo metieran en la cárcel porque quería matarlo ella con sus propias manos. Fernando Garrido, el novio de su hermana, un hombre que comía en su casa con sus padres los domingos. Él se le acercó un día y le pidió perdón, le dijo que estaba borracho y lleno de rabia, que lo sentía, pero Chesca no estaba dispuesta a perdonar. Ahora está muerto, como debe ser. Lo que más le llamó la atención cuando entró en la habitación del hotel en Zafra y le apuntó con su pistola fue que no pidió clemencia, solo sonrió y esperó, como si supiera que en algún momento tenía que llegar ella y vengarse, como si simplemente el día fuera ese. Le dijo que en el fondo se sentía aliviado, se acababan sus remordimientos. Hasta le dijo que la perdonaba antes de que disparara.

Durante muchos años sus sentimientos sobre la noche de la violación estuvieron aletargados. Era consciente de que debía cumplir la promesa de vengarse, pero era más cómodo seguir con su vida, dejarlo para más adelante. ¿Qué fue lo que la hizo reaccionar? Lo tiene claro: la experiencia de Elena con su hijo Lucas en la Red Púrpura. Vio a Elena luchar por recuperarlo y recordó que ella también tenía una hija a la que nunca había llegado a conocer.

Fue cuando empezó todo de nuevo, cuando usó los medios de la BAC para encontrar a Rebeca, cuando volvió a sentir los deseos de hacer pagar a esos tres hombres por su violación. Los jadeos de Serafín suenan muy amplificados y Chesca comprende que la boca de él está justo en su oreja y que el hombre está alcanzando el orgasmo. Los gritos son feroces, insoportables. Casi agradece que Casimiro lo aparte de un empellón, aunque eso signifique que se debe preparar para una nueva pesadilla. Enseguida tiene al otro hombre encima.

Chesca piensa en Zárate, en el rechazo que le despertaba al principio, cuando entró en la BAC, en lo mucho que se divertía riéndose de él y provocándole. Todavía no logra entender en qué momento le empezó a gustar de verdad. ¿Cómo pudo bajar ella la guardia para que eso sucediera, ella que tanto presumía de saber estar sola y de no necesitar a nadie?

Casimiro ha comenzado a morderle los pezones. Ella vacía su mente de todo lo que no sea el recuerdo de Zárate, su sonrisa por las mañanas, el modo natural que tenía de despertarse, de pasar del sueño a la actividad sin interludios de pereza, como hacen los animales. ¿En qué instante se enamoró de él? Casimiro gruñe, grita, mueve la cabeza arriba y abajo de forma espasmódica y, al hacerlo, golpea a Chesca en la nariz una vez, dos veces, tres. Se está corriendo.

Se oye la voz de Julio llamando desde arriba. Casimiro y Serafín suben a toda prisa la escalera. Chesca no quiere abrir los ojos todavía, quiere preservar un ratito más el recuerdo de Zárate, aislarlo de la estampida final y de los gritos que se oyen provenientes de la casa. Saca la lengua y recibe el sabor acre de la sangre que mana de su nariz. Cuando abre los ojos, la Nena está sentada en el suelo, sonriente.

—¿Te han hecho daño?

Chesca asiente.

—A esta hora no puedo bajar aquí —dice la Nena—, pero quiero pagar mi prenda.

—¿Has traído papel?

La Nena saca del bolsillo un pedazo de papel de estraza.

—Date prisa, que mañana van a por medicinas. Les he oído hablar.

Chesca se siente agotada, pero el instinto de supervivencia se agita dentro de ella.

—Necesito que me ayudes. No puedo escribir.

—Es que no hay rotuladores.

—Con mi sangre —dice Chesca—. Coge sangre de mi nariz y mánchame este dedo con ella.

La Nena la mira con expresión divertida. Casi le parece un juego mancharse su dedito con la sangre y usarlo a modo de pincel para embadurnar el índice de Chesca.

—Ahora acerca el papel a mi dedo.

—¿Dónde lo pongo?

Chesca la va guiando. Y con el dedo logra pintar dos rombos unidos.

—Enséñame el dibujo —dice al terminar.

La Nena se lo enseña. No es el mejor dibujo que ha hecho en su vida, pero puede valer.

—¿Qué es? —quiere saber la niña.

—Un dibujo muy bonito que tienes que guardar en el bolsillo de Serafín. Dile que es un regalo de tu parte para el farmacéutico.

—Vale.

—Pero que no te oigan los demás.

Se oye la voz de Julio.

—Nena, ¿estás abajo? Sube.

La Nena se guarda el papel y sube corriendo la escalera.

Capítulo 31

Elena y Zárate se aburren dentro del coche, aparcado en una calle de casas bajas. Se mantiene el silencio entre los dos. Ella sabe que las vigilias policiales propician las confidencias. También sabe que él está deseando decir algo, quizá algo que debió decir desde el primer día.

—El último día discutimos. Cuando le dije que me iba con mis amigos, Chesca se enfadó mucho.

Elena se gira hacia él. Intenta poner en su mirada más calidez que impaciencia. Desde el principio ha intuido que Zárate está callando información que puede ser importante.

—¿Por lo de la fiesta del fin de año chino?

—Esa era la excusa. Ella llevaba tiempo insistiendo en que me fuera a vivir con ella. Pero yo no quería.

—¿Por qué no querías?

—No sé. El caso es que no quería. Yo con Chesca me lo paso bien, ya está. No me hace falta más.

Zárate sonríe con nerviosismo, como pidiendo perdón por ser un hombre común, el cliché del fóbico al compromiso.

—Así que nunca tuviste llaves de su casa.

—Llegué a tener un juego de llaves. Duré una semana con él.

—¿Por qué?

—Porque se puso paranoica. Un día me acusó de entrar en su piso durante el día, hurgar en sus cosas, espiarla, como si fuera un celoso de mierda.

—¿Chesca te acusó de eso? No me cuadra.

—No estaba bien, Elena. Lo pienso ahora y es evidente que había algo que la tenía muy rayada. Se comportaba de una forma extraña, a veces parecía quererme en su vida a todas horas y otras veces protegía su soledad y me trataba como si fuera un intruso.

—Pero quería que el intruso conviviera con ella.

—Sí, ese era el tema estrella de las últimas semanas. Esa tarde…

A Zárate le cuesta continuar. Elena busca su mirada. Sabe lo mucho que les cuesta a los hombres sincerarse, desgranar sus sentimientos, y no quiere que se le escape la presa. Zárate está muy afectado por los últimos descubrimientos sobre Chesca y es ahora, en este momento vulnerable, cuando ella le puede arrancar un relato completo. ¿Por el bien de la investigación o por curiosidad personal? No lo sabe. A estas alturas le da igual. Todo está mezclado, la desaparición de su amiga, el reencuentro con Zárate después de un año entero, la rabia de que nunca la haya llamado, la evidencia de que ella ha sido reemplazada sin problemas por la mujer que él tenía más a mano, la certeza de que él jamás la habría vuelto a llamar, una mujer de cincuenta años con heridas muy profundas en el alma…

—¿Qué pasó el último día?

Zárate toma aire. El recuerdo le resulta doloroso.

—Fui un cobarde.

Menea la cabeza, como negando ese instante, como si fuera intolerable saber que esa actitud abocó a Chesca a la perdición.

—Dábamos vueltas y vueltas siempre sobre lo mismo. Ella quería que me fuera a vivir a su casa, yo daba excusas, evitaba la respuesta. Ese día, explotó: me dijo que no la quería, que solo estaba jugando con ella. Que lo que pasaba en realidad era que estaba enamorado de otra y no me importaba una mierda nuestra relación.

—¿Y era verdad?

Zárate deja escapar una mirada furtiva a Elena. Todavía no está preparado para responder a esa pregunta. Prefiere continuar con el relato.

—Luego, me pidió perdón. Me dijo que fuera a cenar a su casa, que se había puesto hecha una energúmena sin sentido. Le dije que había quedado con unos amigos para salir, pero ella me suplicó que no la dejara sola esa noche. «Ven y lo arreglaremos todo. Te lo prometo.» Solo le contesté que lo intentaría. Pero, en cuanto me di la vuelta, supe que no iría esa noche a cenar con ella. Iba a ser mi manera de hacerle ver que lo nuestro se había terminado. Por eso no respondí a ninguno de los mensajes que me puso. Por eso tenía una botella de vino cara en la mesa; para brindar por nosotros.

No caen lágrimas por sus mejillas porque las está conteniendo, piensa Elena. No tanto porque quiera aparentar dureza sino porque no se permite ser la víctima de esta historia.

—Te conozco, Ángel. No eres un cobarde. ¿Por qué no te atrevías a decirle la verdad?

—Porque no quería asumirla, Elena.

Las pupilas de Zárate tienen un brillo especial, titilan como dos gotas de mercurio. ¿Hay una declaración de amor hacia ella en esas palabras? Elena se queda en silencio, debe decir algo y no sabe qué. O quizá sí lo sabe.

—¿No crees que ya es hora de decir las cosas a la cara?

—No puedes pedirme esto ahora.

—¿Por qué?

—Porque tú misma me dejaste claro hace mucho que no podía esperar nada de ti. ¿Te acuerdas de la última noche en el hotel sobre la bahía de Las Canteras?

—Claro.

—Te estuve esperando hasta casi el amanecer.

—Te voy a contar la verdad. Esa noche me fui a la playa, me desnudé y me bañé en el mar. Después volví y me puse un albornoz. Fui hasta la puerta de tu habitación. Estuve a punto de llamar, pero decidí regresar a la mía.

—Tenías que haber llamado.

—No quería que esperaras nada de mí. Solo podía pensar en encontrar a Lucas, en que estaba cerca y era lo único que daba sentido a mi vida, y en dejar la brigada cuando lo encontrara.

—Ahora estás otra vez aquí.

—Por poco tiempo —sonríe con tristeza.

La llegada de un coche viejo, un Seat Ibiza, los interrumpe. Es el coche de Sebastián.

—Ahí está. Vamos.

Zárate sale tras él, pone el pie para impedirle cerrar la puerta y saca a la vez la placa.

—Sebastián Horrillos, queremos hablar contigo.

El hombre viene visiblemente colocado, parece imposible que haya llegado conduciendo su coche. Es muy fácil sentarlo y que lo cuente todo. El día que sucedió aquello tenía la cabeza más despejada que esta tarde. En efecto, instaló una cámara en una habitación del hotel, picadero habitual de hombres de negocios de Zafra y de otros pueblos de la comarca. Sacaba un buen dinero a base de extorsiones, ningún adúltero quiere arruinar su vida conyugal por una canita al aire. Pero esa noche, al visionar la grabación, se quedó estupefacto: las imágenes recogían un asesinato. Y lo mejor de todo es que él podía identificar a la asesina. Se trataba de Leonor Gutiérrez Mena, una huésped del hotel al que él mismo había tomado los datos. La reserva la había hecho telefónicamente, y al rastrear la llamada encontró un número de móvil. Era muy sencillo enviar una parte del vídeo a ese número y pedir un primer pago por su silencio.

—¿Dónde está el resto de la grabación?

—La tengo aquí, en mi móvil.

Elena lo coge y se lo guarda.

—¿Te pagó los veinticinco mil euros?

—No, nunca me pagó, la muy zorra. Yo no sabía qué hacer con la grabación. Una cosa es un adulterio, que se lo mandas a la esposa, pero un asesinato… No iba a presentarme en el cuartelillo con el móvil y a decirles: miren lo que tengo… Además, yo no ganaba nada haciendo eso.

Al visionar las imágenes se asustó y desmanteló la cámara oculta. Pero no le sirvió de nada. Uno de los huéspedes a los que estaba extorsionando se hartó de pagar y le denunció ante la dirección del hotel. Por eso lo despidieron.

—Estás detenido —le dice Elena mientras saca las esposas.

Zárate hace un aparte con ella en cuanto se las ha puesto.

—Elena, si le detienes, tendrás que enseñar el vídeo. Si lo enseñas, nos cargamos a Chesca.

—Chesca ha asesinado a un hombre y nosotros somos policías. No lo olvides —contesta Elena con dureza y sin dejar otra opción.

Capítulo 32

Chesca se acerca a Garrido con el arma humeante en la mano. No necesita comprobar el pulso para saber que está muerto. Las imágenes no son nítidas, pero se aprecia la masa encefálica derramada sobre la sábana blanca de la cama. Impresiona advertir su frialdad, el gesto seguro, casi mecánico, al limpiar el cañón de la pistola con un pañuelo. Lleva guantes para evitar restos de parafina en la mano y para no dejar huellas dactilares. Se comporta como una profesional, como un sicario que lleva varios asesinatos en su carrera y no se precipita después del disparo, en los segundos cruciales para no dejar pruebas. El pañuelo le sirve también para repasar la cómoda, la mesa de madera y las superficies que haya podido tocar en su breve estancia allí. Hace una incursión al cuarto de baño que la cámara no recoge, seguramente para limpiar huellas y para una inspección final. Sale de la habitación sin dedicarle al muerto una mirada de despedida. La grabación se interrumpe a los pocos segundos, pero los integrantes de la BAC siguen mirando la pantalla, como si fuera imposible volver a la rutina después de haber visto el vídeo. Dos minutos y trece segundos de emociones vertiginosas.

—Qué barbaridad. No hay ninguna duda de que es Chesca —casi resopla Rentero—. ¿De dónde ha salido este vídeo?

No es habitual que Rentero asista a una reunión de trabajo de la Brigada de Análisis de Casos, pero la ocasión lo hace imprescindible. La propia Elena le ha pedido que esté presente en el visionado. Las implicaciones de esas imágenes no se le escapan a nadie.

Elena le pone al tanto de todo lo que han descubierto: la violación de Chesca veinte años atrás, su hija secreta, el chantaje al que la quiso someter el portero de noche del hotel…

—Sabemos que los violadores fueron tres, pero solo tenemos la identidad de este, del muerto —completa la información Zárate.

—¿Es posible que Chesca haya emprendido una cacería a modo de venganza?

Nadie quiere contestar a esa pregunta, que flota unos segundos por la sala. Es Elena quien toma la palabra.

—Por algún motivo que desconocemos, Chesca decidió recuperar en los últimos tiempos aquel momento de su vida: encontrar a su hija, que había sido entregada en adopción, y al menos a uno de sus violadores. Lo tenía muy cerca: era el novio de su hermana mayor en aquella época. Es el hombre al que hemos visto morir en la grabación.

—Necesito una prueba de ADN de la hija de Chesca para compararla con la del muerto. Podría ser su padre —indica Buendía.

—Rebeca no quiere saber nada de su madre. No sé si va a ayudar de buena gana.

Elena dibuja el obstáculo sabiendo lo que va a pasar a continuación. Conoce bien a Rentero y anticipa su enfado, la resolución que siempre esgrime en estos casos. El comisario es un hombre muy previsible.

—Pues no le va a quedar más remedio. Si no colabora, tendremos una orden del juez esta misma mañana. ¿Puede haber desaparecido voluntariamente Chesca tras consumar la venganza?

—Está secuestrada, comisario —dice Zárate—. Estoy seguro.

—¿Por qué estás tan seguro?

Elena contiene un brote de irritación. No le gusta que Zárate defienda a ultranza a Chesca, sobre todo después de haber presenciado unas imágenes tan claras.

—Hay razones personales que me permiten pensar así.

—No quiero razones personales, quiero hechos comprobados —exclama Rentero—. ¿Qué tenemos hasta el momento?

Clava la mirada en Elena para que sea ella la que le haga el resumen.

—Sí, comisario. Por lo que sabemos, Chesca fue a la fiesta del fin de año chino, en un plan improvisado, pues lo que de verdad le apetecía hacer esa noche era cenar con Ángel Zárate y beberse una botella de vino francés. Si no lo hizo fue porque Zárate la dejó plantada.

Todos miran a Zárate, incluido Rentero, como si no tuviera noticia anterior de la relación entre ellos. El agente se limita a bajar la mirada, sin decir nada, aunque seguramente le gustaría estrangular a Elena por ponerle a los pies de los caballos. ¿Era necesario dar tantos detalles?

—Por algún motivo que ignoramos —continúa la inspectora Blanco—, Chesca se trasladó a un apartamento en la calle Amaniel. Era un apartamento turístico alquilado a través de internet con la tarjeta de crédito de una mujer llamada Yolanda Zambrano García. Orduño, tú has ido a buscarla.

—Mariajo investigó la tarjeta de crédito, en el último mes solo fue usada para alquilar el apartamento. Ayer obtuvimos un permiso para entrar en la casa, que está en las afueras de Cuenca. No había señales de violencia, pero sí dos gatos que habrían muerto si no entramos. Yolanda era una mujer muy amante de los animales, según hemos visto en sus redes sociales y nos han confirmado sus vecinos. Hay algo anormal, los gatos tenían agua y un saco de pienso esparcido por el suelo de la cocina. Y falta un gato, el más pequeño de los tres que tenía. Nuestra teoría es que ella dejó la casa, probablemente en contra de su voluntad, y alguien fue después a dejar comida a los gatos y a llevarse al cachorro. Quizá su secuestrador, si es que fue secuestrada.

—Extraño, pero aceptémoslo. Eso nos da la posibilidad de que haya otra mujer desaparecida, la tal Yolanda —deduce Rentero.

—En el apartamento turístico encontramos un blíster de viales de un medicamento para cerdos llamado Azaperonil —dice Buendía—. Sirve para tranquilizarlos y rebajarles la libido, se usa mucho cuando hay que trasladarlos. No tendría importancia si los vecinos no hubieran declarado que esa noche daba la sensación de que había animales en el apartamento. Una vecina mencionó expresamente a los cerdos.

—¿Cerdos en un apartamento turístico en Madrid? Lo que digo siempre, el mundo se va a la mierda. ¿Se sabe algo de ese medicamento?

Zárate toma el relevo en el relato.

—Según la Agencia del Medicamento Española, se había vendido en una farmacia de Cuenca. Nos llamó la atención la coincidencia con el domicilio de la mujer de la tarjeta, la de los gatos, así que también fuimos. El farmacéutico se acordaba del comprador, un hombre con un fuerte retraso y dientes prominentes.

—Fuimos a ver al veterinario que había firmado la receta —sigue Orduño—, un individuo muy turbio que parece muy laxo en las inspecciones de las granjas porcinas. No le sacamos mucho, pero nos dijo que el comprador de las recetas de Azaperonil le visitaba una o dos veces al mes, siempre por sorpresa y siempre en el aparcamiento de un club de carretera. El veterinario está bajo vigilancia, por si vuelve a aparecer el comprador.

Orduño mira a Reyes, quizá quiera añadir algo. Pero la joven se limita a asentir. Viste unos vaqueros, una camiseta blanca y una chaqueta de lana. Un atuendo modoso, según la evaluación que hace Orduño. ¿El género fluido la habrá hecho levantarse esta mañana como una niña tímida?

—Eso es todo lo que sabemos de la noche de Chesca —Elena ha vuelto a coger las riendas—. Tras salir de ese apartamento lo ignoramos todo. Solo sospechamos que puede estar en algún lugar de Cuenca y pensamos que algo tiene que ver con los cerdos, quizá una granja.

—Respecto al chantaje de Horrillos, sabemos que Chesca no se lo tomó en serio —dice Mariajo—. No hay movimientos extraños de dinero en su cuenta.

Rentero pasea por la sala, con las manos entrelazadas detrás de la espalda. Lo conocen bien, no cabe esperar nada bueno de esa pose de hombre meditabundo. Está buscando las palabras antes de soltar el bombazo.

—Por lo que me habéis contado y por lo que hemos visto, debemos tratar a Chesca como una asesina y no como una víctima.

—Es una compañera. ¿No merece que la apoyemos? ¿Ni siquiera le damos el beneficio de la duda?

—La grabación no deja lugar a la duda. Y no te voy a consentir que me interrumpas, Zárate, ni que me hables en ese tono —Rentero deja caer una pausa antes de seguir hablando—. Elena, te comunico que voy a poner este vídeo a disposición del juez. Es posible que dicte una orden de busca y captura contra Chesca.

Capítulo 33

—¿Por qué no has dicho nada? —Zárate sale detrás de Elena después de la reunión. La agarra del brazo y la obliga a encararle—. No podemos tratar a Chesca como la asesina, es la víctima.

Elena intenta comprender la posición de su compañero. De hecho, cree que ha demostrado mucho autocontrol delante de Rentero. Temía una explosión por su parte que le costara el despido.

—Tú mismo has visto el vídeo, Ángel. No hay dudas.

—No te niego que Chesca matara a ese hombre, pero tenía sus motivos, la violó a los catorce años.

—No voy a seguir oyendo disparates. Un asesinato es un asesinato. Y nada lo justifica. Si no estás de acuerdo, quizá sea mejor que cojas unos días libres mientras se cierra el caso.

—No me hagas eso, Elena. No puedes apartarme.

—Eres tú quien decide, pero si te quedas, te quiero buscando a Chesca y, cuando la encontremos, esposándola tú mismo.

Zárate se aleja, enfadado. Todos oyen el portazo con el que abandona la BAC. Pero Elena no tiene tiempo para distracciones. Se acerca a la mesa de Mariajo.

—Quiero que averigües si ha habido más muertes en cualquier parte de España mientras se celebraban ferias ganaderas. Sé que es difícil, Mariajo.

—Difícil no, imposible —protesta la especialista en informática—. A veces me da la sensación de que creéis que pongo las preguntas en Google y me sale la respuesta.

—¿No es así? — Elena le sonríe.

—Lo voy a intentar, pero no te aseguro nada.

Entra Buendía con un problema más.

—Elena, ha llegado Rebeca, la hija de Chesca. Se niega a dejarnos una muestra de ADN.

—Voy.

Rebeca se ha presentado acompañada por su padre adoptivo. Es un hombre educado, bien vestido, que no hace el menor esfuerzo por ocultar su incomodidad.

—Mi hija tiene a sus padres, que somos mi esposa y yo. No le interesa esa mujer que la acosó en el parador de La Granja.

Elena sabe que hay que manejar con cuidado la resistencia de ese hombre.

—En el caso de que su hija se sintiera acosada, le pido disculpas. Le aseguro que no queremos crearle inconvenientes, solo que nos ayude a encontrar a Chesca Olmo.

—¿Y para qué quieren su ADN?

—Para comprobar si coincide con el de un hombre fallecido.

—¡Mi padre es él! —estalla la joven—. No quiero saber quién es mi padre biológico y habría preferido no conocer a esa mujer que dice que es mi madre. ¿No lo entienden? Ella me abandonó una vez y ahora la abandono yo.

—Rebeca, siento que estemos en esta situación, pero te aseguro que podemos pedirle a un juez una orden para conseguir tu muestra de ADN. Te obligaríamos y perderíamos todos el tiempo, te lo aseguro.

Rebeca busca la aprobación de su padre con la mirada. Debe de haber algún código secreto entre ellos, porque no hace falta un gesto específico por parte de él para que ella deponga su resistencia.

—Acompáñame, por favor —dice Buendía.

Su padre la ve marchar y le dedica una mirada de ternura, de apoyo incondicional. Elena se acerca a él.

—¿Conoció a la madre biológica?

—No, todo se hizo legalmente, nos dijeron que la madre de Rebeca estaba soltera y era apenas una adolescente.

—Quince años.

—Mire, yo lo siento. Espero que la encuentren y que esté bien. Pero mi esposa y yo hemos hecho todo por nuestra hija, por Rebeca. Le hemos dado educación y estudios, hemos pasado las noches a su lado cuando ha estado enferma. Eso es ser padre. Esa mujer no puede venir ahora y decirle que es su madre, y pedirle que la abrace, que le ayude a recuperar el tiempo perdido.

—Les entiendo, aunque también entiendo a su madre. Una mujer violada a esa edad ha pasado por momentos muy difíciles.

—No se equivoque, su madre es mi esposa. La otra mujer la abandonó y ahora solo quiere aprovechar el trabajo que hemos hecho con ella. Ni nosotros ni mi hija la necesitamos. Y no queremos saber nada más de este asunto.

—Intentaremos no volver a molestarlos.

Elena se refugia en su despacho para tratar de pensar y aclarar sus ideas. En su mail está la confirmación del vuelo y el hotel a Berlín. Fue un impulso lo que la llevó a aceptar las presiones de su madre, y sin embargo siente que ha acertado con la decisión. Quiere olvidarse de la BAC y viajar a Berlín, conocer al alemán y convencerle de que financie la construcción de unas escuelas en Myanmar. Añora esa vida tranquila de problemas amortiguados, la que ha llevado estos últimos meses, y dejar que Zárate y los demás busquen a Chesca.

Orduño entra en su despacho. Debe de ser algo urgente, no es habitual que no llame primero.

—Acabo de hablar con Emilio Zuecos, el veterinario. El retrasado ha ido en busca de una receta de Azaperonil. Le ha dicho que no tenía a mano el recetario y le ha emplazado esta tarde en la explanada del burdel.

—Ve con Reyes, ahora. Organiza el operativo con la policía de Cuenca. No se nos puede escapar, Orduño.

Capítulo 34

Chesca está sin fuerzas. La falta de alimento, la tortura física y la imposibilidad de escapar han hecho mella en su ánimo. Ha caído en un duermevela febril del que solo a ratos se recupera.

Tras uno de sus periodos de sueño, al despertarse intuye la presencia de alguien. No logra verlo.

—¿Quién está ahí?

Sea quien sea, prefiere mantenerse en silencio. Deja que Chesca pregunte varias veces, que se esfuerce en levantar la cabeza, que le cruja el cuello, que se vuelva a hacer daño en las muñecas, en los tobillos, que sienta una vez más sus músculos doloridos.

—Soy yo, Julio. ¿Te hicieron daño mis tíos? Lo siento, les cuesta controlarse.

—Eres un hijo de puta.

—No insultes a mi pobre madre. ¿Te imaginas lo que sufrió en esta casa? No quiero ni imaginarme lo que pensó cuando llegó y vio dónde se había metido. No debió de ser fácil para ella, no.

—¿Por qué tenéis a una niña viviendo aquí? ¿Quién es?

—No quiero hablar de la Nena, ahora estamos hablando de mi madre. Tenéis mucho en común, ¿sabes? Tú abandonaste a tu hija y mi madre me abandonó a mí. Dos desalmadas, eso es lo que sois. Porque una madre que abandona a su hijo es una desalmada.

Chesca aprieta los dientes en un gesto de rabia. Nada le gustaría más que poder soltar las bridas de un tirón y arremeter a patadas contra ese hombre. Está exhausta.

—¿Por qué no me matas? —le suplica.

—Porque es pronto. Antes, mi padre tiene que disfrutar contigo.

—No puede —dice Chesca con odio—. A tu padre no se le levanta. Ya estuve con él.

Chesca no ha visto llegar el golpe, un puñetazo que le hace recordar que tiene la nariz rota.

—¿No lo sabías? Tu padre me intentó violar cuando era una niña. Ese es tu padre: un violador de niñas.

—¿Te crees que no lo sé? ¿Por qué dirías que estás aquí? Cuando te conocí en la fiesta de los chinos llevaba varios días siguiéndote. Incluso entré en tu casa una vez. Quería saber si era cierto lo que me dijo mi padre, que te habías vuelto loca con lo que pasó hace veintiún años.

—¿Cómo entraste en mi casa?

—Eso es fácil, no me subestimes. Simplemente entré. Me di una vuelta, tienes un piso muy bonito. Muy bien puesto. Cotilleé un poco por aquí y por allá. Encontré tu DNI falso, la prueba que nos faltaba para saber que eras tú, que te habías registrado en la Feria Ganadera de Zafra para matar al pobre Garrido. Y pensé: qué mala leche tiene esta chica, que se quiere cargar a tres hombres solo por una noche de borrachera.

—¿Te parece bien que tu padre sea un violador?

—A mí me parece bien todo lo que haga mi padre. Es la persona que me ha criado, que me ha dado una educación, el hombre que me sacó adelante cuando mi madre me abandonó.

—Así que es eso, ya entiendo —dice Chesca—. Te tiene dominado. Te ha lavado el cerebro y tú haces todo lo que te manda.

—Lo de traerte aquí fue idea mía. Pero a él le pareció bien. Es mi forma de protegerle, de devolverle lo mucho que me ha dado. Porque tú pretendías matarlo.

—Eres un mierda, no piensas por ti mismo. Tu padre te da miedo.

—¿Tú no admirabas a tu padre?

—Yo ni siquiera fui a su entierro.

—Yo tampoco lo haría. Si mi padre se muere, yo me quito la vida acto seguido. ¿Eso significa que me tiene dominado? No: significa que ese hombre es lo único que tengo en el mundo.

A Chesca le hace daño escuchar a Julio. Lo ve como un iluminado, un loco peligroso al que habría que retirar de la circulación cuanto antes. ¿Cómo es posible que se dejara seducir por ese hombre? ¿Cómo pudo ser tan tonta? Si pudiera, guardaría una bala en su recámara para Julio. Cuando se ha traspasado una línea roja ya resulta fácil funcionar fuera de la ley. Tristemente, comprende que sus compañeros de la BAC ya deben de saber lo que ha hecho, cómo se ha tomado la justicia por su mano. Ya nada será como antes. La vida que ha conocido se ha terminado. Y, sin embargo, puede sentir el instinto de supervivencia latiendo en su interior, una pulsión que le dice «Huye ahora o ya no podrás hacerlo», una pulsión que poco a poco se va apagando.

Capítulo 35

Cuando Reyes y Orduño llegan a la explanada del Shangay River, los policías que forman parte del operativo ya están apostados. Uno de ellos saluda con aire marcial.

—Tenemos localizado a un sospechoso que responde a la descripción. Alto, corpulento, desaliñado, con un retraso llamativo.

—¿Dónde está? —pregunta Orduño.

—Está allí, detrás de esa nave. Lleva toda la mañana rondando el matadero.

—¿No se puede escapar?

—Solo puede salir por aquí o por detrás, y en ese lado tenemos otra patrulla.

Orduño valora la situación, ha sido una suerte que ese hombre haya tardado tan poco tiempo en aparecer.

—Lo queremos vivo. Si tienen que disparar, que se cuiden de hacerlo donde su vida no corra peligro. De hablar con él depende que podamos salvar la vida a una compañera.

Reyes y Orduño discuten sobre si deben ir ya a por él o esperar a que aparezca el veterinario y el sospechoso le aborde, pero la discusión deja de tener validez cuando Emilio Zuecos aparca su coche y se baja para ir camino del Shangay River.

—Ahí está.

Todo sucede muy rápido, Serafín sale de su escondite y camina hacia el veterinario. Pero entonces ve a uno de los policías y se queda paralizado.

—¡Alto, policía!

El grito y el arma en alto provocan el efecto contrario al deseado. Serafín echa a correr como un loco. Parece mentira que con su volumen pueda hacerlo a esa velocidad. Todos los policías salen tras él. Reyes demuestra que su fragilidad es solo aparente, es la única a la que Serafín no saca distancia.

—¡Cuidado! No dispares —le advierte Orduño.

Serafín ha llegado a la nave del matadero de Incacuesa y se ha metido dentro. La primera en llegar es Reyes, detrás de ella Orduño. Un empleado con cara de susto les señala.

—Ha entrado por allí.

La sala es enorme y está refrigerada. No tiene nada que ver con el lugar al que los llevó el tipo de las tragaperras, esa nave en la que los cerdos estaban en condiciones lamentables. Aquí todo parece limpio, aséptico. Hay decenas de cerdos abiertos en canal, colgados de ganchos, suspendidos a su vez de unos rieles que permiten moverlos como si fuera una correa. No ven a Serafín por ningún lado.

—¿Hay más salidas? —le preguntan al empleado.

—No, ninguna más, solo por aquí.

Orduño da la orden a los dos agentes que han estado vigilando de que no se muevan de la puerta. Pistola en mano, Reyes y él se adentran en la nave.

—No vas a poder escaparte —grita Orduño al vacío—. Será mejor que te entregues. Solo queremos hablar contigo.

Van avanzando por la nave, junto a los enormes cerdos muertos. Los lavaron antes del sacrificio, el olor es penetrante, pero no desagradable, es el mismo que habría en la cámara de una carnicería.

De repente, de algún lugar entre los cerdos, sale volando un gancho en dirección a Orduño. Reyes le empuja para que lo esquive, pero no puede impedir que le dé en un brazo y la pistola caiga al suelo.

—¿Te ha hecho daño?

—Es solo el golpe.

Orduño recoge su arma. Apuntan con las pistolas hacia el lugar del que les han arrojado el gancho, pero oyen los pasos del hombre corriendo.

—Va hacia allá —señala Reyes.

Avanzan con cuidado, entre vísceras, pezuñas, hocicos. Van tropezando con los cerdos abiertos en canal.

—Si te entregas, no va a pasarte nada malo.

Todos los cerdos empiezan a moverse. De alguna forma se ha puesto en marcha el mecanismo de la instalación.

—¡Cuidado!

Reyes se agacha para esquivar el golpe de un cerdo que se le venía encima. Con el movimiento de los cuerpos, Orduño ve a Serafín en una secuencia intermitente, como detrás de un carrusel o como la figurita de un diorama.

—¡Alto!

Serafín echa a correr. Orduño apunta a la pierna y dispara. El grito de Serafín resuena en la nave, reverbera por cada rincón hasta diluirse en un eco final. Pero el disparo no le impide correr, aunque sea cojeando.

—Está sangrando, va hacia allá —dice Reyes.

Un reguero de sangre, dibujado gota a gota, les indica el camino que ha tomado por las inmaculadas instalaciones del matadero. Pero el rastro se pierde junto a una pila de piedra con una cubeta para lavar vísceras. ¿Dónde está Serafín? Los cerdos siguen moviéndose en la correa de ganchos. Orduño y Reyes baten la nave, los policías han peinado los pasillos, una patrulla guarda la única puerta de acceso al lugar. Es imposible que se haya escapado. Orduño se acerca a buen paso a uno de los policías.

—¿Estás seguro de que solo hay una salida?

—Solo hay una.

—Tiene que estar aquí. Se ha escondido.

Entonces lo ven. El cuerpo de Serafín viene colgado de uno de los ganchos, que le atraviesa la boca desde la barbilla. De la cara desencajada se desprenden pingajos de sangre. Justo cuando está ante ellos, se detiene el mecanismo.

Lo bajan del gancho. Serafín está muerto.

—Mierda, mierda, mierda —se lamenta Orduño.

—Procedo a mirar en los bolsillos, para ver si lleva algún documento —anuncia un policía con tono protocolario.

Saca dos billetes de veinte euros, uno de cinco y un trozo de papel marrón, de estraza, doblado en dos, con dos rombos dibujados en rojo.

—Este dibujo está hecho con sangre —asegura Reyes.

—¿De cerdo?

—Ni idea.

Orduño se acerca a mirar el dibujo.

—Guárdalo, lo mandaremos analizar.

Reyes saca una bolsita de plástico, la sacude para que adquiera volumen y guarda la prueba con mimo.

—No lleva identificación —informa el policía al dar por terminado el registro.

Orduño asiente con tristeza. Se queda mirando el cadáver. La boca abierta, destrozada, los dientes grandes y descuidados, la ropa rústica, de aldeano, el olor pestilente. ¿Tú de dónde sales?, dice para sí.

Capítulo 36

Chesca abre los ojos y trata de acostumbrarse a la penumbra del sótano. En una silla de tijera hay una camisa y un pantalón. Y algo más. Afina la vista para distinguir unos calzoncillos.

—Es increíble que puedas dormir así.

Levanta la cabeza hacia la voz. Antón está acuclillado al pie de la cama, como un jugador de golf midiendo las ondulaciones del *green* antes de patear. Se yergue y Chesca ve que está desnudo.

—No servirías para trabajar en la granja. Aquí se duerme poco, madrugamos mucho. Tú eres una dormilona.

Hay algo siniestro en la entonación cariñosa que emplea Antón.

—¿Qué quieres de mí?

Chesca se asusta de su propia voz. Suena ronca, sin alma. Se pregunta si la voz será lo primero que se muere dentro de uno.

—Eres tú la que quería algo de mí. Me estabas persiguiendo.

Le acaricia la mejilla con un dedo. Chesca nota los callos, las asperezas de ese dedo. Las manos de Antón no parecen estar recubiertas de piel. Están hechas de cráteres y arena, de estiércol y pienso.

—¿Dónde estoy?

—En mi casa. Eres mi visita de honor.

Sonríe y deja ver una fila de dientes podridos.

—Me han follado todos en esta casa. Todos menos tú. ¿Tú no puedes? —dice Chesca. Quiere provocarle, acelerar la explosión de esa violencia contenida que se esconde en frases amables y cháchara insustancial. Quiere que salga el monstruo de una vez por todas.

—¿Quieres que te folle? No sabes lo que dices.

Chesca no dice nada, está muy asustada, quería provocarle y ahora se abre un abismo a sus pies. La mirada de Antón tiene un brillo arrogante y juguetón que deja todas las posibilidades abiertas. ¿Qué se dispone a hacer con ella?

Le acaricia un pecho con su mano callosa.

—No me excitan tus pechos, ni tu cuerpo desnudo, pero no es porque no seas una mujer atractiva. ¿Sabes por qué es?

Agacha la cabeza para situarla junto a la de Chesca. Deposita en su oreja la respuesta.

—Porque yo no soy como los demás hombres. Soy distinto.

Empieza a lamerle la cara, pero no es un acto de lascivia. Son los preparativos asépticos de una enfermera que unta la piel con alcohol antes de clavar la jeringuilla.

Chesca no ve venir el mordisco. Al principio oye un ronroneo, como si estuviera disfrutando por adelantado, después nota un lametazo muy breve, con la punta de la lengua, que es la que marca el lugar de la incisión, y por fin los dientes clavándose en su piel y desgajando un trozo de carne. Chesca grita ante el dolor inesperado, y vuelve a gritar al ver que de la boca de Antón cuelga un trozo de su moflete, un manjar que él sorbe y paladea entre exclamaciones de placer.

Tercera parte

CORAZÓN VAGABUNDO

Mi corazón no se cansa
de tener esperanza,
de un día ser todo lo que quiere.

Valentina quiere que su hijo crezca como un niño normal, aunque sepa que es imposible. ¿Cómo va a ser normal un niño que ha nacido en una casa en la que viven dos hombres que son como animales, que tienen que estar siempre atados, recluidos y hasta arriba de pastillas para que no salten el uno sobre el otro, para que no se arranquen la ropa y se pasen las horas masturbándose, para que no intenten aparearse con ella? ¿Cómo va a ser normal un niño cuando el hombre que se hace pasar por su padre mató al suyo con un cuchillo y le decapitó en una máquina para cortar huesos de cerdo?

Aun así, cuando baja al pueblo, Valentina le compra a su hijo cuentos infantiles de los Teletubbies, unos muñecos de colores que se han puesto de moda. También juguetes para niños: cochecitos, puzles y hasta un triciclo. Si ella puede impedirlo, Julio no va a vivir siempre rodeado de cerdos, como Antón y como ella, como Serafín y Casimiro.

A Valentina le da pena la vida que les ha tocado en suerte a los dos hermanos de su marido, siempre drogados y medio zombis. Se mean y se cagan encima y después tiene que ir ella a limpiar, con asco y con miedo. Nadie de fuera de la granja sabe de ellos, es como si no existieran, tienen nombre, pero no tienen ni documentos ni posibilidad de ir a un médico, nada. A veces descubre a Antón mirándolos y sabe que piensa en matarlos y librarse de ellos. Sería tan fácil… A ella no le importaría que se decidiera y los matara. Si siguen vivos es porque son fuertes, solo así han logrado resistir, sin vacunas, sin médicos, sin higiene… Se han convertido en dos bestias con una fuerza formidable, Valentina tiene pánico a que le hagan daño, sobre todo Serafín, con ese pene enorme que muestra siempre que puede. Con Julio son distintos, no suponen ningún peligro, está segura de que los dos lo protegerían hasta la muerte.

Ha pensado muchas veces en escapar con su hijo. Pero a dónde ir... Antón la encontraría allí donde fuera y se las apañaría para quitarle a Julio y matarla. Cree que si se fuera sola se lo permitiría, siempre que dejara a su hijo atrás. Lo necesita, él nunca va a tener un hijo propio y nadie puede hacerse cargo de esa granja, es aterrador todo lo que ocurre allí dentro.

Cuando hay ferias ganaderas en algún pueblo, él pasa varios días fuera de casa. A su vuelta suele estar más irritable de lo habitual, haya hecho buenos negocios o no. Algo pasa en esas ferias que nunca le cuenta a ella y que le altera. Ella supone qué es, pero prefiere no pensar en ello.

Una noche, tras volver de uno de esos mercados, entró en la casa y se sentó sin siquiera saludarlos, a ella o al niño. Valentina se dio cuenta de que lo mejor que podía hacer era pasar desapercibida, hasta que él se tranquilizara y volviera a su comportamiento habitual, frío y preocupado solo por los cerdos. Pero esa noche, cuando Valentina ya estaba en la cama, él entró en la alcoba y, en lugar de ponerse a dormir en silencio, como siempre, se desnudó y la desnudó a ella con violencia. Era la primera vez, en los más de tres años que llevaba en la casa, que su marido la demandaba sexualmente. Intentó hacerle el amor, pero no consiguió que su pene se pusiera duro. Ella procuró ayudarle, le hizo una felación, le acarició, pero nada fue eficaz. Él terminó soltándole un bofetón que le abrió una herida en el labio... Solo entonces, chupándole la sangre que manaba del corte, logró alcanzar la erección necesaria para penetrarla.

Mientras lo hacía, Valentina se acordó de aquello que su suegra, Ramona, le contó poco antes de morir. Algo que en aquel momento no supo si creer, pensó que no eran nada más que los desvaríos de una mujer tan enferma como los hombres que la rodeaban. Según le dijo, una tarde, antes de que Valentina llegara a la granja, salió de paseo y se encontró con Antón. Tenía diecisiete años, le faltaban pocas semanas para ser mayor de edad. Estaba con una muchacha del pueblo, encima de ella, haciéndole el amor tirados en un bancal, cerca de los chiqueros. Ramona pensó en dejarlo estar, pero vio que había sangre en la tierra. Se acercó y se dio cuenta de que la chica estaba muerta y de que él estaba fuera de sí, penetrándola... Los separó a tirones, a gritos. Se lo llevó a casa sin saber muy bien cómo actuar, era un monstruo, pero era su hijo. Antón juró que él no había tenido la culpa. Que esa chica —una vecina del pueblo— se había reído de él, se había burlado diciéndole que era impotente. No quería hacerle daño, pero le dio un empujón. La chica se cayó al suelo y se golpeó con una piedra en la cabeza. Empezó a manarle sangre y, no sabe por qué, esa sangre le excitó. Fue como si algo le poseyera...

Ramona se lo contó a su marido, que se encerró con el joven en el sótano de la casa. Le dio una paliza, pero nada más, no iba a entregar a su hijo a la policía. Era el único que valía para sacar adelante la granja; sus hermanos —Serafín y Casimiro— eran poco más que animales. Cuando encontraron a la chica muerta, nadie pudo relacionarla con Antón. Por eso su padre se dio prisa en casarlo y Valentina, una pobre chica que fregaba en un burdel, fue la oportunidad perfecta. Confiaba en que esa mujer calmaría sus apetitos y lo apartaría de la violencia.

Pero Ramona no compartía esa confianza. Estaba segura de que lo que había pasado se repetiría. Su hijo necesitaba la sangre, la carne, para ser un hombre... y un día, tarde o temprano, iba a necesitar que Valentina se la diera. El día llegó entonces, con la sangre de su labio, pero se repite muy rara vez. Por algún motivo, Antón respeta a Valentina. Ella está segura de que no respeta igual a las mujeres con las que se encuentra en esos viajes, sospecha que se trata de eso.

Capítulo 37

—La causa de la muerte es la que cabía esperar: perforación de la tráquea y de la arteria carótida izquierda con el gancho del matadero.

Buendía presenta los resultados de la autopsia ante sus compañeros de la BAC. El ambiente es tenso, un manto de consternación los envuelve a todos.

—Se os ha escapado, joder, era la única pista para llegar hasta Chesca —dice Zárate.

Elena le pone la mano en el brazo, la forma más rápida que encuentra de pedirle calma. Pero las palabras ya han sido pronunciadas y la llama prende.

—El operativo estaba bien montado, se ha respetado el protocolo —se defiende Orduño.

—Tres unidades, cojones. Tres unidades para vigilar a un retrasado y se os escapa.

—Zárate, ya está bien —un nuevo intento de Elena por detener la discusión. También cae en saco roto.

—El retrasado tenía piernas, ¿sabes? —dice Reyes—. Corría como un puto gamo.

—¿Por qué no fuimos nosotros? —le espeta Zárate a Elena.

—A vosotros también se os podría haber escapado.

—Reyes, déjalo —media Orduño—. No sirve de nada lamentarse. Lo hemos perdido, ya está.

Buendía hace sonar uno de sus carraspeos.

—¿Puedo continuar?

Zárate se cubre el rostro con las manos. Su respiración pesada llena el silencio de la BAC. Con un gesto breve, Elena le pide a Buendía que continúe.

—El cadáver presenta un desgarro en el fémur por herida de bala.

—Le di el alto y tuve que disparar —se justifica Orduño—. Espero que ese balazo no fuera mortal.

—Tu disparo no tuvo nada que ver con su muerte —el forense ha sido tajante—. El tipo sabía lo que tenía que hacer para morir en cuestión de segundos, no es de esos ahorcados torpes que patalean y se pelean por conseguir oxígeno hasta que los salvan. Era alguien dispuesto a suicidarse antes de contestar a ninguna pregunta.

Nadie lo dice en voz alta, pero todos piensan en qué quería ocultar ese hombre, qué secretos se lleva a la tumba, qué podía ser tan grave para preferir la muerte a un interrogatorio policial. Mariajo interviene:

—¿Sabemos quién es el muerto?

—Me temo que no —Buendía—. No hay documentación, no hay teléfono móvil, no hay ningún tatuaje que nos diga nada sobre él. Las necrorreseñas, las huellas dactilares del muerto, se corresponden con algunas de las encontradas en el apartamento de la calle Amaniel. Pero no constan en ningún archivo.

—Al menos sabemos que es uno de los secuestradores de Chesca.

—En efecto —Buendía coincide con Orduño—. Y hay otro dato que apunta en esa dirección. La analítica muestra azaperona en sangre. La azaperona, como el mismo nombre indica, es el principal compuesto del Azaperonil.

—¿Ese hombre tomaba un medicamento para cerdos? —Reyes nunca ha oído algo semejante.

—Eso parece. Y no tiene señales de inyecciones, luego se bebía los viales. Es un medicamento muy fuerte, si lo tomaba es porque necesitaba relajarse, o alguien necesitaba relajarlo, de forma muy imperiosa.

—¿Estás diciendo que el retrasado era una bestia salvaje? —pregunta Zárate.

—Yo solo os comunico los resultados de la autopsia. Hay otro dato que permite sacar conjeturas. El pene presenta una irritación considerable, con marcas de balanitis, una inflamación del prepucio y del glande. Es consecuencia de la escasa higiene y de una actividad sexual excesiva.

—Le daban Azaperonil para reducir su libido —aventura Mariajo, y Buendía asiente.

—Esa es mi impresión.

En el silencio que sigue, casi se puede sentir el aleteo de la imaginación de cada uno de los presentes, las horribles imágenes de Chesca en manos de un hombre que toma medicamentos para cerdos con el objetivo de controlar sus impulsos sexuales.

La vecina del apartamento de Amaniel aseguraba haber oído gruñidos de cerdos aquella noche. ¿Era ese hombre el que los profería? ¿Eran su forma de expresar deseo sexual ante la visión de la carne fresca? A Zárate le resulta insoportable ese baile de fantasías. Es él quien rompe el silencio.

—Esa bestia tenía secuestrada a Chesca. No me creo que no podamos averiguar quién es y dónde vive.

—Hay algunas pistas —dice Buendía—. Había estiércol en las uñas, los zapatos y la ropa, tiene manos fuertes, de estar acostumbrado al trabajo duro, señales de mordiscos por todo el cuerpo... Todo me lleva a pensar que vivía en una granja de cerdos.

—Pues vamos a peinar la zona y visitamos las granjas una por una, ¿a qué estamos esperando? Tenemos la foto del tipo, ¿no? La enseñamos de casa en casa, alguien le conocerá.

—No tienen por qué conocerle —discrepa Buendía.

—¿No le ha visto nadie? —Zárate no está de acuerdo— ¿Vive encerrado en su casa?

—Si te tranquilizas un poco, te explico mis conclusiones.

Zárate hace un esfuerzo por serenarse. Asiente y el forense de la brigada aprovecha para aclararse la garganta.

—No he encontrado señales de vacunas en su cuerpo, aunque por su edad debería tener la cicatriz de la tuberculosis en el brazo o en el muslo. Tampoco he encontrado señales de operaciones o empastes en la dentadura. Le faltan algunas piezas, pero hay laceraciones en las encías, lo que indica que se las han arrancado a lo bestia, con unas tenazas y tirando fuerte.

—¿Estás queriendo decirnos que este hombre nunca ha estado en un médico? —pregunta Elena.

—Creo que el primer médico que lo ha tratado he sido yo.

Todos le miran, esperando que siga con sus conjeturas.

—Os voy a contar lo que he recordado mientras examinaba todos los datos de la autopsia. En el pueblo de mi mujer había un matrimonio que vivía en una casa apartada del casco urbano. Eran una pareja ejemplar, que no dio nunca problemas: buenas personas y buenos vecinos. Hasta que murieron en un accidente de coche; entonces descubrieron que tenían un hijo del que nadie sabía nada, lo que en esos tiempos se llamaba un retrasado. Tenía más de veinte años y estaba perfectamente cuidado, pero siempre lo habían ocultado de todos. Vivía en la casa y nunca había salido de allí, les avergonzaba. Me temo que eso ha sido común en el campo en algunas épocas.

—Es cierto, yo también he conocido algún caso —Mariajo asiente con la cabeza.

Elena la mira, estupefacta. Se pregunta por qué ella no conocía esa costumbre.

—¿Crees que puede tratarse de lo mismo?

—Podría ser. Aunque sabemos que este hombre al menos salía para conseguir recetas de Azaperonil.

—Puede que alguien sepa dónde vivía —insiste Zárate—. Hay que ir puerta por puerta. Ahora tenemos una fotografía que enseñar a los vecinos.

Coge la fotografía del cadáver. Orduño enarca una ceja, no es el mejor retrato para ir preguntando por las casas. El rostro amoratado, deforme, la mandíbula desencajada. Resulta difícil encontrar la boca, seguir el rastro de los labios. Pero algo es algo.

—¿Pretendes que alguien identifique a este hombre con esa fotografía? —pregunta Reyes.

—Pretendo que mováis el culo y traigáis una puta pista, que por vuestra culpa estamos en un callejón sin salida.

Orduño se levanta echando la silla hacia atrás en un gesto ruidoso. Lo hace temiendo una reacción agresiva de Reyes, que hoy viste de nuevo con cuero y, a pesar de que lleva el pelo corto, se ha fabricado un pequeño tupé con gomina. Quiere adelantarse a ella y ser él quien muestre su indignación a Zárate.

—Vuelve a echarnos la culpa y te coso la cara.

Zárate se lanza contra él. Ni siquiera ha necesitado ponerse de pie, el salto lo ha hecho desde la silla.

—¡Ángel! —grita Elena.

—Quietos los dos, coño, que parecéis niños —Buendía intenta separarlos.

Mariajo se limita a sonreír con sorna y a asistir al espectáculo de los dos machos cabríos.

Reyes consigue deshacer el abrazo de luchadores en el que ya estaban los dos enzarzados. Lo hace con una fuerza inesperada que llama la atención de Elena.

—Ya está, cada uno a un rincón —dice. También este ramalazo de humor resulta sorprendente. Rentero tiene una sobrina muy rara.

Zárate y Orduño se miran con furia, pero ya es mitad real y mitad fingida, una coda en su arrebato masculino.

—No voy a tolerar ni una pelea más —dice Elena—. Si no nos mantenemos unidos, no vamos a encontrar a Chesca.

Una de las ayudantes de Buendía entra en la sala. Discreta, como siempre, se dirige a él y le entrega un papel que él mira. Le hace una consulta a la chica en voz baja antes de anunciar su contenido.

—El papel que llevaba el muerto en el bolsillo, el de los dos rombos entrelazados, estaba hecho, efectivamente, con sangre humana.

—¿De Chesca? —pregunta Mariajo.

—No lo sabemos. Hay que hacer el cotejo.

Elena coge el dibujo de los dos rombos. Se levanta de un impulso.

—Zárate, nos vamos a casa de Chesca. Vamos a traer una muestra de ADN ahora mismo.

—¿De dónde? —Zárate tiene la impresión de que ella solo quiere castigarlo, sacarle de la reunión con cualquier excusa.

—Me da igual, nos vale el cepillo de dientes o un pelo que haya en un peine. Pero esto hay que hacerlo ya. Si esta sangre es de Chesca, significa que está viva y que nos está enviando un mensaje.

—¿Nosotros qué hacemos? —pregunta Orduño.

Elena coge la fotografía del muerto. Se la tiende a su compañero.

—Lo que ha dicho Zárate. Os vais a Cuenca y encontráis a alguien que sepa quién es este tío. Empezando por el veterinario, puede que sepa más de lo que os ha contado.

—Andando —le dice Orduño a Reyes.

Antes de salir se gira hacia Zárate.

—La vamos a encontrar, compañero. Te lo aseguro.

Capítulo 38

Le duele todo el cuerpo. El simple acto de respirar le provoca sacudidas y ataques de tos. Tiene la garganta llena de flema, de polvo y de humedad. Se entretiene deshaciendo coágulos de sangre con la lengua. Necesitaría un espejo para mirarse la cara. Cree que le falta la mitad. Nota un hormigueo en lo que antes era su mejilla izquierda. No sabe si son insectos o si es una infección avanzando a paso firme y destruyendo fibras y mucosas. Se abre la puerta y entra aire frío, una corriente que se le mete hasta los huesos de la nariz. Llegan gritos del piso de arriba, como si alguien estuviera sacrificando un cerdo el día de la matanza.

La Nena está llorando. Se sienta en la cama y vierte un mar de lágrimas. A Chesca le gustaría tener fuerzas para consolarla, pero no puede. Se limita a mirar el llanto de la niña.

—Dice Julio que Serafín está muerto —la Nena hipa—. Él estaba en el coche, esperándole, y ha tenido que irse porque ha venido la policía.

—¿Qué pasa arriba? —susurra Chesca. No es capaz de hablar en voz alta.

—Es Casimiro. Se ha puesto como loco a dar cabezazos contra la pared. Es que estaban siempre juntos y le da mucha pena.

—¿Y mi dibujo?

—No le dio tiempo a ir a la farmacia. Mala suerte.

Chesca no se ve capaz de hablar más. Debe ahorrar fuerzas si quiere salir viva de allí. Ahora su enemigo no es Antón, ni Julio. Es el agotamiento. Le haría más preguntas a la Nena para obtener toda la información, pero cree que no le hace falta. Se ve capaz de construir el relato de lo sucedido, y las conclusiones son buenas. Su plan consistía en poner un dibujo en manos del farmacéutico, con la esperanza insensata de que advirtiera que estaba hecho con sangre y llamara a la policía. La Nena ha cumplido su parte, lo metió en el bolsillo de Serafín. No lamenta no haber conseguido hacer eso, lamenta que no llegara a la farmacia. Pero si Serafín ha muerto en un encuentro con la policía, el dibujo estará ya en manos de la BAC. Solo falta que descifren el mensaje.

—Dice Julio que nos tenemos que ir.

—¿Ahora?

—No sé —la niña hace un puchero—. Yo no me quiero ir, yo he vivido siempre aquí, me da miedo salir a la calle.

Chesca valora esta novedad como muy negativa. Si se escapan por el temor de ser descubiertos, ella tiene las horas contadas. No van a cargar con ella, eso es evidente.

Arrecia el llanto de la niña. Un minuto llorando como en plena rabieta. Dos minutos. Tres. Chesca toma aire. El llanto se aloja en sus tímpanos, se mezcla con los alaridos de arriba y la mezcla es demoledora para su débil resistencia. De pronto, cesa el llanto. Ahora solo queda una respiración agitada. Se oyen portazos, pasos, gritos, persecuciones. La Nena mira hacia la escalera, asustada. La gata baja corriendo, casi deslizándose por los peldaños. Se acerca a la niña, que tiembla como una hoja.

—Gata.

La gata se acerca a olfatear la herida de Chesca.

—El otro día perdí por la ge. Pero ahora es un juego nuevo. Gata.

Chesca tarda en comprender que la niña quiere jugar. Ojalá pudiera sumarse al juego con alegría, pero está embotada y la simple elección de una palabra le parece una tarea que va más allá de su capacidad.

—¡Te toca! —le apremia la Nena.

—Hueso.

Le gustaría señalarse el hueso del pómulo, que asoma por el boquete de la cara. Pero no hace falta, la niña da por buena la palabra.

—¿Por qué letra me toca?

—Por la i.

—Por la i…

La niña mira aquí y allá, se levanta, recorre la habitación. No se le ocurre nada. De pronto, se agacha y coge una hebra del suelo.

—¡Hilo!

Lo dice con tanto entusiasmo que Chesca, que estaba cerrando los ojos, da un respingo.

—Hilo, esa vale —dice la niña.

—Hilo es con hache.

—Ah, qué mala pata. Entonces he perdido.

Chesca solo quiere dormir. No puede sumarse a la actividad de la niña, quiere abandonarse a un sueño largo y profundo. Y no despertar más.

—Me tienes que poner una prenda.

La Nena ve que Chesca ha cerrado los ojos. Se acerca a ella dando saltos y la zarandea.

—Que he perdido, ¿cuál es mi prenda?

—Que me ayudes a escapar —murmura Chesca.

—Vale.

Chesca vuelve a cerrar los ojos. En el umbral del sueño suena la voz de la Nena como un cascabeleo.

—Vale, te ayudo a escapar. ¿Cómo lo hacemos?

Una pesadez y una oscuridad que parecen venir de otro mundo aplastan a Chesca y no la permiten ni siquiera contestar.

Capítulo 39

—La sangre es de Chesca.

El mensaje de Buendía es claro, conciso y previsible.

—Gracias, Buendía. Vete a descansar —dice Elena.

Buendía se ha quedado hasta tarde en la oficina solo para esperar el resultado de la prueba. Su voz suena cansada. En realidad, están todos agotados.

Hace frío y amenaza lluvia cuando Elena se asoma al balcón. La plaza Mayor se ha quedado desierta. Durante el día es raro verla sin turistas, pero por la noche apenas tiene vida. En los soportales sí, allí siempre hay una especie de campamento de indigentes que marca su territorio con cajas de cartón, edredones viejos y colchones mugrientos que no se sabe de dónde salen y dónde se guardan durante el día; algunos de los vagabundos que duermen allí cargarán con sus escasas posesiones en carritos robados en algún súper cuando amanezca. Seguro que pasarán voluntarios por la noche llevando a los mendigos un termo con café caliente, un paquete de galletas, un rato de charla. Elena a veces piensa que ella también debería hacerlo, solo tendría que bajar un par de pisos para ayudarlos, pero nunca se decide, le pueden el egoísmo y esa sensación de que ellos han escogido su vida y deben cargar con ella. Probablemente sea falso, ninguno de los que duermen al raso ha escogido, solo han sido incapaces de huir de su destino.

Tiene varias llamadas perdidas de su madre, pero no piensa contestarlas hasta mañana. No se arrepiente de haberle confirmado que iría con ella a Berlín. En la reunión de la brigada han surgido las primeras grietas en el equipo.

Peleas, acusaciones, desconfianza, impotencia. Es muy duro el trabajo policial. Es frustrante. Ya no es trabajo para ella.

Vuelve al salón cuando se cansa de mirar la plaza, piensa que debería encender la tele un rato y buscar un programa que hiciera descansar su mente, uno de esos que hablan de famosos pasando hambre en una isla o cualquiera de ese estilo; pero, en lugar de hacer eso, abre su iPad y mira la fotografía del dibujo que Chesca les ha hecho llegar. Dos rombos entrelazados.

¿Qué significa eso? Aunque está agotada, trata de pensar con lógica. Si Chesca tiene la oportunidad de escribir un mensaje y no pone un nombre o una dirección, es porque no sabe quién es su secuestrador ni dónde la tienen encerrada. Pero ¿por qué dos rombos? Esa era la clasificación antigua de las películas para adultos en la televisión española. Un rombo, visión con precaución. Dos rombos, mayores de dieciocho años. Pero Chesca es de otra generación, jamás habría recurrido a un código que ni siquiera llegó a conocer. Además, ¿qué clase de información daría eso? ¿Mayores de dieciocho años? ¿Intenta señalar un burdel, o algún territorio vedado a los menores de edad?

No le cuadra. Está muerta de cansancio, no es fácil resolver jeroglíficos como este. Por primera vez en mucho tiempo tiene ganas de salir de casa, de entrar al karaoke de la calle Huertas, de saludar a sus conocidos, pedir una canción, dejarse llevar por la música, tal vez conocer a un hombre y preguntarle si tiene un coche grande para volver con él al aparcamiento de debajo de la plaza… Pero no puede, tiene que estar alerta, se lo debe a su compañera. Vuelve a la imagen, dos rombos entrelazados.

No cree que Chesca quisiera mandarles un mensaje filosófico, sino una llamada de socorro, así que descarta todos los significados religiosos, geométricos o metafísicos del símbolo del rombo. Tiene que ser algo más real, una pista, algo que los llevará hasta ella.

Le sobresalta el sonido del timbre. Va al telefonillo y responde Zárate.

—Siento molestarte, ¿puedo subir?

Zárate ha pasado por todos los estados que se le ocurren: ira, miedo, incomprensión, resquemor…, pero en ese momento solo está angustiado.

—No puedo dejar de pensar en Chesca, en lo que habrá sufrido, en si estará viva, en si la habrá violado ese monstruo de los dientes podridos…

—Tienes que alejarte de esos pensamientos. Ahora solo importa encontrarla.

—Llevo un buen rato pensando en los dos rombos. No se me ocurre qué puede significar eso.

—¿En qué has pensado? Dilo en voz alta, a ver si sacamos algo en claro.

—Un símbolo masónico. Formas geométricas puras.

—Muy elaborado.

—Un tatuaje. ¿Alguien que tenga tatuados dos rombos en el cuerpo?

—Podría ser. Pero es una pista difícil de seguir. Yo creo que Chesca ha querido ser más clara.

—¿Tú tienes alguna idea?

—No podemos divagar. Vamos a intentar ponernos en la mente de Chesca. Estás atado y sangrando, de alguna manera consigues un papel y puedes mandar un mensaje. Tienes que hacerlo con tu propia sangre y no dispones de mucho tiempo —empieza Elena.

—Puede ser que debas ocultar el significado del mensaje. Es decir, no puedes poner algo que se entienda porque el bruto ese no permitiría que llegara a ningún sitio —sigue Zárate.

—Hay que pensar en por qué llevaba ese papel en el bolsillo cuando murió.

—¿Crees que ese hombre tenía idea de lo que llevaba, que no era solo un papel más?

—Iba a un veterinario a por una receta.

—Pero eso no significa que supiera leer lo que decía —se impacienta—. Acuérdate de lo que dijo Buendía: puede que haya vivido encerrado casi toda su vida. Creo que Chesca se las apañó para metérselo en el bolsillo. Pero volvamos al mensaje. ¿Qué querría escribir?

—Nos está señalando un camino. ¿En la investigación de la trata de blancas os encontrasteis con ese símbolo?

—No. Si fuera así, ya habría caído.

—¿En ninguna otra investigación?

Zárate se concede unos segundos antes de contestar.

—No. Me acordaría, Elena.

—Tiene que ser un símbolo fácil de interpretar. Chesca no es tonta, no pretende despistarnos. Creo que tenemos la solución delante de nuestras narices, pero no la vemos.

Pasan casi una hora dándole vueltas al símbolo. Sin éxito.

—¿Tú has cenado? —pregunta Zárate.

—Yo estoy hambrienta.

Cenan una lasaña congelada.

—No sé cuánto tiempo lleva aquí, pero esto no se estropea, ¿no?

—Mañana lo sabremos; si seguimos vivos, es que no se estropea.

La acompañan con una botella de vino italiano, un Canaletto Montepulciano d'Abruzzo.

—Supongo que es muy bueno porque me lo envió mi madre en Navidades. Ya sabes que yo no soy de beber vino. Antes bebía siempre grappa, ahora me encanta el agua del grifo.

—Vaya, yo que soñaba con beber grappa contigo.

Por unos momentos cenan, charlan, se acaban el vino y se olvidan de Chesca. Elena se levanta y va a la cocina. Vuelve con una botella de grappa y dos vasos de chupito en las manos.

—Guardaba esta botella en la nevera para una emergencia.

Sirve los dos chupitos de una Libarna Gambarotta, envejecida durante un año en barrica de roble. Le habla a Zárate de su aroma, de su color, pero a él le sabe igual que todas las demás. Con el alcohol se le ha ido dibujando en el rostro la tristeza.

—Me siento culpable por haberme marchado esa noche. Y por decirle que no la quería. A veces pienso que ha desaparecido para castigarme.

—No te fustigues, compañero. Tú le dijiste lo que sentías. Lo que pasó después no es culpa tuya. No puede serlo.

—A veces pienso que es culpa tuya.

—¿Mía?

—Claro. Yo no quería estar con Chesca porque pensaba en ti todo el rato. Así que tienes tu cuota de responsabilidad.

—¿Esperas que me crea que después de un año sin verme todavía pensabas en mí? —dice Elena mientras mueve el licor en su copa.

—No hace falta que te lo creas, pero es la verdad.

—¿No lo dices porque te apetece echarme un polvo esta noche?

—No quiero echarte un polvo. No me sentiría bien.

—Yo tampoco —Elena vacía el vaso de un trago—. ¿Te vas a quedar a dormir?

Acostados en sus respectivas camas, separados por apenas una pared, los dos piensan en recorrer la distancia hasta el otro. Los dos deciden que es una mala idea e intentan dormir. Pero no es fácil. Elena piensa en Zárate, en lo mucho que le gusta ese hombre, en la distancia que va a poner de nuevo entre los dos. ¿Se ha convertido en una mujer que huye del amor? ¿Integra ya el pelotón de amargados que defiende una vida libre de las pasiones y los conflictos amorosos?

Se levanta y se sirve otro vaso de grappa. Desea con todas sus fuerzas que Zárate no haya oído sus pasos, que no aparezca en el salón y la sorprenda en esa situación tan poco decorosa. En bragas, con una camiseta vieja que utiliza como pijama y agarrada a la botella como una borracha. Se tumba en el sofá y piensa en Zárate, en las cosas que le gustan de él. Sonríe al pensar que está durmiendo al otro lado del tabique, en la habitación de su hijo Lucas. Todavía conserva la decoración infantil. Igual que Chesca en la casa del pueblo. Su cuarto se ha congelado en el tiempo, es el santuario de la niña que fue.

Elena se incorpora de pronto, pasea por el salón y trata de descifrar los nervios que se le han agarrado al estómago. No es que le haya sentado mal el alcohol. Es que acaba de descubrir qué significan los dos rombos entrelazados.

Capítulo 40

Ya avistan la ciudad de Cuenca. En los últimos días, Orduño y Reyes han pasado tiempo allí, ya no es para ellos un nombre que asociar al de las Casas Colgadas, aunque la visión del voladizo que sobresale sobre la cornisa de la hoz del río Huécar les impresione.

Pasan la mañana de un lado para otro, mostrando a todo el mundo la fotografía del muerto que les ha facilitado Buendía tras reconstruirle un poco la cara después de la autopsia. Cuenca no es una ciudad grande, es imposible que nunca nadie le haya visto, pero no tienen suerte. También tratan de averiguar algo sobre Yolanda Zambrano, nadie ha denunciado su desaparición, ¿estará con Chesca, encerradas las dos en el mismo lugar?

Han hablado con el director de su banco, con el encargado de la fábrica de muebles en la que trabajó hasta que hubo un ERE, con las dependientas del mercado en el que compraba a diario. No han logrado que nadie se salga de la opinión unánime: era una mujer discreta, solitaria, siempre correcta. Nadie la ha echado de menos hasta que los policías preguntan por ella, es entonces cuando caen en que llevan bastante tiempo sin verla.

—Y en Facebook había llegado al límite de amigos, a cinco mil —comenta Orduño—. Si por eso a mí no me gusta nada eso de las redes sociales, tienes cinco mil amigos para darle al me gusta en la última foto que han visto de tu gato y ninguno para tomar una copa.

—Eres muy antiguo, Orduño, Facebook es de viejos. La gente que tiene Facebook no toma copas, bebe cafés —se ríe de él Reyes.

Mientras pasean por la calle Carreterías, mostrando la foto a camareros, dependientas de tiendas, simples viandantes, Orduño recibe una llamada en el móvil.

—Espera, voy a contestar, es el veterinario.

Emilio Zuecos pasea de un lado para otro, nervioso. Orduño mira la nota que le han dejado en el parabrisas del coche, una amenaza de muerte por haber delatado el estado de los cerdos de la nave de Aljibe S. A.

—Me van a matar, vienen a por mí.

—Te está bien empleado. Eres el responsable del estado de esos cerdos. ¿Te vuelvo a enseñar el vídeo que grabamos?

El hombre acusa la dureza de Reyes, pero no quiere defenderse, está asustado con la amenaza y el peligro viene de los que le han dejado la nota.

—¿Cómo llegaron hasta la nave?

—Nos llevó un hombre al que encontramos en un bar y te conocía.

—¿En el Juanfer? ¿Pinto? Seguro que fue el gilipollas de Pinto. Borracho de mierda… ¿Saben dónde está Pinto? En el Virgen de la Luz. Y de la paliza que le han dado no se sabe si se va a despertar… Joder, y el próximo soy yo.

El Virgen de la Luz es el hospital más grande de Cuenca. Pinto ingresó la noche anterior después de que lo encontraran casi sin vida en una acequia cercana al Polígono La Montonera.

—Si tardan una hora más en verle ahí tirado, no lo traen aquí, lo llevan al depósito —les resume el doctor Caudete—. Tiene varios huesos rotos, pero lo peor es un traumatismo craneoencefálico severo, con fractura craneal. Por explicárselo con palabras sencillas, ha perdido masa encefálica y, aunque sobreviviera, no volvería a recobrar el conocimiento. Así que, y perdonen que sea tan cruel, mejor morir sin sufrir demasiado. Ya hemos llamado a un hermano suyo, fraile en un pueblo de Burgos, pero nadie ha venido a visitarlo.

—¿Se sabe cómo se lo hizo?

—Yo creo que fue una paliza, pero eso lo tendrán que confirmar ustedes. Los médicos curamos, los policías investigan lo ocurrido. Hasta ahora el reparto de funciones ha dado unos resultados moderadamente satisfactorios.

Un hombre medio muerto de una paliza por desvelar unas irregularidades en una nave de cerdos es algo que no van a poder dejar pasar, por mucho que estén buscando a una compañera. Al menos es lo que piensa Reyes.

—No tenemos que ocuparnos nosotros personalmente, pero hay que pararlo. Podemos avisar a otros policías para encargarse de eso. Tú viste cómo estaban esos animales; si no te da pena por ellos, por lo menos intenta que no nos pongan eso en la mesa. Creo que me voy a hacer vegana, que voy a dejar de comer carne para siempre.

Orduño sabe que Reyes tiene razón, solo duda del momento. Han bajado a la cafetería del hospital y han pedido un café mientras deciden qué hacer a continuación. ¿Es mejor visitar granjas de la zona o seguir buscando a algún vecino que identifique la fotografía?

—¿Puedo sentarme con ustedes?

Un hombre de unos sesenta años, con traje algo anticuado y abrigo se ha acercado a ellos.

—Haga el favor, siéntese —contesta Orduño.

—Me llamo Victoriano, Victoriano Alguacil. Soy abogado, pero no he venido a hablar con ustedes como abogado, sino para echarle una mano a un amigo. Y ustedes son Rodrigo Orduño y Reyes Rentero, si no me han informado mal.

—Perfectamente, le han informado perfectamente. Pues muy bien, ahora ya sabemos todos cómo nos llamamos. ¿Por qué no nos cuenta qué quiere?

—Ustedes son de ciudad, no sé si me van a entender porque las cosas en la ciudad y en el campo son distintas, así que les adelanto que pueden ganar quince mil euros para repartirse como quieran, a medias o como tengan por costumbre.

—No tenemos costumbre de repartirnos dinero —dice Orduño.

—Pero quince mil euros es una buena cantidad, seguro que escuchar lo que tienen que hacer para ganarlos no les importará.

Reyes ve que Orduño está a punto de sacar la pistola y las esposas y detener a Victoriano por intento de soborno, por menosprecio a la autoridad o por cualquier cosa que se le ocurra, sin darle tiempo a explicarse, así que interviene.

—¡Quince mil euros! Por esa cantidad yo escucho lo que haga falta, hasta cantar a Perales, ya que estamos en Cuenca. Además, Perales me encanta. Pero ya ve que mi compañero está nervioso, así que vaya deprisa.

El hombre va directo al grano; según él, es un buen amigo del administrador de Aljibe S. A., la empresa propietaria de la nave en la que estuvieron con Pinto.

—Mi amigo sabe que ha cometido algunas irregularidades en su empresa, que los cerdos no han estado todo lo cuidados que debían, que no han pasado todos los controles de sanidad que la ley indica…

—Su amigo no ha cometido irregularidades, su amigo es un hijo de puta —estalla Orduño—. El estado de esos cerdos era inhumano.

Victoriano mantiene la calma.

—No olvidemos que no eran humanos, que eran eso, cerdos. Pero por eso está mi amigo dispuesto a pagar quince mil euros: si solo fueran pequeñas irregularidades, esperaría a que le llegara la multa y santas pascuas.

Reyes se muerde el labio, pensativa.

—¿Y qué se supone que debemos hacer para ganar ese dinero?

—Eso es lo mejor, no tienen que hacer nada. Absolutamente nada, solo olvidar que alguna vez estuvieron en esa nave. No denunciar. Mi amigo me ha prometido, y le creo, que eso va a cambiar, que nunca más tendrá a los animales en ese estado.

—Qué amable es su amigo, me enternece —se mofa Orduño—. ¿Y Pinto? Le recuerdo que en este hospital hay un hombre al borde de la muerte. Y mucho me temo que la causa ha sido habernos dicho dónde estaba la nave.

—Eso es falso, mi amigo no tiene nada que ver. Pinto bebía mucho, debió de caerse y se dio un mal golpe. Desgraciadamente, ya no podemos hacer nada por él.

Para Orduño se ha acabado la cháchara.

—Dígale a su amigo que le llegará una inspección. También que será detenido por posible homicidio.

Da la impresión de que Victoriano se lleva un gran disgusto ante la terquedad de los dos policías.

—Señorita, usted parece más razonable que su compañero. ¿Por qué no habla con él y le hace cambiar de opinión? Puedo convencer a mi amigo de que suba su oferta hasta los veinticinco mil euros. Menuda alegría, ganar veinticinco mil euros a cambio de nada.

—Mi compañero ya le ha dicho lo que vamos a hacer. Yo no esperaría, pero ha tenido usted suerte porque el que manda es él —contesta Reyes—. Si por mí fuera le detendríamos a usted y después iríamos a por su amigo. Y no nos olvidaríamos de Zuecos.

—Lo lamento, era mucho mejor ganar un buen dinero que buscar otra alternativa.

—¿Nos está amenazando?

—No, por Dios, soy abogado, yo nunca amenazo a nadie. Si vieran la cantidad de veces que tengo que parar los pies a mis clientes. Sin abogados habría mucha más violencia de la que hay.

Victoriano se aleja, seguro de su elegancia. Reyes lo mira con asco.

—¿Qué hacemos?

—Buscar a Chesca, que es a lo que hemos venido —responde Orduño.

—¿Vas a dejar que se salgan con la suya?

—Cuando encontremos a Chesca lo denunciamos, ahora no podemos meternos en esto, dejemos que la policía que se encargue de estos asuntos haga su trabajo. Nosotros vamos a seguir preguntando por el Dientes, no me creo que nadie lo conozca.

Quieren ponerse en marcha cuanto antes. Pero, cuando llegan al aparcamiento, se encuentran las cuatro ruedas del Volvo rajadas.

—No me digas que no era mejor ganar quince mil euros que esto —se ríe Reyes.

—Veinticinco, la última oferta fue de veinticinco mil, no lo olvides.

Capítulo 41

Elena aparca frente a la casa de Juana Olmo. Zárate es el primero en llegar a la puerta. Llama con impaciencia, pero nadie abre. Una vecina les informa de que Juana a esas horas siempre está en misa.

La iglesia no está a más de cincuenta o sesenta metros de la casa de Juana, uno de sus lados da a la calle Real. Elena piensa en lo distintas que son las vidas de Juana y Chesca. La una en Madrid, en la policía; la otra en un pueblo, moviéndose entre su casa, la misma en la que nació, y la iglesia, quizá comprando en la tahona, la carnicería de Avelino o la pescadería de Carlos, que están a muy poca distancia. No se imagina así a su compañera; de alguna forma tenía que huir de allí y lo habría conseguido sin necesidad del drama de aquellos días, aunque quién sabe si no fue lo que le dio fuerzas para hacerlo.

La iglesia de Santiago, del siglo XIII, es un buen ejemplo del románico de la época en la zona. No tuvo nada peculiar hasta que en los años noventa del siglo pasado, en unos trabajos de restauración, se encontró, tras el retablo barroco del siglo XVIII que estaba a la vista, un ábside románico en piedra del siglo de la construcción de la iglesia. Ahora, una vez restaurado, es uno de los lugares de visita obligada de la provincia para ver sus figuras pétreas policromadas. En él se representa, según los estudios, la visita que realizaron el rey de Castilla Fernando III el Santo, su esposa Beatriz de Suabia y el obispo de Segovia a la catedral de Santiago para postrarse a los pies del sepulcro del apóstol.

Juana está arrodillada en uno de los últimos bancos, cerca de la puerta. No parece dirigir sus rezos a ninguna de las figuras que adornan la nave de la iglesia. Se asusta al ver a Elena.

—¿Vienen por Francisca? ¿Le ha pasado algo, la han encontrado?

Juana está ojerosa, desmejorada, como si la desaparición de Chesca la hubiera devuelto a esos días de pesadilla que quería olvidar.

—No sabemos si le ha pasado algo y todavía no la hemos encontrado. Hemos venido para que nos ayude. Necesitamos entrar en su casa. Es urgente.

La habitación de Chesca en la casa del pueblo no tiene nada que ver con su apartamento de Usera en Madrid. Aquí los muebles son antiguos y pesados, fabricados a medida por carpinteros y herreros, o por el padre, que era mañoso y se atrevía con trabajos sencillos. Las dos estanterías de la pared, llenas de libros de colecciones juveniles, las hizo él. Y el tablero de la mesa lo lijó y lo desbastó en una tarde. En esa mesa también hay objetos infantiles: una jarra con forma de elefante para meter lápices de colores, una pelota antiestrés, de goma, que es un erizo de mar. Dos tortugas que mueven las cabezas al compás al menor impulso de una corriente de aire. Debajo de la mesa, una mochila con un dibujo de Oliver y Benji.

La cama es estrecha, debe de tener ochenta centímetros, y está guarnecida por una colcha antigua, hecha de ganchillo, y un cabecero de hierro, primoroso, que tapa a medias un póster de Héroes del Silencio. Dos perros de peluche se apoyan en la almohada. En la mesilla solo encuentran una figura de la Virgen de Fátima, un recuerdo de una visita al santuario portugués. Una cruz desnuda resalta sobriamente en una de las paredes. Se parece a las de cualquier celda de convento, que es lo que sería el cuarto sin la decoración infantil.

Elena barre la habitación de un vistazo y se dirige a una pequeña alfombra que descansa al pie de la cama. Es más bien una jarapa y lleva un estampado que no llamó la atención de la inspectora cuando entró allí hace un par de días: dos rombos entrelazados. Bajo la alfombra está el suelo de baldosas. Si la intuición de Elena es correcta, una de esas baldosas tiene que estar suelta y servir como escondite de algo. Primero la pisa con el pie para detectar un posible bamboleo, que no se produce. Se agacha para poder palparla a conciencia. No parece estar suelta. Zárate saca un cúter y perfila los cuatro lados. Y, ahora sí, la baldosa salta.

—¿Qué es eso? —dice Juana al tiempo que se santigua, como si el mero hecho de tener algo escondido fuera un pecado venial.

Elena sostiene una carpeta pequeña, azul, con cierres elásticos, que ha sacado del escondite. Dentro hay un recorte de periódico. Es una noticia de *El Adelantado de Segovia*, fechada hace veintiún años. «La Feria Ganadera de Sepúlveda cierra con récord de participación.» El texto informa de la gran afluencia que ha tenido el evento, de los acuerdos que se han cerrado, de la buena relación entre organizadores y autoridades municipales, de las reivindicaciones del sector y de un público cada vez más entregado. Nada que rascar en una noticia tediosa hasta decir basta.

—¿Qué es esto, Zárate? ¿Por qué guarda Chesca este recorte? —pregunta Elena.

—No lo sé. Pero la fecha coincide con su violación.

Elena se queda mirando una foto al pie de la página, pequeña, dentro de un recuadro de publicidad de una marca de fiambres. Tres hombres sonrientes sostienen una pata de jamón. El pie de foto reza: «Los ganadores de la rifa de la pata de jamón, exultantes de felicidad».

—La foto, Zárate. ¿Quién es este hombre? —Elena señala al tipo que sale en el medio.

—Puede que sea Garrido, el muerto del hotel de Zafra. Pero no se ve bien, y es una foto de hace años.

—¡Juana! —llama Elena.

Juana, que había salido al pasillo para dejarles intimidad, regresa a la habitación.

—Juana, necesito que me diga quién es este hombre.

Juana coge el recorte. Esboza una media sonrisa.

—Es Fernando. Mi novio.

—¿Conoce a los otros?

Juana vuelve a mirar la foto. Menea la cabeza.

—Haga memoria, Juana. ¿No le suenan de nada?

—No los conozco. No son del pueblo.

Elena se desespera. Esperaba una pista directa y solo encuentra una fotografía vieja. ¿Son esos tres hombres los violadores de Chesca? Además del recorte, en la carpeta hay una relación de ferias ganaderas en España y un mapa de los alrededores de Turégano, con cruces marcadas con rotulador.

—Si me necesitan para algo, estaré en la cocina.

—Espere, Juana —Elena sostiene el mapa con las cruces—. ¿Está segura de que estos hombres no son del pueblo?

—A mí no me suenan de nada.

—¿Y de los alrededores?

—¿Adónde quieres ir a parar, Elena? —Zárate está intrigado.

—Mira este mapa. Chesca estaba buscando por pueblos y granjas cerca de aquí. Por eso venía al pueblo de vez en cuando, Juana.

—La verdad es que a mí mucho caso no me hacía.

No hay nada más en la carpeta. Elena señala un armario enorme de madera frente a la cama. Está cerrado con un candado.

—¿Tiene la llave de este armario?

—Nunca tuvo llave, ha sido mi hermana la que lo ha puesto, quizá en una de sus últimas visitas.

—Deja —resuelve Zárate.

Saca su pistola de la cartuchera. Juana se asusta, pensando que va a disparar al candado. Tampoco Elena descarta que lo vaya a hacer. Pero solo pretende usarla como martillo. El candado apenas aguanta dos golpes hasta caer destrozado al suelo. Dentro del armario hay poca ropa: un par de chaquetas de punto, unos pantalones y una cazadora preparada para el frío invernal de Segovia.

—¿Es ropa de Chesca?

—Sí, solía usarla cuando estaba aquí.

—Gracias, Juana. ¿Nos deja inspeccionar todo esto?

Juana asiente y se va. Elena y Zárate revisan el armario. Si Chesca puso un candado, tiene que guardar algún secreto.

En los cajones encuentran ropa interior, camisetas viejas, unos calcetines… Parece que el registro va a ser infructuoso, hasta que Elena intenta sacar uno de los cajones.

—Aquí hay algo —anuncia.

Con más esfuerzo del esperado, logran sacar el cajón. En el fondo hay un compartimento y en él descubren un paquete envuelto en plástico negro. Es una pistola pequeña, una Glock 26 de cuarta generación de nueve milímetros parabellum.

—¿La pistola con la que mató a Fernando Garrido?

—Es posible —reconoce Zárate—, nos la llevamos para que la analice el equipo de Buendía.

Elena fotografía el recorte del periódico, la imagen de los tres hombres sonrientes con la pata de jamón. Llama a Mariajo.

—Te acabo de enviar una fotografía. Uno de los que salen es Fernando Garrido, el hombre del vídeo. Ya sé que te pido imposibles, pero quiero que me digas quiénes son los otros dos. Esta misma mañana, Mariajo, ¿de acuerdo?

Capítulo 42

En las dos horas que tardan en ponerle las cuatro ruedas al coche de la brigada, Reyes y Orduño hacen lo mismo que el resto del día: enseñar la fotografía del Dientes a unos y otros.

Por fin, cuando vuelven a Carretería, una calle peatonal llena de comercios, hay una chica, la dependienta de una tienda de ropa, que asegura haber visto a un hombre parecido al de la foto que le muestran.

—Pero no era uno, eran dos. Y no fue en Cuenca.

—¿Dónde fue?

—En una gasolinera en la autovía, cerca de Tarancón, al lado de Santa Leonor. Yo iba con mi novio y paramos; mientras él echaba gasolina, fui a la tienda. Ellos dos estaban dentro de una furgoneta. Cuando pasé, me fijé en ellos, uno se estaba haciendo una paja y me miraba. Así que me fui corriendo, antes de que se enterara mi novio. La podía haber liado, es muy celoso.

—¿Podrías decirnos algo más? Algo de la furgoneta, de ellos.

—Nada, ya os digo que salí casi corriendo. No me acuerdo ni del color de la furgoneta. De lo único que me acuerdo… Bueno, da igual.

—No, dinos.

—El tamaño de su… de su pene. Era enorme. Cualquiera que lo hubiese visto se acordaría. Pero de nada más. Ellos estaban en la parte de atrás, ni siquiera me fijé en quien conducía, supongo que estaba pagando dentro.

—¿Cuándo fue?

—No sé, un poco antes de Navidad. Un sábado por la mañana, porque suelo ir con mi novio a una casa que tiene en Tribaldos. Fue uno de esos sábados, lo que no os puedo decir es cuál. No quiero que dé la impresión de que les insulto, pero no me parecieron personas normales.

—¿Con alguna discapacidad?

—No, no es eso, es que tenían algo animal, no puedo explicarlo.

Tienen que meter prisa al mecánico que cambia las ruedas para que les entregue el Volvo y salir hacia la gasolinera que les ha dicho esa chica.

—¿Crees que guardarán tanto tiempo las grabaciones de las cámaras? Dice que los vio antes de Navidad —pregunta Reyes.

—No tengo ni idea, pero es la primera pista fiable que encontramos.

El taller está en un polígono llamado La Cerrajera. Después de recoger el coche, se pierden al tratar de llegar a la autovía.

—Es esa calle, Camino de las Viñas.

—Ya, pero esa es de sentido contrario. Habrá que seguir adelante y ver dónde podemos dar la vuelta.

—Nos hemos perdido, hay que ser inútil, con navegador y nos perdemos —se ríe Reyes—. A ver, coge por ahí.

A pocos metros, se desvían por otra calle a la izquierda, se supone que los acercará a la autovía. Un coche se atraviesa en el camino delante de ellos y sienten el golpe de otro por detrás. La fuerza ha sido suficiente para que los airbags estallen y les hagan perder los segundos que necesitaban para tomar conciencia de la situación. Orduño, que es quien conduce, intenta maniobrar, pero está acorralado por los coches de sus atacantes. Cuando está echando mano a la pistola, dos hombres aparecen por los lados.

—Ni se os ocurra.

Los están apuntando con sus pistolas y tienen toda la pinta de cumplir sus amenazas.

—Venga, fuera —les dice uno de ellos.

Salen más hombres, que les quitan las armas. Solo cuando han sido desarmados, se baja de un Mercedes antiguo un viejo calvo, trajeado, muy bajito.

—Buenas tardes.

—¿Qué es esto? Le aviso de que somos agentes de la policía —dice Orduño.

—Sé perfectamente quiénes son. Hoy mismo han estado hablando con mi abogado y han rechazado una oferta que les he hecho llegar a través de él. Una mala decisión, si quieren que les sea sincero.

—Díganos qué quiere.

—Ya nada. Se lo dijo mi abogado esta tarde. Ya no hay más ofertas, han perdido veinticinco mil euros. Y eso no es lo más valioso que van a perder. Tengo un negocio y una familia a la que mantener y los voy a proteger.

—A nosotros sus cerdos no nos importan una mierda —trata de ganar tiempo Orduño.

Todas las miradas están pendientes de él, que es el que habla. Nadie mira a la mujer de vestido rojo, zapatillas New Balance y abrigo corto de piel que le acompaña. Nadie la ha visto acercarse poco a poco a uno de los hombres y soltar un golpe brutal en su garganta. Cuando se dan cuenta, ella ha cogido la pistola que ha caído de sus manos y ha disparado sobre otro. Orduño, al mismo tiempo, se ha lanzado sobre el jefe, el viejo, y lo tiene agarrado del cuello. Quedan dos hombres armados, indecisos.

—O soltáis las pistolas o le rompo el cuello.

Los dos hacen lo que les mandan. Reyes, sin dejar de apuntarles, le da una patada a sus armas para apartarlas.

—¿Qué haces? Cógelas —le grita Orduño.

—No puedo, creo que me he roto la mano —se excusa Reyes doliéndose de la mano derecha mientras continúa apuntando con la izquierda.

Orduño sigue con el viejo agarrado mientras va a por ella. Pese a los gestos de dolor, Reyes parece estar disfrutando.

—Pues las cosas han cambiado, señor como se llame —se ríe la novata.

El del golpe en el cuello sigue tirado en el suelo, aunque respira; otro tiene una rodilla destrozada por un disparo y grita de dolor y traga polvo al mismo tiempo; otros dos han sido desarmados y ya los está esposando Orduño. Reyes apunta al viejo.

—Vamos a negociar. Cincuenta mil euros —hace un último intento el hombre.

—¿No nos había dicho que se habían acabado las ofertas? —se mofa de él Reyes.

—No sea ridícula, señorita.

—Antes le mentí —dice Orduño—. Sus cerdos sí que nos importan.

Capítulo 43

A los sesenta años, Mariajo ha dejado atrás remilgos y deferencias. Es una persona que no tiene pelos en la lengua y que odia el lenguaje políticamente correcto. Mientras trabaja en el ordenador, cumpliendo el encargo de Elena, no para de maldecir. Buendía ya está acostumbrado a sus modales y no se deja impresionar.

—Quiero resultados esta misma mañana, no te jode... Esta se cree que yo hago magia. Tócate los cojones, Mariloles.

—¿Decir tacos te ayuda a concentrarte? —pregunta el forense.

—¿Tú has visto la puta foto que me ha mandado? Es enana, de hace veinte años, llena de grano. ¿Qué hago yo con esto, Buendía?

—Seguro que puedes hacer algo.

—Qué ganas tengo de jubilarme.

Mariajo trata de mejorar la calidad de la foto. La introduce en un programa de envejecimiento facial. Le pone veinte años más a cada uno de los hombres. Hace una prueba con Fernando Garrido. Su fotografía actual salió en el diario *Hoy*, de Badajoz, cuando fue asesinado en Zafra. La foto virtual y la real se parecen como un huevo a una castaña. Una cadena de exabruptos precede a la conclusión de Mariajo: no va a ser posible encontrar a los otros dos hombres. Para eso deberían haber aparecido en medios o en algún archivo oficial con una fotografía. ¿Qué posibilidades hay de que un ganadero salga en un periódico?

En esa tarea está ayudando Buendía. Lleva toda la mañana consultando ediciones de *La Tribuna de Cuenca*, en busca de alguna noticia de sucesos que les ponga sobre el rastro de Chesca. Mató a uno de los violadores, puede que matara a los otros. Y como las pistas de las que disponen señalan a Cuenca, le ha parecido bien empezar por un periódico de allí. Pero no encuentra nada. Ha repasado los últimos cinco meses. Conoce las protestas de los grupos ecologistas por las obras que se quieren emprender en zonas con especies protegidas. Su vista ha pasado por líos vecinales y por escándalos de corrupción municipal. En la sección de sucesos ha tropezado con un muerto por una riña en un bar, dos mujeres asesinadas por sus exparejas, un ahogado en un pantano y poco más. La policía de Cuenca se tiene que aburrir mucho, piensa.

Inicia ahora la revisión de *El Adelantado de Segovia*. Chesca visitaba mucho a su hermana últimamente, puede que estuviera buscando a sus violadores por esa comarca. Mientras tanto, Mariajo se pelea con sus programas de tratamiento de imágenes, con sus filtros, con sus cotejos faciales. Hackear el programa del Centro Nacional de Inteligencia le puede llevar varias horas, pero tal vez merezca la pena. El CNI dispone de la tecnología más avanzada, son capaces de desenmascarar a un terrorista que lleva gafas oscuras, gorra y bufanda, pero al que delata la forma puntiaguda de una oreja o la geometría singular de la nariz. Salvo que ¿con qué imagen puede cotejar las dudosas caras envejecidas veinte años que tiene delante de ella?

Buendía le da un cabo al que agarrarse.

—Atención a esta noticia. Es de hace tres semanas. Un hombre muere atropellado al salir de la Feria Ganadera de Sepúlveda.

Mariajo se levanta de inmediato y se abalanza sobre la mesa de Buendía. Tiene abierta una página de *El Adelantado de Segovia*. Hay una fotografía del muerto, Manuel Sánchez. Mariajo la compara con las imágenes ampliadas de la foto que tenía Chesca. No guardan un gran parecido. Aun así, la escanea.

Dos horas después, ha conseguido entrar en el programa de reconocimiento facial del CNI. Introduce las dos fotografías, la de Manuel Sánchez y la del único de los dos hombres del jamón que se le puede asemejar. La ausencia de insultos o de barbaridades que suele proferir Mariajo le hace ver a Buendía que ha encontrado algo.

—Es él. Me cago en mi puta madre, Buendía. Es él. Manuel Sánchez, el atropellado de Sepúlveda, es uno de los que ganaron el jamón hace veintiún años.

Elena y Zárate están al borde de la desesperación. Se han desplazado a Segovia para pedir un listado de las granjas porcinas de la comarca. Se han enfrentado a la vieja burocracia de provincias, a las trabas para conseguir cualquier papel sin importancia que sin embargo un funcionario protege como si fuera un secreto de Estado. Zárate está a punto de sacar el arma y liarse a pegar tiros en esa triste oficina cuando reciben la llamada de Mariajo. Ha identificado al hombre de la derecha de la fotografía. Se llama Manuel Sánchez, murió atropellado hace tres semanas al salir de la Feria Ganadera de Sepúlveda, les envía la foto actual del tipo.

—Necesitamos algo más, Mariajo —dice Elena—. Su dirección. Puede que la viuda sepa quién es el tercero de la foto.

—Por eso os he llamado corriendo. Estáis cerca, a unos cincuenta kilómetros. El muerto vivía en Riaza, allí en Segovia.

—Pues vamos para allá. Mándame la dirección por wasap.

—Dice Buendía que necesita una muestra de ADN del muerto, que el cadáver fue incinerado. Ya sabéis, le vale un pelo de un peine o cualquier otra cosa, así sabrá si es el padre de Rebeca, la hija de Chesca.

—Que no se preocupe, que algo le llevaremos.

—Del que no os puedo decir nada es del tercero de la foto, no tengo ningún resultado, no se le ve bien la cara, está medio tapada por la gorra, además hay una sombra que la oscurece. Si la fotografía fuera actual, podría hacer algo, pero es de hace muchos años, llena de grano... Voy a llamar al periódico, a ver si la tuvieran archivada y pudiera trabajar con el negativo, pero no lo creo. Es una foto muy poco importante de hace mucho tiempo.

—Haz lo que puedas, Mariajo, pero al tercer hombre no le vas a encontrar en la sección de sucesos. Es el que tiene a Chesca.

Riaza los recibe con el inicio de una nevada. A la entrada del pueblo, después de la rotonda donde señalan las direcciones al camping y a la piscina municipal, hay un gran parque que empieza a estar cubierto de nieve. Todavía está limpia y le da al pueblo una preciosa imagen. Al fondo se ven los tejados blancos.

—Así se ve bonito; en Madrid la nieve es una guarrada, se ensucia enseguida. ¿Habías estado aquí?

—Muchas veces. De paso y de compras. En los buenos tiempos, Salvador, mi mentor, tenía una casa en un pueblo de cerca, en Madriguera. Pasábamos muchos fines de semana y, a veces, hasta las fiestas de San Pantaleón, a finales de julio.

La avenida de Madrid está llena de chalés con grandes jardines, cada vez más cubiertos de nieve.

—Todavía nos quedamos aquí incomunicados —se preocupa Elena.

—Tranquila, las carreteras son buenas y no hemos traído tu coche, hemos traído uno de verdad —Zárate se ríe, pese a la situación.

—¿Qué mejor para salir de la nieve que un viejo coche ruso?

Aparcan frente al chalé de Manuel Sánchez. La puerta está abierta, una mujer que debe de rozar los cuarenta em-

230

puña una pala y está retirando nieve del acceso a su propiedad. Es una mujer de rasgos bonitos, con una media melena rojiza que emerge de un gorro de lana. Viste un plumas que engrosa su figura. Hace un descanso en su tarea al ver venir a los policías.

—¿Es usted Ana Mencía? —pregunta Elena.

—Sí, ¿pasa algo?

—Somos policías, queremos hablar con usted sobre su marido, Manuel Sánchez.

Ana retira un montículo de nieve con una paletada firme, como si quisiera dejar constancia de que la están interrumpiendo. Pero enseguida deja la pala en el jardín, apoyada en el muro, y franquea el paso a los visitantes.

En el jardín hay dos niños de unos siete años haciendo un muñeco de nieve.

—Miguel, ponte el abrigo ahora mismo —grita Ana a uno de sus hijos—. ¿Te quieres coger una pulmonía?

—Es que tengo calor —protesta el niño.

—Que te lo pongas. Y en cinco minutos los dos a la chimenea, a calentaros un poco.

Ana empuja la puerta de la casa y el olor a leña quemada embriaga a Zárate y Elena.

—¡Manuel! —llama Ana al tiempo que se sacude las botas de nieve en el zaguán.

Un hombre hace su aparición en el vestíbulo. Viste un jersey de invierno y lleva en brazos a una niña de un año.

—Son policías, quieren hablar contigo.

Manuel no esconde un gesto de sorpresa. Pero es mucho mayor la sorpresa, casi el pasmo, de Elena y Zárate. Porque el hombre que tienen ante ellos es Manuel Sánchez, el muerto por atropello de la Feria Ganadera de Sepúlveda.

Capítulo 44

Manuel los lleva hasta un pequeño despacho. Antes de que empiecen a hablar, asoma Ana Mencía.

—¿Quieren tomar algo?

—No se preocupe —contesta Elena—. Solo vamos a hablar un rato con su marido.

Ella asiente y todavía tarda unos segundos en marcharse. Primero, coloca bien los visillos para que no entre la luz de la tarde directamente. Da la impresión de que le gustaría participar en la charla. Hasta que no se ha ido, nadie abre la boca. Es Manuel el que rompe el hielo.

—¿En qué les puedo ayudar?

—Se lo voy a decir de una manera directa, para no andarnos con rodeos —toma la iniciativa Ángel Zárate—. Según nuestras informaciones, usted está muerto.

El hombre enarca una ceja.

—Supongo que me están hablando del atropello de Sepúlveda, ¿verdad?

—El periódico publicó su muerte.

—Es un error, está claro. Me reiría si no fuera porque es un drama, el muerto es mi hermano Antonio.

—¿Cómo es posible un error como ese? —pregunta Elena.

Manuel les explica el asunto con total tranquilidad: estaba acreditado para asistir a la feria, pero el día antes de salir sufrió un ataque de apendicitis y tuvo que ser ingresado para que lo operaran.

—Decidimos entonces que fuera mi hermano, que me ayuda a veces en la fábrica de pienso, pero no podíamos cambiar las reservas de hotel, el pago de la acreditación para la feria y todos esos líos. Así que, como se parecía bastante a mí, se llevó mi DNI, mis tarjetas de crédito y hasta mis tarjetas de visita. Cuando le atropellaron encontraron todos mis documentos en su bolsillo, así que me dieron por muerto. Pero vamos, estoy vivo, como pueden ver.

—¿La foto del periódico es de usted o de su hermano?

—Es mía, cogieron la de la acreditación.

—¿Tanto se parecen para no haber notado la diferencia en el periódico?

—Siempre nos han confundido. No es que fuéramos gemelos, pero por edad y complexión sí, nos parecíamos.

Elena pone sobre la mesa la foto de hace veintiún años, los tres ganadores de la pata de jamón.

—¿Y este hombre de la fotografía es usted o su hermano?

Manuel coge el recorte de prensa. Lo estudia con interés.

—Esta foto es de hace un siglo. Me cuesta reconocerme.

—Pero recordará que les tocó un jamón en una rifa —le aprieta Elena.

—Sí, lo recuerdo.

—Luego es usted y no su hermano.

Manuel deja la fotografía en la mesa. Su mirada se ha vuelto sombría, y sus gestos, nerviosos.

—¿Se puede saber qué quieren de mí? No entiendo por qué me hacen estas preguntas.

—Señor Sánchez, estamos investigando un crimen de hace unos veintiún años, una violación.

—¿Una violación?

—Sí.

Elena es lacónica y lo mira fijamente. Es el mejor modo de percibir algún atisbo de remordimiento o de culpabilidad en el sospechoso.

—¿Y yo qué tengo que ver con eso?

Zárate se mantiene en silencio. Está dejando que sea Elena la que lleve el ritmo del interrogatorio, porque sabe que lo hace muy bien. Además, no deja de pensar en el último hallazgo sobre Chesca. En su cruzada vengativa, mató a un inocente. Se pregunta cómo será la relación con ella si la encuentran. La justicia tendría que actuar, eso está claro. Pero ¿él sería capaz de perdonar una conducta tan extraviada?

—Sucedió a principios de septiembre —empieza a relatar Elena—. Un grupo de tres amigos estaba en la Feria de Sepúlveda. No solo habían hecho buenos negocios, también ganaron un jamón en una rifa. Hasta lo sacó el periódico local.

Elena muestra de nuevo el recorte con la foto.

—Ganamos un jamón, ya le he dicho que lo recuerdo, pero no violamos a nadie.

—No he terminado. Para celebrarlo se fueron a Turégano, el pueblo de uno de ellos, que estaba en fiestas. Y allí bebieron, celebraron, soltaron tensión… En fin, se lo estaban pasando bien. Y de pronto vieron a una chica de unos quince años, muy guapa, que estaba sola, un poco perdida en la verbena. La niña emprendió el camino de vuelta a su casa y los tres hombres la siguieron, la abordaron en la oscuridad, la violaron y la dejaron tirada en un solar a la salida del pueblo.

Elena descubre que, al repasar los hechos en voz alta, siente un acceso muy agudo de ira. Trata de conservar la calma, es el momento de esperar la reacción de Manuel, que finge sorpresa, o tal vez la sienta de verdad. Llegan del jardín las voces de sus hijos, que se deben de estar lanzando bolas de nieve. Oye la voz de su mujer pidiéndole a Miguel que se ponga el abrigo. Y, afinando el oído, se puede detectar el llanto del bebé, que debe de estar en una cuna en algún lugar cercano de la casa. Toda su vida familiar resumida en esas voces y en ese llanto infantil. Todo lo que ha conseguido a lo largo de los años, y quizá lo que más ama, amenazado de repente por una acusación del pasado.

—Me habla usted de una noche que no recuerdo. Sé que bebimos mucho. Y le aseguro que yo no he violado a nadie… En todo caso habría prescrito, ¿no?

—Siento decirle que se ha cambiado la ley: las violaciones a menores no prescriben hasta que la víctima ha cumplido cuarenta años. Y esta tiene treinta y cinco.

—Pero esto es una locura. ¿Qué pruebas puede haber después de tantos años? ¿Esa mujer dice que yo…?

—¿Quién es este hombre?

Elena señala al personaje más embozado de todos en la fotografía, el menos exultante, el del rostro cubierto por una sombra.

—No lo sé. No me acuerdo.

—¿Quién es?

—No me acuerdo.

—Haga memoria. ¿Quién es?

—Oiga, esta conversación debería ser delante de un abogado, si es que me están acusando de algo. Y si no es así, márchense. Es muy tarde y quiero ocuparme de mi familia. Porque tengo una familia, por si no se han dado cuenta. No sé quién era a los veintitantos, pero les aseguro que ahora soy un empresario respetable y un padre de familia ejemplar.

El eco de su discurso flota por el despacho durante unos segundos. Un hombre respetable. Un padre ejemplar. Una vida construida ladrillo a ladrillo. Y, en la otra balanza, una noche remota de borrachera. ¿Qué pesa más a la hora de marcar el destino de ese hombre, de esa familia? En vista de que Elena está mirando a Manuel Sánchez, esperando un desmoronamiento que no llega, Zárate decide intervenir.

—¿Nos podría facilitar una muestra de ADN?

—¿Qué?

—Nos ayudaría mucho. La violación de aquella noche dio fruto, la menor se quedó embarazada y tuvo una hija; hemos de comparar su ADN con el de ella para saber si es usted el padre.

—Yo nunca he violado a nadie.

—Si está tranquilo, no debería negarse a facilitarnos una muestra de ADN. Basta con un pelo.

Manuel se levanta airado.

—No voy a soportar más insultos. Les ruego que se marchen.

—Espere —dice Elena.

El hombre, que ya estaba a punto de abrir la puerta, se detiene.

—Si me dice quién es el hombre de la foto, nos olvidamos del ADN y esta conversación no sale de este despacho.

Manuel parece considerar la oferta. O, al menos, tarda unos segundos en contestar.

—¿Cómo sé que no me está engañando?

—No tiene más remedio que fiarse de mí.

—No sé quién es el hombre de la foto. No lo conocía. No sé quién es.

—Está mintiendo.

—Usted también. No puede hacer ese tipo de ofertas, no son legales.

—Le doy una última oportunidad, Manuel. Y lo hago porque la vida de una compañera está en juego. Creemos que el hombre de la foto la tiene secuestrada y le quiere hacer daño. O me dice quién es o le saco esposado delante de su mujer y sus hijos.

Zárate da un respingo. Inclina la cabeza hacia Elena, la nota fuera de sí.

—Elena…

Quiere susurrarle que es una falta muy grave detener a alguien que no está en el trance de cometer un delito. Hace falta una orden de detención, y ni siquiera sabe si disponen de suficiente carga de prueba para desconfiar de ese hombre.

Manuel la mira con chulería.

—¿Me enseña la orden de detención?

Elena se levanta y lo voltea con sorprendente agilidad. En un segundo lo tiene con la nariz pegada a la puerta y con sus dos brazos detrás de la espalda. Saca las esposas y se las pone.

—Se está metiendo en un lío muy gordo —amenaza Manuel.

—Andando.

Le hace un gesto a Zárate de que le abra la puerta. Cruzan el salón hasta el vestíbulo, salen al jardín. Los niños están jugando a derribar unos soldaditos con una pelota de goma. Ana sale corriendo desde la casa. Se resbala con la nieve derretida y tiene que improvisar un paso de baile para mantener el equilibrio.

—¡Manuel! ¿Qué pasa? ¿Adónde se lo llevan?

Elena lo mete en el coche. Después le tiende una tarjeta a la mujer, que no entiende nada.

—Está detenido. Llame dentro de un rato y le daremos detalles.

—Pero ¿qué ha hecho?

El coche de Zárate arranca y sale quemando ruedas.

Capítulo 45

Los médicos que atienden en urgencias son perfectamente capaces de distinguir cuando una mano se ha lesionado en una caída o dando un puñetazo. El doctor Caudete, en el hospital Virgen de la Luz, lo tiene claro en cuanto ve la radiografía de la mano de Reyes.

—Fractura del quinto metacarpiano de la mano derecha. Fractura de boxeador o de frustración. ¿Cuál ha sido el caso?

—De boxeador —responde orgullosa Reyes—. El otro quedó peor.

—Ya lo he visto, está en otro de los boxes, con un policía que no se separa de él. ¿Sabe cómo le llaman en inglés a esta fractura? Fractura de taberna, es típica de las peleas entre borrachos en los bares los fines de semana.

—Yo no me he peleado en un bar, ni estoy borracha. Soy policía. No sé dónde le di, mitad en la mandíbula, mitad en el cuello.

—Un buen golpe. ¿Le duele la muñeca?

—No, solo la mano. ¿Me va a escayolar?

—No quiero que la fractura suelde mal; imagínese que se la dejo torcida y no es capaz de volver a abrocharse un botón nunca en su vida. Me odiaría.

—Usaría ropa con cremalleras.

—De momento se la voy a inmovilizar y, cuando la vea el especialista, decidirá qué tratamiento le pone. Aunque, si quiere mi opinión, creo que ha tenido suerte y no va a necesitar cirugía. La dejo descansar un minuto, trate de no mover la mano.

Reyes se queda sentada en el box. Orduño está enfangado con la policía, poniendo las denuncias, haciendo todo

239

el papeleo, declarando lo sucedido. Es la primera vez que se ve sola desde su llegada a la BAC. No sabe qué tiene que hacer, si llamar a la central en Madrid y avisar de lo ocurrido o si esperar. Le preocupa que la tengan que operar de la mano y quedarse fuera del caso. Quiere ayudar a sus compañeros a encontrar a Chesca.

Por fin vuelve Orduño.

—¿No te han atendido todavía?

—Sí, pero han dicho que hay que esperar a que me vea el especialista. ¿Cómo ha ido?

—En este mismo instante, varias unidades están precintando tres granjas y entrando en dos empresas cárnicas. Lo último que me han dicho es que ya van quince detenidos.

—¿Zuecos?

—Sí, el veterinario también. Creo que la red está desmantelada, no vas a tener que hacerte vegana.

—Menos mal. Qué eficacia.

—Yo no quería que perdiéramos tiempo con este asunto de los cerdos, solo que nos ocupáramos de encontrar a Chesca, pero Victoriano y su defendido se han empeñado en cruzarse en nuestro camino.

—Hay que ir a la gasolinera de Tarancón.

—A ver si te dan el alta.

—¿Crees que guardarán las grabaciones de antes de Navidad?

—Lo dudo. Pero hay que ir, es la única pista que tenemos. Además, son órdenes de Elena.

—¿Has hablado con ella?

—Sí. He llamado a la BAC y les he contado lo que ha pasado. Creen que están a punto de conseguir algo. Han localizado al segundo de los violadores, vivo.

—¿Vivo?

—De casualidad, luego te lo cuento.

—¿Por qué no buscas al doctor? Me estoy aburriendo de estar aquí.

—Paciencia. Antes, cuando nos atacaron, estuviste muy bien. Menos mal que hoy te sentías hombre.

—¿Por qué dices eso?

—Por el puñetazo.

—Ah, no, en esos momentos me sentía mujer. Pero es que si no le doy el puñetazo, acaban con nosotros. Y al otro le disparé a la rodilla, pero estuve a punto de apuntar más arriba.

El doctor Caudete los interrumpe con la noticia de que el hueso está bien alineado y no hará falta operación, solo un vendaje.

—Aunque la semana que viene tendrá que ir a la consulta.

—Eso será la semana que viene, ahora véndeme la mano, que tenemos prisa.

La gasolinera que les indicó la chica de la tienda está cerca de Tarancón, pero pertenece a otro pueblo, a Santa Leonor. El gerente asegura que nunca ha visto al hombre de la foto, el Dientes; también, que las grabaciones de seguridad no se guardan tanto tiempo.

—Si no ha habido ninguna incidencia, se vuelven a usar los discos duros. Tenemos un disco de un terabyte y el sistema está en modo de registro continuo. Guarda prácticamente un mes. Es lo que establece la ley de protección de datos.

Es una pista más que se cierra en falso, pero, antes de marcharse, a Reyes se le ocurre hacerle una pregunta al empleado de la caja.

—¿No parará por aquí a repostar un hombre que viste una trenca verde? De esas con el forro naranja, ¿sabe?

—¿Un hombre con trenca verde? Sí… Para por aquí. Lo que no sé es cómo se llama. Paga siempre en efectivo. Tiene una furgoneta roja, una Renault o una Citroën. Lo único que sé es que vive cerca de Santa Leonor, una vez le vi en un bar de la plaza, uno que se llama Zarco que pone unas albóndigas muy ricas.

Capítulo 46

Manuel Sánchez está en la sala de interrogatorios, solo. Elena le quiere dejar así un rato para que se ponga nervioso. Le han arrancado un pelo del que Buendía sacará una muestra de ADN para el cotejo con el de Rebeca. Un resultado positivo en esa prueba allanaría la conversación, Manuel no tendría más remedio que admitir la violación y entonces podrían centrarse en el único dato que le interesa a Elena: la identidad del tercer hombre de la fotografía. El problema es que la prueba de ADN lleva su tiempo, y eso es precisamente lo que no tienen.

Elena entra en la sala y se sienta frente a Manuel.

—He estado investigando y todo el mundo habla maravillas de usted. Creo que es un buen hombre.

Manuel no dice nada. Se mantiene serio, quizá un poco asustado, pero lo trata de disimular bajo una capa de orgullo.

—No quiero destrozarle la vida. Solo quiero que me diga quién es este individuo.

Vuelve a poner en la mesa la imagen de los ganadores de la rifa.

—No le conozco.

—¿Y a este otro lo conoce? Se llama Fernando Garrido, ¿le suena? Murió hace cinco meses de un tiro en la cabeza. ¿Y sabe quién lo mató? La joven a la que violaron hace años. Esa joven intentó matarle a usted, pero se equivocó de hombre y se llevó por delante a un inocente.

Manuel baja la cabeza. Da la impresión de que le pesa ser el culpable indirecto de la muerte de su hermano.

—¿No le da miedo que lo vuelva a intentar con usted? Su vida corre peligro, Manuel, es mejor que colabore.

—Ya le he dicho que yo no tengo nada que ver con eso. Todo esto es absurdo, no tengo antecedentes; por no tener, no tengo ni multas de tráfico. Soy un ciudadano ejemplar y honrado.

—Y si nos ayuda, la primera interesada en que siga con su vida ejemplar soy yo. ¿Quién es el hombre de la gorra, el que tiene la cara medio tapada?

Durante el traslado a las oficinas de la BAC y en el tiempo de soledad dentro de esa sala desangelada, Manuel ha pensado en sus opciones y ha diseñado una estrategia desesperada. No puede admitir que él violó a una adolescente hace veintiún años. Eso destrozaría su vida. Perdería todo aquello que ama y le hace feliz y que le ha costado tanto obtener. Y, con toda probabilidad, terminaría en la cárcel, por mucho que esa inspectora rabiosa le tiente con ofertas imposibles de cumplir. Lo tiene muy claro: debe mantener su inocencia a toda costa.

Le han arrancado un pelo y están analizando su ADN. Sabe que se la juega con esa prueba, pero tiene un cincuenta por ciento de posibilidades de salir airoso, pues fueron dos los que penetraron a aquella joven y eyacularon dentro de ella. E, incluso si la prueba le señala con el dedo, puede aducir que el de la vieja foto del jamón es su hermano. Total, ya no puede revolverse en la tumba. Ignora si el ADN de dos hermanos es exactamente igual, pero tampoco le importa en esos momentos.

Hay una segunda forma de escurrir el bulto si resulta ser el padre de esa niña, que consiste en contratar a un buen abogado que invalide la investigación entera por las muchas irregularidades que se han cometido. Ni siquiera le han ofrecido asistencia letrada, y él no la reclama porque prefiere que el atropello a sus derechos quede más evidente. No se le escapa que la solución del abogado le podría permitir esquivar la cárcel, pero no las represalias personales. Su mujer, ante una prueba de ADN, no le creería y su armonía familiar saltaría por los aires. Cruza los dedos, contiene la respiración, reza por dentro y se agarra a su estrategia: no admitir que violó a esa joven.

Sabe perfectamente con quién estaba esa noche. Sabe que Fernando Garrido, viejo compañero de ferias ganaderas, fue asesinado hace unos meses. Antón, el tercer hombre al que busca la policía con ahínco, no frecuenta las ferias desde hace años, pero él sabe dónde vive. Y también sabe que no puede decirlo. Antón era muy raro, a veces le parecía que sufría un pequeño retraso mental. Hosco, serio, maniático, tímido, apenas hablaba y de vez en cuando su mirada se encendía de un modo que daba miedo. Ese hombre no tardaría ni un minuto en delatarle, diría que él no hizo nada, que fue el único que no penetró a la joven. Y acusaría a los que sí lo hicieron. Habría que estar loco para facilitarle a la policía los datos del único testigo que le puede relacionar con la violación. El otro está muerto y eso, en el trance angustioso por el que está pasando, es una bendición.

—Yo nunca he violado a nadie. Soy un hombre honrado, tengo una familia, una casa bonita, unos hijos maravillosos.

Buendía entra en la sala.

—Elena…

Ella mira a Manuel con una sonrisa que tiene algo de sádico.

—Creo que ya está la prueba de ADN.

Sale con Buendía y Manuel se queda rumiando sus penas. En la espera de una prueba que va a marcar su destino, se siente abatido y triste. Reconoce que aquella noche, hace veinte años, se comportó como un vándalo. La recuerda porque esas son cosas imposibles de olvidar, él no es un hombre acostumbrado a actuar de esa manera, él siempre fue buena persona, respetuoso con los demás —en especial con las mujeres—, educado… Solo una noche de su vida perdió el control. Ganaron el jamón, bebieron, Fernando les dijo que había fiestas en su pueblo, que estaba cerca, y decidieron ir. Estuvieron en el recinto ferial, intentaron ganar más premios en los puestos de tiro, en las rifas… Ganó una botella de ginebra barata y se la bebieron entera, en un par de tragos cada uno. Después siguieron bebiendo en la zona de las parrillas: un pincho moruno, un mini de cubalibre, un montado de panceta, un mini de cubalibre. Y así varios. Se metieron en una discusión con unos mozos del pueblo y tuvieron el sentido común de irse, pero no encontraron el coche en el aparcamiento, así que se pusieron a andar por el arcén de la carretera. Hasta que vieron a aquella chica, joven, muy guapa, y entraron en combustión. No sabe ni quién empezó, solo que la violaron Fernando y él. El tercero solo la sujetaba y le tocaba los pechos. No pudo violarla porque no se le levantó. Se estuvieron riendo de él un buen rato. Volvieron al aparcamiento, ahora sí encontraron el coche. Entraron en él y se durmieron. Cuando se despertaron por la mañana, casi no quedaba ningún coche allí, regresaron a Sepúlveda, y se separaron. Él se fue a su pensión, se duchó, desayunó y salió hacia su pueblo. Nunca ha hablado de aquello con nadie. Es injusto que una noche desgraciada de hace veinte años le persiga.

Elena vuelve a la sala. Trae una carpeta con unos resultados.

—Hemos cotejado su ADN con el de la hija que nació de aquella violación. El resultado es positivo, Manuel. Usted es el padre.

Manuel habla mecánicamente, como si fuera un robot con la respuesta programada.

—A lo mejor fue mi hermano. Él me reemplazó también aquella noche. El de la foto es él.

Elena sonríe ante lo grotesco de la excusa. Pone las dos manos sobre la mesa y se inclina hacia delante.

—¿Sabe cómo funcionan los programas de identificación facial? Yo no sé mucho de estas cosas, pero tenemos en el equipo a una persona que está completamente al día.

Ya los tienen hasta los cajeros en algunos bancos, imagíne-se lo sofisticados que son, esos no sueltan el dinero si no están seguros de que funciona bien. Y mi compañera ha usado los mejores, ha examinado esta foto del periódico y las que le hemos hecho a usted, también las que hemos encontrado de su hermano, que es verdad que se le parece. Los programas analizan algunos rasgos del investigado, forma de la cara, de los ojos, milímetros de separación en-tre las cuencas oculares, entre las orejas… No le voy a abu-rrir porque no soy una especialista, en cuanto oigo la pala-bra *algoritmo* me bloqueo. ¿Sabe lo que nos dicen todos esos programas? Que el de la foto es usted, no su hermano.

—Nunca he violado a nadie, se lo he dicho y se lo repi-to. Y no sé quién es ese hombre, el de la foto es mi hermano.

Elena comprende que está hablando con un androide, ya no es un detenido con el que pueda razonar.

—No quería que me obligara a hacer esto. Ahora vuelvo.

Zárate y Buendía, que están siguiendo el interrogato-rio desde el otro lado del cristal, se asombran, no saben adónde va Elena. Zárate sale a encontrarse con ella, la in-tercepta cuando se dirige a la habitación en la que está la esposa de Sánchez, que lleva dos horas en la BAC esperan-do noticias.

—¿Qué vas a hacer?

—Ese tío va a hablar.

Entra en el cuarto donde espera Ana Mencía, nerviosa, mordiéndose las uñas, y cierra la puerta.

—¿Qué es lo que pasa? ¿Cuándo me van a decir algo? He dejado a mis hijos con una vecina.

—Tengo que contarte algo —dice Elena—. Algo ho-rrible que hizo tu marido hace veintiún años.

Manuel no ha podido evitar consultar los resultados de la prueba de ADN, que Elena ha olvidado a conciencia sobre la mesa. En efecto, él es el padre de una joven llamada Rebeca. Está en el peor de los escenarios previstos, la suerte no se ha puesto de su lado. Pero tiene que mantenerse fiel a sus planes.

Levanta la cabeza al ver que se abre la puerta de la sala. Trata de poner firmeza en su mirada para no dar ventaja a esa policía. Pero quien ha abierto la puerta y le mira con odio desde el umbral es su mujer.

—Hijo de puta, dime que no es verdad, dime que no violaste a una niña hace años.

—Ana, por favor, no sé qué te han dicho…

—Dime que no es verdad.

—Ana…

—Dime que no es verdad.

Manuel se resquebraja, se echa las manos al rostro y solloza. Ana se lanza sobre él.

—¡Hijo de puta! ¡Cabrón, pervertido de mierda! ¿Cómo has podido?

Zárate entra en la sala y sujeta a la mujer, que sigue golpeando a su marido como si fuera un saco.

Desde el otro lado del cristal, Elena no se inmuta.

Capítulo 47

La Nena sostiene un cuchillo de matanza que es casi más grande que ella. Introduce la punta entre el tobillo y la brida y lo usa como si fuera un serrucho. Al hacerlo, pincha varias veces el pie de Chesca, que se va moteando de sangre. Pero ella no se queja. ¿Está dormida? Salta la brida del pie derecho y la Nena ve el estropicio que ha provocado en el pie. Mira a la prisionera como para disculparse y ve a una mujer derrengada, inmóvil, el pelo de estropajo, los párpados caídos. Ni siquiera ha movido la pierna al sentir el miembro liberado. Un par de moscas hurgan en la herida de la cara.

Llegan ruidos del segundo piso, pasos y golpes contra el suelo. Antón y Julio deben de estar allí. Vio cómo subían a rastras a Casimiro. La Nena sabe que hay poco tiempo, es ahora o nunca, quiere pagar la prenda y jugar otra partida con Chesca. Se concentra en romper la brida del pie izquierdo. No quiere hacerle sangre y por eso se concentra más de lo debido, mucho más de lo que exige la situación límite. Consigue un movimiento con el filo del cuchillo en un ángulo que deja la piel a salvo. Chesca tampoco se mueve cuando se abre la segunda brida.

Además de los pasos, puede oír los gritos de Casimiro. Prefiere no entender qué está diciendo. Suena un golpe seco y, luego, un resuello como de búfalo. Está segura de que esa es la respiración de Antón.

Las bridas de las muñecas están algo más sueltas, seguramente por los intentos que ha hecho Chesca por aflojárselas. No le cuesta nada cortarlas con tres empujones del filo hacia arriba, siempre hacia arriba para no seccionarle las venas a la pobre desventurada que ya no tiene ni aliento. ¿Está dormida?

Ha llegado el momento de comprobarlo. La Nena se acerca a su rostro, las moscas revolotean por la llaga de la cara, se alejan y se acercan, les asustan los manotazos de la niña, pero no quieren perderse el festín.

—Despierta —le murmura la Nena.

No hay respuesta, ni siquiera un movimiento reflejo o la indolencia de los que se aferran al sueño y no quieren ser molestados. Nada.

—¡Despierta!

Lo dice en voz alta y acto seguido mira hacia la escalera, asustada de que puedan haber oído el grito. Chesca no se mueve. La Nena no sabe qué hacer. Pone la punta del cuchillo en el brazo de Chesca y aprieta. Un punto de sangre surge como una gota promisoria, pero al dolor del pinchazo no acude el grito ni el espasmo ni ninguna clase de reacción. Se queda mirando el cuerpo desmadejado, exhausto.

—Despierta, que nos tenemos que ir —implora con su voz infantil.

Nada. La Nena empieza a llorar suavemente. Llora de pena, de rabia, de impaciencia. Se sube a la cama y se tumba junto a Chesca. Quiere sentir su calor humano, si es que ese cuerpo todavía lo desprende. Agarra su mano y se resigna. Se quedará dormida allí, en esa cama sucia del sótano, hasta que Antón termine con el nuevo ataque de histeria de Casimiro y baje a buscarla. Algo pasa, de pronto. Ha notado una presión en un dedo. No sabe si son figuraciones suyas, si ha habido una reacción humana o el anhelo inmenso de resucitar a esa mujer le está haciendo delirar. Aprieta la mano para establecer una correspondencia, yo te aprieto y tú me aprietas, y nota de nuevo una presión muy leve, como de recién nacido. Pega la oreja al pecho de Chesca. Oye un murmullo débil, un latido distante. Está viva.

La Nena se sienta encima del abdomen de la moribunda, la zarandea, le da bofetadas suaves al principio, después más fuertes.

—Estás libre, te he soltado. Te tienes que levantar.

Chesca abre los ojos y ve a la niña desgreñada encima de ella, sus ojos brillando de miedo y de esperanza.

—No hay tiempo. Antón y Julio están con Casimiro, pero después van a bajar a por ti. Te tienes que levantar.

Las instrucciones bailan en la mente de Chesca como en una nebulosa. Una galaxia de constelaciones que viajan a la velocidad de la luz y se rozan siempre a punto de la colisión. Ella necesita un big bang, una explosión que le permita levantarse, poner los pies en el suelo y comprobar si es capaz de caminar.

—Vamos, yo te ayudo.

Le pasa los brazos por detrás del cuello y consigue que se incorpore. Chesca tose con la maniobra, su cuerpo no está habituado al plano vertical. Se siente mareada, le arde la cara, sus piernas son dos alambres o así las siente ella. Cuando baja de la cama, se doblan como dos muelles y aterriza en el suelo. Allí se queda. No entiende qué está pasando. No sabe por qué está libre. No ha procesado la información que la Nena ha soltado con esa premura. Pero recuerda a la niña. Recuerda la prenda, el juego, recuerda que *hilo* se escribe con hache. Las manos de la niña están haciéndole cosquillas en los sobacos. Esa es la sensación que tiene antes de advertir que la está intentando levantar. Quiere poner de su parte y no sabe cómo hacerlo. Pero, aunque no sea consciente de sus esfuerzos, algo ha debido de colaborar porque lo cierto es que está en pie, y ahora sus músculos sí la mantienen erguida, igual que un cervatillo recién nacido se levanta al segundo intento.

—Hay un escondite. Es mi sitio preferido. Está en el obrador. Allí me meto cuando quiero estar sola.

Chesca camina hasta el pie de la escalera. Mira hacia arriba. Siete peldaños de piedra que se le presentan como una escalada imposible.

—Apóyate en mi espalda y vas subiendo. Yo te ayudo.

La Nena levanta una pierna de Chesca con las dos manos y después la otra. Ya están en el primer escalón. Soporta el peso que la moribunda descarga sobre su espalda en cada maniobra. Es dura, lleva toda la vida afanándose en tareas físicas de la granja. Con tres años acarreaba cubos llenos de agua, balas de heno y sacos de pienso. Con cinco años agarraba a un cerdo para que le pudieran poner una inyección. Es una niña fuerte.

Están en el segundo peldaño. Son siete. Los gritos de Casimiro han vuelto. Perdió la poca razón que tenía al saber que Serafín había muerto. Pobres cerdos. Los golpes, los intentos por contener a Casimiro han regresado.

Tercer peldaño.

Y, de repente, el estallido de un disparo. Un silencio espeso. La respiración trabajosa de Antón a la que sigue su voz áspera.

—¡Nena! ¿Dónde estás?

—Ya voy —responde la Nena.

No va a ser posible, no van a llegar a tiempo, Antón viene a por ella. Las encontrará y le hará lo que le ha hecho a Casimiro. Está segura de que ese disparo ha sido para silenciar para siempre al pobre Casimiro. Han alcanzado el cuarto peldaño y algo sucede de pronto. Como si el disparo hubiera insuflado energía en los músculos de Chesca, empieza a ascender por sí sola, sin ayuda, y en cuestión de segundos coronan la escalera.

—Espera —ordena la niña.

Chesca se apoya en la pared de piedra. Sus dedos se manchan de arenilla y ese simple tacto desagradable potencia la sensación de mareo. No tiene fuerzas ni ánimo para valorar la situación en la que se encuentra. Ella, una policía aguerrida, obedeciendo sin rechistar a una niña de siete años. La Nena vuelve haciendo gestos con la mano, la conmina a moverse deprisa.

—Ha bajado a la cocina, está cogiendo comida. Vamos, corre. Julio debe de estar arriba todavía.

Salen a un pasillo oscuro, cogidas de la mano. La Nena respira con miedo. Chesca concentra sus escasas fuerzas en no soltarse de esa mano pequeña y dura como un trozo de pizarra. Es una ciega conducida por un lazarillo. Pero ¿adónde? ¿Merece la pena fantasear con la libertad?

La Nena empuja una puerta y de pronto están en el salón de una casa de campo. Chesca aspira el frescor conocido de los inviernos de Turégano en la casa de sus padres. Los ruidos que hace Antón suenan aterradoramente cerca. La Nena pega un dedo a los labios de Chesca para pedirle silencio. Tira de una puerta de madera enorme, que chirría delatora. Chesca achina los ojos, cegada por la luz de la tarde.

—¡Corre! —ordena la Nena.

Ella quiere seguir agarrada a esa mano. No puede abrir los ojos, le molesta la claridad, está tan ciega como cuando recorría el pasillo oscuro. Pero la Nena da por hecho que ahora sí puede ver y la ha soltado para llegar antes al obrador. Desde allí se gira hacia Chesca y la ve parada en medio de la era, desorientada. Se acerca al rescate.

—Ven, dame la mano.

Chesca se aferra a esa mano como si fuera su única tabla de salvación en un naufragio. Entran en el obrador y la niña abre un armario con un hueco reducido, pero suficiente para las dos. La puerta del obrador se ha quedado entornada, pero consigue cerrar bien la del armario tirando de un listón de madera. Es una vieja alacena arrumbada, y la sección superior está decorada con una trama de celosía. Ese es el respiradero para ellas.

—¿Dónde está? ¡Nena! ¿Dónde está esa puta?

Las voces, proferidas desde el sótano, llegan con nitidez al obrador. También se oyen pasos brutales en la escalera, el patadón que tal vez ha descargado en la puerta que conduce al vestíbulo y unos zapatones aplastando la grava.

La Nena agarra con fuerza la mano de Chesca. La puerta del obrador se abre de un embate. Antón está dentro.

—¡Nena! ¡Sal!

Le oyen husmear por los rincones y proferir un grito de dolor. Ha debido de tropezar con la maquinaria. Sobreviene después un lapso de silencio que resulta mucho más aterrador que los gritos. Ahora no saben dónde está Antón, si ya ha intuido el escondite y está a punto de abrir el armario por sorpresa. La Nena sabe que ese es el mejor escondrijo de la casa. Cuando quiere estar sola se refugia ahí. Muchas veces la han buscado, como ahora, y nunca la han encontrado. La gata sí, debe de tener un olfato muy bueno, porque siempre se acerca remoloneando y se queda maullando junto a la puerta hasta que ella abre, la mete dentro y la coloca en su regazo. Entonces los maullidos se convierten en ronroneos y la Nena comprende que también ella necesita esconderse de su familia aunque solo sea un rato.

Chesca cree que Antón está todavía en el obrador, nota su respiración, ruidosa, y su presencia rotunda y vigilante. Le llega un olor fétido a sudor agrio y estiércol, pero se pregunta si no será ella quien lo emana. Ahora oyen pasos en el suelo de tablas, pasos que se alejan. Bate la puerta, Antón está fuera.

Suena un maullido. La gata acaba de entrar en el obrador.

¿Dónde está Antón? ¿Se ha alejado ya lo suficiente? La gata se acerca a la vieja alacena y se para delante de la puerta. Maúlla. Ni la Nena ni Chesca están preparadas para tomar la decisión más importante de sus vidas. Abrir la puerta y coger al animal para cambiar ese maullido por un suave ronroneo o no hacer nada, mantenerse ocultas y cruzar los dedos para que Antón no relacione los maullidos con su escondite. La única que tiene claro lo que hay que hacer en esos momentos es la gata, que sigue maullando junto al armario.

Capítulo 48

Santa Leonor es un pueblo pequeño, situado en un páramo de esos que parecen pensados para que su medio millar de habitantes pasen frío en invierno y calor en verano. Nadie cogería el desvío del kilómetro 110 de la A-3, unos setenta antes de llegar a Cuenca, si no fuera porque allí cerca hay un yacimiento arqueológico celta y romano. Los pocos visitantes que paran en el pueblo aprovechan para comer albóndigas en el bar de la plaza. Si se entra en internet y se pregunta dónde comer en Santa Leonor, el consejo es unánime: el Zarco.

Pese a su éxito, es un bar de los típicos de pueblo, con botellas de alcoholes ya desconocidos en los estantes, barra de madera repleta de cicatrices, máquinas tragaperras y expositores llenos de tapas, entre ellas las albóndigas que le dan fama.

Cuando Reyes y Orduño entran, solo hay tres clientes.

—¿Qué desean tomar?

—Dos cocacolas y una ración de esas albóndigas de las que todo el mundo habla —pide Orduño a la mujer que los atiende tras la barra.

—Les van a gustar. Se las caliento.

La camarera, una señora rubicunda de unos sesenta años, se mueve desde la vitrina de tapas al microondas como una bola de *pinball*. Piel rosácea y brillante. Parece untada en aceite, piensa Reyes mientras pierde la mirada por el local. Junto a un polvoriento expositor de casetes, una mujer de unos cincuenta años y rasgos indígenas, tal vez sea boliviana o peruana, está abducida por un concurso que hay en la televisión. Desde que llegaron tiene el café con leche a medio camino de la boca, como si fuera un robot que se ha quedado sin batería. En el otro extremo de la barra, dos hombres que parece que vienen de trabajar en el campo apuran unos vasos de vino y un pincho de tortilla. Aunque fingen estar concentrados en una conversación, no les han quitado ojo desde que pisaron el Zarco. Uno de ellos, calvo y con un melanoma que ocupa buena parte de su cuello, escruta a Reyes con poco disimulo, tratando de adivinar bajo su vestido rojo. Por un momento, ella siente un escalofrío al imaginar cómo habría sido su vida si se hubiera criado en un pueblo como Santa Leonor.

Cuando la camarera regresa con el pedido, Reyes saca una de las pastillas que le ha dado el doctor Caudete por si le dolía la mano.

—¿Cómo va?

—Me duele, pero es lo que dijo el doctor que iba a pasar, nada grave.

Una nube de humo se eleva sobre las albóndigas, el primero en probarlas es Orduño.

—¿Queman?

—No, puedes comerlas.

Reyes se lleva una a la boca y le caen las lágrimas.

—Joder, dijiste que no quemaban y están ardiendo.

—No iba a quemarme yo solo —Orduño deja escapar una carcajada—. Menos mal que no te has hecho vegana, están cojonudas.

—A saber con qué las hacen… En algún sitio venderán esos pobres cerdos de la nave.

—No aquí, están tan ricas que solo pueden ser albóndigas de cerdo feliz.

El humor como válvula de escape. Reyes todavía se siente algo culpable por estos instantes de ligereza en mitad de una investigación. Pronto se dará cuenta de lo necesarios que son. Vuelven a avisar a la camarera. Cuando Juliana —así les ha dicho que se llama— se acerca, le enseñan la fotografía del Dientes.

—Nos han dicho que este hombre podría ser de la zona. ¿Lo conoce?

Juliana inclina la cabeza como si estuviera ante un retrato cubista y buscara la perspectiva correcta.

—¿Puede ser el Serafín? Manchao, ven y echa un ojo a esto —con un ademán, pide la colaboración del parroquiano con el melanoma en el cuello—. ¿Es el Serafín? Yo es que hace lo menos cinco años que no lo veo.

El Manchao se toma su tiempo con la fotografía. Resopla y deja escapar algún gruñido. Reyes cree que solo aprovecha la situación para pegarse un poco más a ella y, luego, poder decirle a su amigo que le rozó el culo. Como no empiece a hablar pronto, el Manchao se va a ir a casa con un moretón nuevo.

—Lo mismo sí. Tenía así los piños, como de conejo.

La falta de definición del Manchao exaspera a Reyes, que piensa en preguntarle a la sudamericana que está en la mesa. Sin embargo, cuando la busca con la mirada, la mujer ya no está en el bar. Su sitio está vacío, como la taza de café, junto a unas monedas.

—¿Y a un hombre con una trenca verde? Nos han dicho que a veces viene por aquí. Es posible que tenga relación con el de la fotografía —insiste Orduño.

—¿Julio? —el Manchao se ríe y busca la complicidad de la camarera—. No hay otro en el pueblo que ande con esas pintas; todo el día entre gorrinos, pero tiene planta de señorito. O eso se cree él.

Un temblor de excitación recorre a Reyes y Orduño. Están en la pista correcta.

—¿Sabe dónde podemos encontrarlos?

—¿Por qué lo andan buscando? ¿Son guardias? —la voz ronca del amigo del Manchao los interrumpe desde el otro extremo de la barra con desconfianza.

El teléfono de Orduño empieza a sonar. Es Zárate, puede verlo en la pantalla. Le pide a Reyes que responda por él mientras intenta que alguno de los habitantes del

Zarco le dé la dirección de esos hombres a los que, por fin, puede ponerles nombre: Julio, Serafín.

—Sí, Zárate, dime… Estamos en Santa Leonor… ¿Qué?… Claro. Mándame la ubicación. ¿Cuánto tardáis en llegar?… Veinte minutos. Nos encontramos en la entrada.

Cuando cuelga, Orduño ya ha conseguido lo que buscaban, no hará falta ninguna ubicación: la granja Collado. A unos diez kilómetros del pueblo, allí es donde viven.

—Están viniendo a Santa Leonor, también tienen la dirección de la granja —le informa Reyes—. Vamos.

Junto a Zárate y Elena viajan tres coches con agentes de operaciones especiales dispuestos a tomar la granja por la fuerza si es necesario. Manuel Sánchez habló al final; no sabía el apellido del tercero en la foto, pero sí su nombre, Antón, y el pueblo en el que tiene la granja, Santa Leonor. Con la ayuda de Mariajo dieron con un propietario con ese nombre y la dirección de la granja.

—¿Dónde están Reyes y Orduño? —Elena tiene el pedal del acelerador hundido bajo su pie. No puede ir más rápido.

—En Santa Leonor, han llegado al mismo sitio por otro camino.

Los coches avanzan por la comarcal 310. Dejan a los lados algún olivar. El resto del paisaje es una planicie que se extiende hasta el horizonte. Repetitivo, vulgar, aplastado bajo un cielo apagado en el que la luz no es ya más que un tenue resplandor. Abandonan la carretera asfaltada para entrar en un camino de tierra. Saben que están muy cerca. Ni Zárate ni Elena son capaces de hablar. Imaginan el mismo silencio en el coche de Orduño y Reyes. Como un mantra, en sus cerebros se repite una única palabra: «Chesca». Se agarran a su nombre como si al nombrarla pudieran comunicarse con ella. Quieren decirle que siga luchando. Que resista. Que todo lo que pueda venir después lo superarán juntos. Que no la dejarán sola.

Capítulo 49

La granja Collado se compone de tres construcciones desperdigadas en un terreno ondulado que se extiende en las cuatro direcciones, vacío, desamparado. Un desierto de campos que podrían ser fértiles. La vivienda tiene dos plantas, con paredes encaladas llenas de grietas, como si estuviera a punto de iniciar su periodo de ruina. Una caseta de aperos o, tal vez, un obrador, y, al lado, unas porquerizas: una nave rectangular de techos de uralita y muros sucios que dan la impresión de estar hundiéndose en el barro que la rodea.

Orduño y Reyes están esperándolos cuando llegan. Lo primero que golpea a Elena al bajar del coche es el olor: un penetrante olor a excrementos y sangre. Denso, tan pesado que está aferrado a los terrenos de la granja y ni siquiera el viento puede despegarlo.

—No hemos querido acercarnos, pero no hay movimiento. La granja parece vacía —Orduño es el primero en aproximarse a la inspectora.

Zárate, a unos metros de sus compañeros, está paralizado. Sus ojos, vidriosos, atados a esa granja y, seguro, piensa Elena, un torbellino de remordimientos en su interior. Es el pánico lo que lo retiene, lo que ha congelado cada uno de sus músculos. Elena creyó que tendría que contenerlo, obligarlo a esperar a que el grupo de operaciones especiales asegurara la zona, pero no ha sido necesario. Zárate está a punto de hacerse añicos, como si estuviera hecho de cristal. El temor a que hayan llegado tarde recorre a cada uno de los miembros de la BAC, pero en el caso de él, si ese miedo se confirma puede que sea demasiado.

¿Hasta dónde somos capaces de soportar? ¿Cuál es el límite de nuestro dolor? Elena pensaba que había rebasado todo umbral en la búsqueda de su hijo Lucas. Le gustaría pensar que es así, que sus sentidos están dormidos y que lo que esa granja pueda esconder no le va a afectar. Sabe que no es cierto y que, a pesar de todo, deberá contenerse porque alguien tendrá que recoger los trozos de Zárate para recomponerlo, si es que todo sale mal.

—No vamos a quedarnos fuera —la voz de Zárate sorprende al resto. Solo ha logrado salir de su aislamiento cuando ha oído al jefe del grupo de operaciones decirle a Elena que entrarían ellos primero y luego, cuando estuvieran seguros de que todo estaba limpio, podrían pasar ellos.

—Iremos detrás. Yo me hago responsable —Elena no admite que rebatan su decisión. Tampoco ella quiere convertirse en una espectadora.

Mira al cielo. Ya es noche cerrada.

Los cerdos están abiertos en canal. En sus jaulas, tumbados sobre una plasta de sangre y estiércol. Un leve quejido hace que los agentes giren sus linternas hacia una de las porquerizas. Un lechón agoniza mientras expele borbotones de sangre por la boca. Su dolor apenas es audible. El aire de los chiqueros es tan espeso que casi no se puede respirar. Los haces de las linternas son la única iluminación que tienen los agentes en el interior de la nave. Ha caído la noche y dibujan cañones de luz que, al detenerse en cada una de las jaulas, desvelan, una tras otra, la matanza de animales.

—¿Puede alguien hacer algo por ese animal? —se atreve a murmurar Reyes cuando ve al cerdo que todavía se debate por su vida.

Un disparo con silenciador rasga el aire. Alguien, no saben quién, ha tenido compasión por él. Elena mira atrás; entre las sombras quiere ver a Zárate, cerciorarse de cuál es su estado. Los ojos de su compañero no se detienen en los cerdos: está buscando otra cosa. No quiere preguntarse por qué han sido sacrificados todos esos animales, más de treinta.

Elena, en cambio, no puede evitarlo: ¿por qué sacrificar a los cerdos? En esa granja, vivían de ellos. Matarlos solo puede significar una cosa: que no piensan volver atrás. Que el modo de vida que tenían ha terminado. Y la respuesta le da miedo. Si todas sus suposiciones son ciertas y Chesca ha estado encerrada en esta granja, ¿no habrá sufrido la misma condena? Pero, entonces, una esperanza se desliza en su interior: ¿y si lo que ha pasado es que ha logrado escapar? Los dueños de la granja, sabiéndose atrapados más pronto que tarde, tal vez habrían decidido huir. Tal vez habrían decidido convertir el que fue su hogar en tierra quemada, y eso puede incluir matar a los cerdos.

—La zona está asegurada. Salimos fuera.

Todavía con las imágenes de los animales muertos en su retina, como espectros, Reyes abandona las porquerizas siguiendo al jefe de operaciones especiales. ¿Está preparada para esto? Debe estarlo, se dice. Por duro que sea lo que puedan encontrar, será más llevadero para ella, que no llegó a conocer a Chesca. Ha sentido cómo Orduño iba deslizándose por una pendiente desde que salieron del Zarco. Cuando descubrieron dónde estaba esta granja, la emoción por saberse tan cerca se enturbió por el temor de que fuera demasiado tarde. Solo lleva unos días en la BAC, pero ya se ha dado cuenta de que las cosas a las que se enfrentan hacen que los lazos entre ellos se anuden con mucha más fuerza. Posiblemente, sea esa cuerda lo que les da seguridad. Lo que saben que los salvará si un día uno comete un error. Allí estarán Buendía o Mariajo, Zárate, Orduño y Elena para sujetar la cuerda y salvarte la vida. Eso es lo que están haciendo ahora con Chesca, y Reyes desea con toda su alma que logren rescatar a su compañera del infierno en el que parece que cayó.

La caseta que hay junto a los chiqueros apenas tiene cuarenta metros cuadrados y un pequeño ventanuco en la pared del fondo; es un obrador para charcutería. Entre otros trastos, una vieja alacena, unas sillas de anea rotas; una mesa de acero inoxidable ocupa buena parte del espacio. Aún tiene encima la carne que estaban preparando. La maquinaria —una embutidora, una picadora industrial, las sierras y los cuchillos que están colgados en la pared— está sucia, las cuchillas con restos de óxido. Pasan junto a una cubeta donde se acumula carne picada y sobre la que, al iluminarla con las linternas, se ve una nube de insectos. Dejaron el trabajo a medias. Huyeron con prisa, piensa Elena.

Dos agentes del grupo de operaciones especiales se apostan en la puerta de la casa. Otros, en las tres ventanas que hay en el primer piso: otean el interior y, como suponían, no ven a nadie. Las pisadas en el barro de los policías son el único sonido de una noche sin luna, cada vez más oscura.

No hace falta derribar la entrada, está abierta. Los agentes irrumpen iluminando todo con las linternas que llevan apoyadas sobre sus armas. Los avisos que lanzan a gritos, ¡¡policía!!, no tienen respuesta.

Elena y Zárate los siguen. La puerta da acceso a un recibidor: a la derecha, al final de un pasillo, está el salón. Al fondo, una cocina y un cuarto no muy grande. Elena indica a Orduño y Reyes que sigan a los agentes que registran el salón mientras ella, junto a Zárate, se adentra en la casa. Antes de llegar a la cocina, hay unas escaleras que llevan al segundo piso. Oyen las voces de los compañeros de operaciones especiales: no hay nadie en el salón. El cuarto y la cocina también parecen vacíos. Los peldaños de la escalera resbalan ligeramente. La luz de una linterna los ilumina y descubre la causa: están manchados de sangre. Ya saben lo que van a encontrar. Lo llevan sabiendo desde que llegaron a la granja. Más muerte.

Zárate percibe cómo le laten las sienes. Empieza a sentirse mareado y tiene que apoyarse en la barandilla mientras sigue a los agentes escaleras arriba. ¿De quién es esa sangre? ¿De Chesca? Como un relámpago, le asalta su imagen: enfadada, los ojos húmedos de rabia, la última vez que la vio. Le gritaba que si no quería saber nada de ella, que no fuera a buscarla a su casa. Quería sonar orgullosa, pero solo sonó triste. Debajo de esas palabras, lo que de verdad le estaba diciendo a Zárate era «Dame un beso», «Te necesito», «No me dejes sola». Se lo rogaba y Zárate cierra ahora un instante los ojos; solo quiere tener la oportunidad de poder abrazar a Chesca y murmurarle «Lo siento». Otro peldaño más; un par de agentes han llegado al segundo piso. Ve cómo sus linternas se mueven de un lado a otro nerviosas, parecen serpientes.

Zárate nota una mano en el hombro. No necesita mirar atrás para saber que es la mano de Elena, que quiere infundirle la fuerza necesaria para terminar de subir la escalera. Aprieta la mandíbula y sube los últimos peldaños. Entre los compañeros de operaciones especiales, puede ver un bulto en el suelo. Una persona desmadejada. Unos pasos después, siente un extraño alivio. Es un hombre, aunque resulta difícil identificarlo: un disparo le ha volado parte del rostro, que se ha convertido en una masa informe. Sin embargo, por su ropa, por los rasgos que aún son reconocibles de su cara, Zárate piensa que tiene algún parecido con el Dientes, con Serafín, como Orduño y Reyes descubrieron que se llamaba.

—¡¡Aquí abajo!! ¡¡Tenéis que bajar!!

Elena y Zárate deshacen el camino a la carrera guiados por los gritos de Orduño. Zárate corre al salón, mientras Elena se queda detenida en la puerta de la cocina: ¿le ha parecido oír algo allí dentro?

—Hay un sótano. Chesca tuvo que estar aquí —Orduño va informando a Zárate.

Elena está convencida de que hay algo en la cocina. ¿Puede ser un gato atrapado? Sin hacer ningún ruido, cierra la puerta y se queda dentro. Quiere hacer creer a quien esté allí que no hay nadie más. Que puede salir. Pasados unos segundos, oye cómo una respiración se hace más presente. Alguien ha estado aguantándose y, ahora, recupera el resuello. Saca su arma y, cautelosa, se acerca al lugar del que cree que proviene esa respiración. Bajo el fregadero, en un pequeño armario con la madera abierta por la humedad. En un movimiento rápido, Elena abre y apunta al interior al tiempo que enciende su linterna. Un pequeño rostro de pánico aparece enmarcado en la luz. Es solo una niña de pelo rubio. Tiene un gato en su regazo. Elena guarda su arma y se acuclilla frente a ella.

—Tranquila, no vamos a hacerte daño.

La niña, encogida bajo el fregadero, se abraza con más fuerza a su gato. Sus ojos buscan alguna escapatoria. Está aterrorizada.

—Somos de la policía. Hemos venido para ayudaros. Vamos a cuidar de ti. ¿Me entiendes? —el silencio de la niña es la respuesta—. Buscamos a una mujer. Se llama Chesca, morena, de pelo corto… ¿La has visto?

Unos agentes entran en la cocina cuando Elena ayuda a la niña a salir.

—Inspectora Blanco, será mejor que baje al sótano.

Elena deja a la niña a cargo de los agentes y se marcha al salón. Es la habitación más grande de la casa. Al fondo hay una puerta y unas escaleras de bajada. Cuando llega al sótano, los compañeros de operaciones especiales han colocado unos focos que iluminan el espacio: un suelo de tierra, al igual que las paredes, como si nunca hubieran terminado de construir ese lugar y, en un extremo, una cama.

—Hay unas bridas cortadas y el colchón está manchado de sangre. Pero ven aquí, tienes que ver esto primero.

Orduño le señala un pequeño cuarto del que ahora sale Reyes. Elena entra en la habitación, una especie de almacén contiguo al sótano. Zárate se gira al oírla llegar.

—Esto ha tenido que ser un infierno —acierta a decir. Luego, con su linterna, ilumina una pared del cuarto.

Clavadas a la pared hay una serie de fotografías. Veintitrés en total. Veintitrés mujeres. Algunas son polaroids hechas en ese mismo sótano. Una mujer con surcos de lágrimas en el rostro, atada a la cama que Elena vio antes. Otras son fotografías hechas fuera de la granja. Una mujer sentada en la parada de un autobús. Otra detrás de la cristalera de un bar, tomándose un café. No sabían que estaban siendo fotografiadas. Entonces, la linterna de Zárate se detiene en una fotografía concreta. Es la más reciente, la última, no tiene el color lavado como otras. En ella, aparece Chesca, en la puerta de su casa en Madrid.

—Dime que todas estas mujeres no han pasado por aquí. Dime que no es verdad —le ruega Zárate a Elena, pero ella no encuentra fuerzas para responderle.

Cuarta parte

NO ME ENSEÑASTE A OLVIDARTE

Ahora, ¿qué hago de mi vida sin ti?
Tú no me enseñaste a olvidarte,
solo me enseñaste a quererte.

Valentina ha estado enferma. Una gripe que le ha provocado fiebre y la ha dejado postrada en la cama sin que nadie se ocupe de ella, igual que ocurrió con Ramona cuando murió. Sabe que, si sigue en esta casa, cuando enferme de gravedad morirá sin tener ni siquiera la oportunidad de que un médico la visite. Y lo mismo le puede ocurrir a su hijo Julio.

Ha pasado en un duermevela extraño estos días, preocupada por él: Julio solo tiene seis años y le divierte jugar con sus «titos». Así los llama. Los tiene por dos cachorros inocentes, siempre fáciles de engañar y de enfadar. A Valentina no le gusta que pase tanto tiempo con ellos. No teme que le vayan a hacer daño, pero quiere que Julio tenga una vida normal, que vaya al colegio, que haga amigos y amigas lejos de esa granja apartada de todo.

A veces, Valentina se fustiga llamándose a sí misma estúpida, miedosa, inútil, pero el pánico que le infunde Antón es tan intenso que jamás se ha atrevido a llevarle la contraria. Ni siquiera cuando se ha enfadado con Julio y le ha soltado un bofetón. «Lo que pasa en esta casa se queda en esta casa», le ha advertido Antón más de una vez al niño y, a la más mínima señal de que esa regla se ha podido quebrantar, ha actuado con dureza. ¿Por qué a pesar de ese trato Julio persigue a Antón como un perrillo faldero? Puede ver en los ojos de su hijo la devoción con la que observa a su padre, quizá sea lo normal, quizá sea ley de vida. Julio llama padre a Antón y ella no ha querido decirle que no lo es; que Antón no es su padre, y que ni siquiera sabe el nombre del verdadero.

¿Cómo ha llegado hasta esa situación? ¿Se acordará alguien de ella en Bolivia o la habrán dado por perdida?

Se hace esas preguntas en el estado febril en que se encuentra. Le ha parecido oír vociferar a Antón. A veces le pasa: grita cosas sin sentido, igual que sus hermanos, Serafín y Casimiro. Como si necesitara descargar la rabia que acumula en su interior. Ella ha aprendido a mantenerse lejos en esos momentos. Pero esta noche, unos minutos después de los gritos, la casa está en silencio. Con esfuerzo, consigue ponerse en pie, tiene un presentimiento, una intranquilidad que le hace sobreponerse a su debilidad.

Mira por la ventana de la habitación: es de noche, pero aparcado fuera puede ver un coche azul que nunca ha visto. ¿Tienen visita? Nunca la han tenido, como si fueran náufragos en una isla.

Sale de su habitación. El silencio de la casa la pone aún más nerviosa. No oye los gruñidos que suelen hacer Serafín y Casimiro. Tampoco las carreras de Julio. Algo horrible ha sucedido, piensa. Cuando llega a la planta baja, ve a su hijo; está sentado en la escalera que da acceso al sótano. Antón acumula cacharros allí abajo, es una especie de basurero que todavía tiene las paredes y el suelo de barro. Pero ¿qué está mirando el niño? Un sutil sollozo llega a sus oídos. ¿Proviene del sótano? Valentina se acerca a la puerta.

—¿Qué pasa?

Julio, sonriente y feliz, le hace un gesto para que se calle, para que no haga ruido, como si se tratara de un juego en el que no pueden ser descubiertos. Lo que está viendo le fascina, mucho más que los dibujos animados que a veces, muy pocas, ve en televisión.

Valentina llega hasta las escaleras y ve lo mismo que su hijo. Le cuesta encajar las piezas, como si fuera un puzle desarmado. Tras unos segundos de confusión, entre las sombras, reconoce a Antón. Tiene las manos manchadas de sangre y, en el suelo, una mujer se está desangrando. Es incapaz de adivinar dónde puede tener la herida, todo su cuerpo está empapado de sangre. Le provoca un escalofrío la expresión de la mujer, más allá del dolor, como el de las vírgenes que ha visto en las iglesias. La mujer deja escapar de nuevo ese sollozo, poco más que su respiración agónica que, para Valentina, es un ruego a Dios para que acabe con su sufrimiento.

Coge a Julio de la mano, tira de él para que deje de ser testigo de ese horror, pero el niño se resiste a hacerlo.

—¡Déjame! —grita, y la golpea para que se aparte.

Antón se gira al oírlo y su mirada se encuentra con la de Valentina. Ella sabe que su vida depende de su silencio.

Después de aquella primera vez, hubo otras. Más mujeres llegaron a la granja para no salir. Más «visitas». Antón jamás le habló de lo que ella había descubierto en el sótano. Ella nunca preguntó qué había hecho con el cuerpo de la mujer. Alguna vez, Valentina intentó hablar con Julio; sabía que tenía que explicarle que lo que hacía su padre no estaba bien, pero el niño idolatraba a Antón como si fuera el dios de la granja perdida, y todos los demás, sus siervos. Quizá no se equivocaba.

Hubo una chica morena de pelo rizado y pantalones de pana, parecía drogada cuando la vio entrar en la casa. Hubo una mujer de cuarenta años o más, de tez gris y ropas severas. Hubo una portuguesa dulce y sonriente. Oyó a veces conversaciones en la planta baja. Antón había traído a alguien, pero ella no tenía fuerzas para ver la cara de la siguiente mujer que iba a morir.

Al principio, pasaban meses, incluso un año, entre una mujer y otra. Luego, Antón fue trayéndolas con más frecuencia. Como si ya no pudieran saciarle. Y, tras cada visita, Julio se alejaba más de Valentina.

Una noche en que no podía dormir, ella bajó a la cocina para tomarse un caldo. Miró la puerta del sótano; estaba entreabierta. Desde la primera vez, Antón la dejaba siempre con candado. ¿Qué habría dentro? La curiosidad tiró de Valentina hasta ese lugar prohibido. Al abrir la puerta y encender la luz, vio las escaleras que descendían. Quedaban manchas de sangre en el suelo, pero no fue eso lo que la asustó. En un cuarto contiguo había una pared con una serie de fotografías: la chica morena, la portuguesa risueña, la cuarentona triste, incluso la primera mujer que atrapó en el sótano, estaban allí retratadas. Algunas fotos eran robadas, tomadas sin que ellas se dieran cuenta, tal vez su marido las hacía mientras las rondaba, esperando el momento propicio para llevarlas a la granja. Otras estaban tomadas en el sótano. Un panóptico del horror. Y en mitad de ese mural, Valentina pudo verse a sí misma. Una fotografía tomada cuando estaba en la era, sin que ella se diese cuenta.

Un escalofrío le sacudió la espina dorsal. Se imaginó a sí misma en ese suelo, desbordada de sangre como aquella primera mujer. Tomó conciencia de algo que debería haber sido evidente: tarde o temprano, ella también sería una víctima.

El miedo le infundió valor para salir esa misma noche de la granja. No cogió nada. Simplemente, abrió la puerta y huyó por los campos vacíos de Cuenca. Sin rumbo. Sin objetivo.

Temió que Antón la persiguiera, pero no lo hizo. Encontró refugio en un pueblo cercano, en una casa abandonada. Pasados unos días, se atrevió a salir de nuevo a la calle. Pensó en llamar a la Guardia Civil, pero ¿eso no sería también condenarse a sí misma?, ¿no había sido partícipe de todo ese infierno?, ¿no lo era también su propio hijo? Un agricultor de la zona le dio trabajo limpiando la casa. Valentina aceptó el empleo, no le pedían explicaciones de quién era o de dónde venía. Pensó reunir dinero para irse muy lejos, pero el día de marcharse nunca llegaba.

Un día entendió por qué no lo hacía. Un día en que un aparente paseo la condujo hasta el colegio de Julio. Vio a su hijo a través de las rejas del patio, lo vio jugar a la pelota con otros niños y le pareció completamente normal. Sonrió como no lo había hecho en muchísimo tiempo. Valentina quiso soñar con que Julio sería más fuerte que Antón, que sería capaz de salir de esa granja indemne.

Con lo que conseguía ahorrar limpiando casas, se alquiló una casa modesta en el barrio del Río. Empezó a llevar una vida tímida, sin amistades, una vida que parecía un lujo al lado de lo que había sufrido. Siempre que podía, se escapaba a la hora del recreo para ver a Julio. Cómo crecía fuerte y guapo, año tras año…

Una tarde, al regresar del trabajo, descubrió la puerta de su casa abierta. Ya sabía a quién iba a encontrar dentro. Antón fumaba en el sofá uno de sus cigarrillos negros.

—Cierra la puerta —ni siquiera la miró al pedírselo.

Valentina hizo lo que le ordenaba. Creyó que la mataría en ese mismo momento, pero no era eso lo que Antón había planeado.

—Tu hijo quiere verte y a mí me parece bien, Julio vendrá de vez en cuando para estar contigo un rato. ¿Estás de acuerdo?

—Claro, es mi hijo, es lo que más deseo.

—Es tu hijo, pero es como yo. Mejor que no lo olvides. No le temblará la mano si tiene que escoger.

Valentina asintió, lo sabía.

—Julio sabe tan bien como yo que lo que pasa en la casa se queda en la casa y a nadie de fuera le importa. Y tú, ¿lo sabes?

Valentina sabía cuál sería su condena si contravenía esa orden: la muerte. Aceptó. Pudo hacerlo por miedo o porque es idiota, porque no fue al colegio más allá de lo que la obligaron de niña, porque tenía pánico a denunciar a su marido, porque, aunque hubiera escapado de la granja, se sentía igual de presa que cuando estaba dentro. Daba igual. No eran más que excusas para justificar su silencio. No bastaban para hacerle olvidar la verdad; ella tampoco era inocente.

Capítulo 50

Han cursado una orden de busca y captura contra Antón Collado. Han movilizado a todos los puestos de la Guardia Civil de la provincia para que hagan controles en las carreteras. No puede estar lejos, no le ha dado tiempo. El cerdo que agonizaba en las porquerizas es la prueba de que no ha pasado más de una hora desde que abandonaron la granja. Ahora saben que, probablemente, junto a Antón también esté Julio. El hombre de la trenca verde. Orduño y Reyes obtuvieron su nombre en el bar de Santa Leonor. «El hijo de Antón», les dijeron los parroquianos. Ellos fueron también los que le hablaron de los hermanos de Antón: Serafín, al que habían apodado el Dientes, y Casimiro. Él debe de ser el cadáver que han encontrado en el segundo piso de la casa. Un disparo en la cara.

La Policía Científica ha tomado la granja y la inspecciona palmo a palmo. Han empezado por el sótano. Recogen colillas de Bullbrand, una marca de tabaco negro, vasos con bebidas a medio consumir: whisky, ginebra, ron... Meten pelos en pequeños sobres de plástico, empapan torundas en la sangre, en una mancha de orina de la pared, en sustancias que ni siquiera saben qué son...

Elena se acerca a Buendía.

—¿Encuentran algo que nos interese?

—Aquí hay restos y huellas como para que el laboratorio se pase meses trabajando sin parar; no había visto nunca nada así, hay manchas que parecen tener años. Pero hasta mañana no te voy a poder dar nada.

En el centro del sótano, la cama con las bridas cortadas. No hace falta que Buendía ni Elena digan en voz alta lo que ya saben. Cuando analicen el ADN comprobarán que la sangre pertenece a Chesca.

—Alguien cortó las bridas. Si estaba atada, no pudo hacerlo sola. Tuvo que tener ayuda.

Buendía intenta transmitir esperanza con esa teoría y Elena quiere creerle. La huida precipitada de Antón y Julio tal vez se deba a que Chesca logró escapar.

Un policía científico, vestido con ropa y gafas protectoras, se acerca a ellos.

—Tienes que ver esto, Buendía.

Le enseña una caja metálica de caramelos llena de dientes y juegos de llaves. Trofeos.

—Dientes humanos, de adulto, no de una madre que los guarde de sus niños. Hay como diez bocas ahí dentro…

—¿Podremos hacer algo con ellos? —pregunta Elena—. ¿Identificar a sus propietarios?

—Algunos sí, algunos no. Ya veremos lo que conseguimos. No te puedo aclarar mucho, ahora mismo estoy saturado de todo lo que veo —reconoce Buendía, mientras echa un vistazo a las llaves que había mezcladas con los dientes—. Les gustaba guardar recuerdos. Debían de abrir esta caja para volver a vivir lo que les hicieron a esas mujeres.

Elena sale del sótano. Un policía baja del segundo piso con unos cartuchos metidos en una bolsa de plástico. Son los que acabaron con la vida de Casimiro, no han encontrado todavía la escopeta que los disparó.

¿Qué sucedió en la granja? ¿Por qué sacrificaron a los cerdos? ¿Por qué mataron a Casimiro? ¿Dónde está Chesca? Un galimatías al que solo esa niña que encontró escondida bajo el fregadero puede dar respuesta. Una psicóloga se ha desplazado a la granja y ha intentado sin éxito ganarse la confianza de la pequeña. Sigue muda, abrazada a su gato. Zárate no deja de mirarla; sabe tan bien como la inspectora que deben romper su resistencia.

—¿Cómo estás? —la preocupación de Elena es sincera.

Zárate esboza un gesto de difícil lectura. No sabe si ha querido decirle que está bien o le ha pedido que le deje en paz.

—¿Podéis salir un momento? —pide en voz alta Elena a todos los policías del salón. Diligentes, siguen sus órdenes, salvo la psicóloga—. Usted también. Quiero hablar con la niña.

La psicóloga está a punto de rebatir la orden de Elena, pero Zárate se adelanta.

—Haga lo que dice la inspectora —con un gesto firme, Zárate la coge del brazo y la acompaña fuera—. Suerte —le murmura a Elena antes de marcharse y cerrar la puerta para dejar solas a Elena y a la niña.

Suelo de barro cocido, algunas baldosas rotas, agrietadas. Cicatrices que también suben por las paredes del salón y cruzan el techo. El polvo del campo acumulado sobre una vieja mesa de madera de pino, un televisor antiguo que ya no puede recibir ninguna señal. Sillas de anea. No hay fotografías, no hay más decoración que una vieja lámina del pueblo de Santa Leonor, descolorida. Este es el hogar de esa niña que se abraza a su gato. Elena coge una silla y se sienta frente a la cría, que está hundida en el centro de un sofá de escay. El gato ronronea a sus caricias. Unas manos de uñas mordidas, sucias, como su pelo y el vestido de nido de abeja, acartonado en la falda. ¿Qué clase de hogar puede ser este? Supone que la pequeña oyó gritar a los cerdos cuando fueron sacrificados. ¿También vio cómo disparaban a Casimiro?

—Me gustaría ser amable contigo, cariño —le anuncia Elena—, pero no puedo serlo. No soy esa mujer que ha estado antes hablando contigo, la psicóloga. ¿Sabes qué es una psicóloga? No, ¿verdad? No importa, tendrás tiempo de descubrirlo. Sé que no quieres hablar, pero yo tengo que conseguir que lo hagas y si dejo que lleguen los servicios sociales y empiecen a tratarte entre algodones, no lo harás. O si lo haces, será demasiado tarde para mi amiga. Porque Chesca es mi amiga. La mujer que estaba atada en ese sótano es una de las personas que más quiero. ¿Tú sabes lo que es querer a alguien?

Los pequeños ojos de la niña se hunden en el suelo. Elena ve cómo pega el gato a su pecho. Le gustaría no hacer lo que tiene que hacer.

—¿Oíste gritar a los cerdos? Supongo que fue Antón, en realidad me da igual... Alguien los rajó desde el cuello hasta la tripa y dejó que se desangraran.

Elena se levanta y pone la mano sobre el gato, que se encoge un poco más. La niña intenta apartarlo, pero la inspectora lo sujeta con fuerza de la piel del cuello. Sabe que la niña no es tonta, sabe que entiende con qué la está amenazando.

Zárate levanta la mirada al cielo. No hay luna y tampoco estrellas. Una noche pesada que ha caído sobre ellos como el plomo.

—Mariajo está de camino, a ver si ella puede identificar a las mujeres de las fotografías —le dice Orduño.

Los dos temen que ninguna esté con vida, pero la incertidumbre sobre qué le ha podido pasar a Chesca invade todo, no deja espacio para preocuparse por el resto de las cosas que han descubierto en la granja. La Científica ha recorrido cada centímetro de la casa y no han encontrado su cuerpo, eso debería darles esperanzas. Orduño ha llegado a pensar que Julio y Antón han podido llevársela como rehén en su huida. Cuando comparte su teoría con Zárate, este solo asiente. Le duele la cabeza, nota que le va a explotar y es incapaz de pensar. Dentro de él se repite sin cesar ese instante en que la vio marcharse, cuando la miró por última vez y decidió que no iría a su casa por la noche. Esa sería su forma de decirle que todo había terminado. Cobarde y egoísta.

La puerta de la casa se abre. Es la niña quien aparece en el umbral, seguida de Elena. No necesitan preguntar qué está sucediendo. Bastan unas miradas para entender que la pequeña ha decidido guiarlos hasta Chesca. Como si fuera una actriz que sube al escenario bajo la mirada del público, la niña pisa la era abrazada a su gato. Unos pasos por detrás, Elena. Los agentes de operaciones especiales y de la BAC aguantan la respiración. Desean que camine muy lejos. Que los lleve a un lugar apartado de esa granja de horror, pero la niña se detiene a la altura de las porquerizas. Tal vez solo se haya parado para mirar a los cerdos muertos. «Sigue andando», le dice Zárate en su cabeza. Tiene que contener las ganas de empujar a la niña para que retome el camino. Sin embargo, ella gira hacia su izquierda. Todos creen que va a entrar en la nave donde estaban los animales, pero deja atrás la porqueriza y llega hasta la caseta, el obrador de charcutería. Un agente apostado en la puerta se aparta cuando llega la niña. Abre la puerta. Detrás de ella, Elena, Zárate y el resto de los miembros de la BAC mantienen una distancia para no incomodarla. El interior está iluminado por un foco. El ruido del generador al que está conectada toda la iluminación zumba en la noche. La niña se gira a Elena antes de levantar el brazo derecho y, con el índice, señalar la cubeta de carne que vieron en el registro del obrador. Está desbordada. Los ojos inocentes de la pequeña se posan en Elena. El gato salta de sus brazos y deja escapar un maullido al llegar al suelo. Las primeras palabras de la niña son un susurro:

—Ahí está. Chesca.

Capítulo 51

La granja, el campo que la rodea, todo negro como el cielo de la noche sin luna. Las caras de los policías, los coches y los focos. Todo ha perdido su sentido, incluso las palabras. Zárate se tambalea y no sabe si, al tocar el suelo, está derrumbándose o si flota, ingrávido. Una punzada en el pecho, como una estaca clavada, le impide respirar. Su sistema nervioso está colapsado y es incapaz de entender los impulsos que le estremecen como latigazos. ¿Está llorando? ¿Está gritando? ¿Quién hay a su alrededor?

—¡¡Lleváosla a la casa!! —grita alguien.

¿Cuánto tiempo puede soportar este dolor? ¿Cuándo dejará de respirar? Alguien le coge de un brazo y tira de él. Intenta que se levante o que vuelva a poner los pies en el suelo. Ya no lo sabe bien. Delante de sus ojos solo puede ver esa enorme cubeta de carne picada y sangre. Los insectos que revoloteaban a su alrededor.

Alguien vomita.

Alguien llora.

—¡¡Se está riendo de nosotros!! ¡¡Esa puta cría se está riendo de nosotros!!

El cielo sigue tan oscuro como antes. Como si estuvieran dentro de una boca que los va a engullir.

Chesca.

En la cabeza de Elena suena una y otra vez la canción de Caetano Veloso, «Sozinho». Suena con la voz de Chesca. Está paralizada en el obrador, no ha sido capaz de moverse. Solo ha encontrado fuerzas para cerrar los ojos y perderse en esa canción: «*Às vezes no silêncio da noite, eu fico imaginando nós dois».* Huele a carne y sangre. La carne y la sangre de Chesca. Los insectos: *«Eu fico ali sonhando acordado, juntando o antes, o agora e o depois»*...

—¡Es una locura, no puede ser verdad!

Más lágrimas. Las de Orduño. Camina sin rumbo por la era como un herido tras el estallido de una bomba. Desorientado. Un pitido en la cabeza. Esperaban lo peor, pero jamás habrían podido imaginar algo así.

—¿Estaba viva cuando lo hicieron?

—No sabemos si esa niña se lo está inventando.

Reyes se ha sentado en el suelo frente al obrador. Tiene las zapatillas sucias de vómito y le da igual. Dentro de la caseta, como una esfinge, Elena. A unos metros, atendido por unos compañeros, Zárate es presa de un ataque de pánico. La silueta de Orduño se pierde cada vez más lejos, como si quisiera marcharse para no volver. La niña ha entrado en la casa acompañada por la psicóloga. ¿Cuánto tiempo ha pasado? Como en una de esas proyecciones de cine antiguas, la película ha saltado y las imágenes se han sucedido sin control.

—Hay que hacer una prueba de preciptina para saber si la sangre es humana o animal. Y solo se puede hacer en laboratorio y con ayuda de una cobaya animal.

Buendía es quien le está dando explicaciones a Elena. ¿Cuándo ha llegado toda esa gente a la granja? Reyes ha perdido la noción del tiempo. Mira al cielo y la noche persiste: ¿es una noche eterna? Han levantado una carpa a unos cien metros del obrador. Un centro de operaciones. Allí trabajará ya Mariajo. ¿Dónde está Orduño? ¿Dónde está Zárate?

—Todos sabemos cuál va a ser el resultado —el murmullo fúnebre de la inspectora le llega como un viento.

A Reyes le gustaría encontrar fuerzas para ponerse en pie. Para ayudar a sus compañeros, darles un abrazo y, después, lanzarse a buscar a Antón, el rey de este infierno. Sin embargo, las piernas todavía le tiemblan y, por primera vez desde que llegó a la BAC, siente que no está preparada para este trabajo. Unos gritos la sacan de su ensimismamiento: Zárate, en la puerta de la casa, forcejea con unos compañeros.

—¡¡Tengo que hablar con ella!!

No entiende qué le contestan. La impotencia de Zárate es evidente, aunque la maquille de rabia.

—¿Dónde está? —pregunta Elena.

Alguien le responde que la niña está en su habitación, con la psicóloga. Han avisado a los servicios sociales para que se hagan cargo de ella. La inspectora entra en la casa. Zárate la sigue hasta las escaleras. Suben en silencio, dejan a un lado el lugar donde encontraron muerto a Casimiro. El juez de guardia debe de andar por allí, porque ya han levantado el cadáver y solo quedan unas señales de la Científica en el suelo, aparte del rastro de sangre. Al fondo, hay un cuarto. Antes de entrar, Elena echa una mirada atrás, a los ojos de Zárate. Quiere saber si sabrá contener su dolor, si puede permitirle entrar con ella. Sabe que lo necesita y, también, que va buscando una confesión imposible en la niña. Que esa carne no es Chesca. Que su compañera, su pareja, su amiga, pudo huir. Es consciente de que no debería dejar que pasara, pero tampoco se siente con fuerzas para impedírselo.

—¿Cómo te llamas? —Elena se sienta frente a la niña. Al no responderle, busca explicación en la psicóloga que ha estado acompañándola.

—No quiere hablar.

—Vas a tener que hacerlo. Vas a tener que hablar —aunque lo intenta, Zárate no puede ocultar su tensión—. ¿Quién le hizo eso a...? ¿Fue Antón?

—Sabemos que tienes miedo, pero seguro que si vuelve Antón será peor. Tienes que contarnos lo que ha pasado aquí.

—Lo que pasa en la casa se queda en la casa —murmura la niña una letanía repetida mil veces.

—Antón no va a volver. Ni Julio. Ya no son los que mandan. Los que mandamos somos nosotros y nos tienes que hacer caso. Dime cómo te llamas.

—Nena.

—¿Nena? —y la pequeña asiente con un gesto.

—Ella es Gata —dice mientras la acaricia—. No me gustan los nombres. Se lo dije a ella. Le dije que no quería saber su nombre.

—¿Eso le dijiste a Chesca? —Elena nota la turbación en la pequeña. Un temblor de manos que intenta aplacar en el lomo del gato. La vida en mitad de ese horror no ha cauterizado del todo su capacidad de sentir, hay una conexión entre la niña y el animal. Elena advierte que le duele la pérdida de Chesca y esa es la vía que decide usar para lograr que la pequeña, poco a poco, desgrane qué ha sucedido en la granja.

—Es que bajan todos. Julio y Casimiro y Serafín… todos… El último siempre es Antón. Es el último porque, después, ya no están vivas. Por eso le dije que no quería saber su nombre. Siempre se mueren y yo tengo que llorar. Antón dice que llorar por las «visitas» es como llorar por los cerdos.

Elena intenta sobreponerse a lo que significa la confesión de la Nena. El infierno, las repetidas violaciones de las que fue víctima Chesca. De repente, aquel papel manchado de sangre con el dibujo de la alfombra de su cuarto se le antoja el mensaje en una botella que lanza un náufrago, consciente de que es casi imposible que nadie lo encuentre.

La descripción de los horrores que hace la Nena es deslavazada, como si no estuviera acostumbrada a usar las palabras, pero suficiente para hacerse una idea de cómo eran las cosas allí dentro. La vida, si es que se le podía llamar vida, en la granja Collado. Elena no se gira a buscar la mirada de Zárate en ningún momento, teme que su dolor le haga llorar. Cuando oye su voz, le sorprende que suene con entereza.

—¿Qué pasó con Chesca?

—La solté. Era la prenda que me tocaba.

La Nena se encoge de hombros y muestra el respeto sagrado de los niños por las reglas de un juego que ellos desconocen. A su manera, reconstruye el intento frustrado de escapar de allí. Con un cuchillo, cortó las bridas que ataban a Chesca a la cama. No sabe bien dónde estaba Julio. Quizá con Antón, intentando calmar a Casimiro. Estaba fuera de sí desde que supo que Serafín había muerto. Antón discutía con él, se oyó un disparo. Era el momento de escapar, pero Chesca estaba muy débil porque llevaba días sin comer. Consiguieron llegar hasta el obrador y se escondieron en un armario. Pero Antón las descubrió. Se enfadó mucho, empezó a pegar a Chesca y ella aprovechó para coger a Gata y ocultarse en la cocina, debajo del fregadero.

No se atrevió a abrir el armario en el que estaba escondida cuando Antón volvió a la casa y le oyó decir que tenían que irse.

—¿Dijo dónde tenían que irse? —pregunta Elena.

—Tenían que irse de la granja. Eso dijo.

—¿Cómo sabes que esa carne que hay en el obrador es de Chesca? —Zárate se agarra desesperado a que haya un error en el relato.

—Siempre es así.

—¿Es lo que le hacían a las mujeres que traían? Sabemos que Chesca no es la primera. Hemos visto las fotografías —continúa Elena.

—Antón las llevaba al obrador. Las partía, unas iban al arcón y, otras, en la picadora… La carne. Les echaba vino blanco… y la masa…

—¿De qué estás hablando? ¿Qué masa? ¿Se la echaba a los cerdos? —quiere saber Zárate.

La Nena mira por primera vez al policía. Aunque no sabe por qué, la niña se da cuenta de que hay algo que no está bien. No es solo que Antón se enfadara tanto porque mata-

285

ran a Serafín. Ni siquiera que todas esas mujeres, como Chesca, ya no estén. Hay algo que no está bien. Lo nota en las miradas de Elena y Zárate.

—¿Qué hacían con la carne, Nena? —le pregunta ahora Elena.

—Nos la comíamos.

Capítulo 52

Las veintitrés fotografías que había en el cuartucho anexo a la mazmorra donde estuvo Chesca están en el ordenador de Mariajo. Ha instalado un proyector y, ahora, se puede ver la pantalla de la hacker en la pared blanca de la carpa que han levantado junto a la granja. Polaroids en el sótano, fotos robadas en la calle. Orduño no ha tardado en reconocer a la mujer que precede a Chesca en ese orden macabro que las fotografías tenían en la pared del cuarto.

—Yolanda Zambrano. La ecuatoriana desaparecida. A su nombre alquilaron el piso en Madrid.

—Probablemente, todas estas mujeres han muerto igual que Chesca —murmura Reyes.

La luz del amanecer se filtra en la carpa cuando entra Elena. Ninguno ha dormido ni lo va a hacer hasta que encuentren a Antón y Julio. Incluso después de entonces, preferirían no hacerlo. Todos saben qué va a habitar sus futuras pesadillas.

—Estoy usando programas de identificación facial y comprobando las denuncias de mujeres desaparecidas en los últimos años, concretamente en las dos últimas décadas, es de cuando creemos que son las más antiguas —explica Mariajo a la inspectora.

—De la misma época que la violación de Chesca. Quizá se salvó entonces de acabar en la granja y Antón Collado estuviera buscándola desde entonces —Orduño busca un sentido a todo lo que ha pasado.

—No. Chesca fue la que provocó que Antón Collado la buscara después de matar a Fernando Garrido y al hermano de Manuel Sánchez. Antón se sintió acorralado y fue a por ella.

Elena no deja lugar a dudas. No es fácil asumir que fue Chesca quien se metió en la boca del lobo. De cualquier forma, no están en condiciones de plantearse los detalles morales de todo lo que ha sucedido. Es posible que se hubiera convertido en una asesina, pero eso no puede borrar de un plumazo que también era su amiga. Que nadie se merece un final como el que ha encontrado.

—¿Crees que la Nena dice la verdad?

—No tiene razones para mentir. No en algo así.

Nadie se ha atrevido todavía a decir en voz alta la palabra: caníbales.

—De momento tenemos el nombre de seis de ellas: Chesca, Yolanda Zambrano y cuatro más. Los tenéis en vuestros correos y las denuncias de desaparición que se hicieron en su día.

La hacker detalla que hay ciertos rasgos que comparten las veintitrés mujeres: son atractivas —sin poder decir que sean guapas— y están entre los treinta y los cuarenta años. Las que han sido retratadas allí mismo, en la mazmorra, tienen cara de terror: sabían lo que les iba a ocurrir.

—En todas las denuncias hay un nexo, excepto en el caso de Chesca: mujeres solitarias, a las que nadie echó de menos hasta varios días después de que desaparecieran, en paro o sin trabajos que les obligaran a salir de casa a encontrarse con otras personas, también turistas de paso por España. Una turista mexicana en Madrid, tres mujeres en paro (dos de ellas de Valencia y la tercera, Yolanda, de Cuenca), una presidiaria recién salida de la cárcel que dejó una bolsa con sus escasas posesiones en una pensión de Castellón...

Es fácil situar en un mapa el área de procedencia de las mujeres: está entre Madrid, Cuenca y el norte de la Comunidad Valenciana, los lugares más cercanos a la granja. Allí será donde busquen con más insistencia denuncias de desapariciones. Pero eso puede esperar.

—¿Alguna noticia de Antón? —pregunta sin esperanza Elena.

—Tenemos las carreteras cortadas y un helicóptero ha salido de Madrid para hacer batidas por aire. Buscamos una furgoneta roja, una Renault Kangoo. Nos ha dado los datos Tráfico.

La luz de la mañana, lechosa, baña la granja. Buendía sigue trabajando en la recopilación de pruebas de la casa. Una tarea que le llevará días procesar. Los agentes de la Policía y la Guardia Civil que se han desplazado a la granja deambulan con la mirada hundida en el suelo; intentan olvidar lo que han visto y que su imaginación no se dispare suponiendo cómo era el día a día de ese infierno. Se centran en las tareas que les han encomendado, metódicos. Tienen que agarrarse a lo más inmediato para que los fantasmas no se adueñen de ellos.

Caníbales. Veintitrés víctimas. La granja del horror.

La cubeta donde se acumulaba la carne.

Chesca.

—¿Por qué no vuelves a Madrid?

Zárate se ha sentado en una de las piedras que delimitan la era y tiene la mirada extraviada en ese campo infinito que se pierde en el horizonte. Ni siquiera mira a Elena cuando ella le pregunta.

—Siento lo de antes —se disculpa por su ataque de pánico, avergonzado.

—No tienes que hacerlo.

—¿Cuánto podemos soportar, Elena? —y cuando levanta la mirada, ella se da cuenta de que tiene los ojos humedecidos—. Cada caso… es como si nos arrancaran un trozo de alma. Llegará un día en que no nos quede nada.

A Elena le gustaría encontrar las palabras que confortaran a Zárate, pero no es capaz. Ella piensa lo mismo. Se hunden cada día un poco más. Tal vez ya no quede nada por debajo de eso. Tal vez, como dice Zárate, ya no les quede alma. Capacidad de sufrimiento. Sin embargo, recuerda que pensó lo mismo al perder a Lucas: ¿no había terminado la muerte de su hijo con lo poco de humanidad que había en ella? La respuesta es no. Ahora, enfrentada a la muerte de Chesca, el dolor es tan intenso como entonces. Ojalá hubiera perdido la capacidad de sufrir. Sin duda, sería más feliz. No es así: le cuesta pensar en la muerte de su amiga, en el abismo en el que ahora están cayendo todos. Orduño, Mariajo, Buendía, incluso Reyes, que acaba de llegar. Pero, sobre todo, Zárate. Nota que él se está dejando caer en un pozo del que nadie podrá salvarlo. Un pozo anegado de rencor, de culpa y de ira. Debería insistir en apartar a Zárate de la investigación, pero ¿cómo hacerlo? ¿Cómo decirle que no quiere que esté cuando den con Antón? ¿Cómo confesarle que tiene miedo de que su reacción le arruine la vida?

Buendía quiere poner ese tono de normalidad que siempre usa cuando describe a sus compañeros el resultado de sus análisis. Hoy, bajo la carpa, su voz suena forzada. Habla de que en la casa vivían cinco personas: Antón, Julio, Casimiro, Serafín y la Nena. A falta de análisis de ADN, por el testimonio de la niña, supone que Antón era hermano carnal de los dos hombres con retraso mental, Casimiro y Serafín. Es probable que Julio fuera su hijo. No está seguro de si existe algún parentesco entre la Nena y el resto de los miembros de la casa. La descripción de los habitantes la completa Mariajo.

—En el registro civil, aparece que Antón Collado contrajo matrimonio con una mujer de origen boliviano; Valentina Quispe, hace veintiséis años. Está domiciliada en la granja.

—Aquí no vivía ninguna mujer —Buendía está seguro de eso.

—¿Has podido confirmar a qué pertenecen los restos que encontramos en el obrador?

Elena ha hecho la pregunta que todos pensaban y nadie se atrevía a formular.

290

—Hay un arcón congelador en el que he encontrado más piezas de carne. Piezas completas, tal vez las mejores para el consumo. Son indudablemente humanas. Además, había cuarenta y ocho kilos de carne picada.

—En el registro de la cuenta bancaria de Antón aparecen pagos de varias carnicerías de la zona y algún que otro restaurante.

Reyes despierta del estado de letargo en el que estaba sumida. La posibilidad que apuntan Mariajo y Buendía le revuelve el estómago. ¿Podían vender esa carne humana a los negocios de la zona? Las albóndigas que Orduño y ella se tomaron en el Zarco de Santa Leonor parecen volver desde algún lugar de su vientre. Puede sentir su sabor en el paladar. Se pone en pie tambaleante para no vomitar sobre la mesa, pero no llega a salir de la carpa. Se apoya en Orduño, que se ha levantado tras ella, para no caer al suelo.

—El bar del pueblo, Orduño —un sudor frío le moja la piel.

—Es imposible, Reyes…

Elena retoma la reunión: deben poner todos sus esfuerzos en localizar la furgoneta de Antón. Esa es la prioridad y no pueden dejarse abrumar por todo lo que van descubriendo. Antón escapó una hora antes de que llegaran y cortaron las carreteras inmediatamente. Está convencida de que no ha podido salir de la comarca. Estas primeras horas son vitales para dar con él.

Reyes siente que está estorbando. No es capaz de controlar su estómago ni su imaginación: ¿qué tenían aquellas albóndigas? Recuerda el bar; la mujer que los atendió y los dos paisanos. El Manchao, que se acercó a ella para tocarle el culo. Sabe que debe dejar de darle vueltas, ser útil para sus compañeros. La mujer sudamericana que había en una mesa viendo un concurso. Su rostro regresa a la memoria de Reyes y, al mirar a la proyección del ordenador de Mariajo en la pared, las veintitrés fotos, cae en la cuenta.

—Yo he visto a esa mujer.

Segura, señala a una de las fotografiadas. Es la quinta en esa sucesión de víctimas. Ha pasado el tiempo desde que le hicieron la fotografía, en mitad del campo. Pero sus facciones no han cambiado tanto. Es la mujer que se marchó del Zarco mientras ellos hablaban con la camarera y los dos parroquianos.

—Está viva.

Capítulo 53

Un perro ladra a las sirenas de los coches de policía que recorren Santa Leonor hasta detenerse en la plaza del Zarco. El pueblo se ha despertado con ese escándalo. Los rumores que corren entre los vecinos, ¿por qué hay tanta policía en el pueblo?, ¿por qué buscan a Antón?, todavía están muy lejos de imaginar el horror que han descubierto a solo unos kilómetros de allí.

Elena y Zárate son los primeros en entrar en un bar que, a esa hora, poco más de las siete, está levantando la persiana. Orduño y Reyes los siguen; la camarera es la misma que había el día anterior, pero el local está vacío.

—¿Dónde podemos encontrar a esta mujer? —Elena pone sobre la barra la fotografía que obtuvieron en el sótano.

—Ayer estaba ahí mismo sentada —dice Reyes ante un ademán de duda de la camarera y señala la mesa junto al expositor de casetes.

—¿Valentina?

—¿Valentina Quispe? —pregunta Elena. ¿Es posible que esa mujer sea la esposa de Antón?

—No me sé su apellido —se justifica la camarera—. Viene de vez en cuando por aquí. ¡¡Ramón!! —aúlla la mujer a la cocina—. Él la conoce mejor.

El olor del bar, mezcla de fritanga y lejía, penetra en Reyes, que tiene que salir fuera para contener las arcadas. Se han arremolinado unos cuantos curiosos en la plaza. No saben qué les espera, piensa Reyes. Acostumbrados a no ser centro de atención de nada, durante unos meses serán el tema principal de todos los informativos. La familia caníbal que vivía en Santa Leonor. La casa de los horrores. Respira profundamente para apartar la idea de que aquellas albóndigas que probaron en el bar, en realidad, pudieran estar hechas de carne humana.

—¡El barrio del Río!

Sus compañeros han salido a la carrera del bar y ya se están subiendo en sus coches. Reyes hace un esfuerzo para subir al coche de Orduño cuando maniobra para abandonar la plaza. El de Elena y Zárate ya ha salido derrapando y dejando atrás el eco de su sirena.

La zona que en Santa Leonor llaman el barrio del Río, a orillas del río Cigüela, está compuesta por casas bajas, humildes, en calles estrechas que hacen pensar en una planificación inexistente o muy antigua, tal vez fue allí donde nació el pueblo. La casa de Valentina Quispe, de una planta, está bien cuidada, aunque empieza a necesitar una mano de pintura; tiene macetas con algunas flores de invierno que ninguno de ellos sería capaz de identificar, en el alféizar de las ventanas.

—Esta es la casa —avisa Elena a las dos patrullas de la Guardia Civil que se unen a ellos en el domicilio.

—Pues nada, entremos. No creo que Valentina ponga objeción —acepta el sargento de la Guardia Civil, después de comprobar que nadie responde al timbre y que la orden de registro que le muestra Elena está en regla.

La inspectora ha llamado a Rentero en el camino del Zarco a la casa de Valentina. No ha necesitado insistir. Está al corriente de los descubrimientos que han hecho en la granja Collado y la orden estaba lista en apenas cinco minutos.

—¿Procedemos?

Un cerrajero se acerca y abre la puerta sin problemas. Los agentes de la BAC siguen a la inspectora en el registro. Metódicos, armas en mano, van comprobando habitación por habitación que la casa es segura. Un pequeño salón decorado con lo que parecen muebles de segunda mano, pero puesto con cariño. Un dormitorio con la cama deshecha. Zárate da el aviso al abrir la puerta de un patio trasero. El cadáver de Valentina está tendido en el suelo. Un disparo en una pierna y otro en el pecho. La sangre mezclada con el barro del patio. Un viento suave mece la ropa de cama que había colgada, manchada de salpicaduras de sangre. Han llegado tarde una vez más.

—Han encontrado la furgoneta de Antón Collado —le informa uno de los guardias—. Estaba en un camino, cerca de la nacional. No había nadie.

—Que desplacen a una unidad de la Científica…

Después de dar la orden, Elena recorre el camino inverso que hizo al llegar a la casa: la cocina, el dormitorio, el salón. Intenta imaginar qué vida pudo llevar Valentina. ¿Quién es realmente esa mujer que yace sin vida en el patio trasero? Una casa humilde, pero limpia, llena de recuerdos de Bolivia, aunque duda que la mujer haya salido de España desde que llegó.

Hay una fotografía suya en una cómoda del salón. Sonríe, feliz. A su lado, un joven de unos dieciocho años, apuesto. Viste una trenca verde. Julio, su hijo. ¿Qué parte tiene Julio en todo lo que han descubierto? ¿Es un chico normal subyugado por el poder de su padre, Antón, o es el mismo demonio? Un olor intenso le llama la atención. En una mesa baja, junto al sofá, hay un cenicero con varias colillas. Una todavía despide un fino humo. El cigarro se ha consumido sin que nadie se lo fumara. Junto a la boquilla puede leer una marca: Bullbrand. Los mismos cigarrillos que encontraron en la granja. Antón ha estado aquí hace muy poco.

Elena sale de la casa, nerviosa. Mira a su alrededor, intentando imaginar por dónde puede haber huido. Como en la granja, le pisan los talones.

Algunos vecinos han salido de sus casas. Los agentes de la Guardia Civil que cooperan en el operativo les insisten en que se queden dentro. «¿Qué ha pasado con Valentina?», oye que dice una anciana apoyada en un andador.

Tal vez sea el cansancio de una noche en vela, pero a Elena le cuesta pensar. Sabe que la respuesta está delante de ella y solo necesita verla. Unas rodadas dibujan una ese en la calle de la casa de Valentina; el ayuntamiento debió de quedarse sin presupuesto al asfaltar el barrio, o les dio igual dejarlo a medias. La calle se transforma en un camino de tierra solo unos metros más adelante. Una tierra en la que también están dibujados los neumáticos de un coche. El viento levanta polvo del campo, polvo que borra las rodadas. Puede verlas porque son recientes, se da cuenta Elena.

—¿Qué coche tiene Valentina? —ha ido a interrogar rápidamente a la anciana del andador. Es la única a la que ha oído referirse con un poco de afecto a la que fuera esposa de Antón.

—Yo, de coches, sé poco —se excusa la mujer.

—Un Ibiza blanco. Lo menos treinta años debe de tener —oye que dice un hombre en calzoncillos apoyado en el quicio de la puerta de otra casa. Unos niños intentan salir a la calle tras él, pero sus piernas se lo impiden.

—¿Adónde lleva? —Elena señala la carretera que se transforma en camino.

Zárate conduce aferrado al volante. Cruzan campos de labranza. Rectángulos verdes y marrones se repiten a ambos lados del camino de tierra que avanza paralelo a lo que, tal vez, era el cauce del río Cigüela y que ahora es poco más que una zanja plagada de juncos.

—Los sospechosos pueden estar armados —oyen en la radio del coche. Avisos que se cruzan entre los diferentes coches de la Policía y la Guardia Civil que se han lanzado a la carrera para dar con Antón y Julio. Todo indica que buscaron refugio en la casa de Valentina y, después de matarla, usaron su coche para huir.

Hace muchas horas que iniciaron esta persecución. La adrenalina les ha mantenido despiertos, pero Elena intuye que el final está cerca. No pueden escapar. El camino que nacía en el barrio del Río se pierde entre las diferentes parcelas de cultivos, pero no tiene más salida que la carretera comarcal 2102. El helicóptero ha empezado a sobrevolar la zona. El ruido estático de la radio pronto se romperá para decirles que lo han localizado. ¿Y después?, solo la pregunta le provoca vértigo a Elena. Como le dijo Zárate, esta noche han perdido un trozo de alma y, en el caso de Ángel, esa pérdida le ha transformado. Hay algo extraño en él, sentado al volante, su mirada clavada en la tierra que van engullendo bajo el coche. Algo que no sabe definir pero que no había visto antes en él. Tal vez, la palabra para definirlo sea *rabia*.

—¡¡Lo tenemos!! —la voz de Orduño es la que ha roto el silencio—. Iba a entrar en la comarcal por el kilómetro 15. Nos ha visto y se ha metido campo a través.

—Estamos cerca —Elena no necesita hacerle ninguna indicación a Zárate para que abandone el camino y vaya en perpendicular hacia la carretera.

Orduño va ganando terreno al Ibiza. Sabe que ese utilitario no está preparado para avanzar a campo traviesa. La amortiguación apenas resiste y no le extrañaría que en cualquier momento rompiera el eje. Ve cómo la rueda delantera entra en un socavón, el coche se levanta por el culo y luego cae, reventando las ruedas traseras. Orduño detiene el coche. Reyes y él salen apuntando con sus armas.

—Salga con las manos en la cabeza —oye Elena que grita Reyes.

Ellos también han llegado al lugar donde el Ibiza se ha quedado parado. Bajan del coche cuando la puerta del piloto se abre y, un instante después, con las manos sobre la cabeza, sale Antón.

—¡¡Salgan todos del coche!! —grita Orduño.

El helicóptero ha empezado a batir por encima de sus cabezas. Las sirenas de los todoterrenos de la Guardia Civil se están acercando.

—¡¡Estoy solo!! ¡¡Me ha dejado solo!! —Antón se queja como si fuera una víctima.

Orduño se aproxima al coche por la izquierda mientras Reyes lo rodea por el otro lado. Miran a través de los cristales.

—¿Dónde está Julio? —Orduño obliga a Antón a ponerse de rodillas con un leve empujón.

—¡Me ha dejado solo! Es un bastardo. Un puto bastardo. ¡Como su madre!

Elena está a unos cincuenta metros de Antón. Arrodillado en mitad del campo, la ropa sucia de polvo y de sangre —sangre de Valentina, de Chesca, de Casimiro, de los cerdos y de la veintena de víctimas que pasaron por su granja—, le parece un pobre diablo. Un hombre ridículo que se lamenta de que le hayan abandonado, como si fuera un profeta sin creyentes. ¿O es todo un teatro? Se ha lanzado al suelo y llora contra la tierra, golpea el suelo como un niño en una rabieta.

—¡Estoy solo!

Es una fracción de segundo. Elena nota cómo una sombra pasa por su derecha, tapándole el sol un instante. Se gira cuando Zárate ya la ha superado. Camina rápido hacia Antón y ha sacado su pistola. La levanta y apunta con decisión a la cabeza del hombre. No va a perdonar ni va a escuchar los lamentos de ese hijo de puta. Pero su venganza será también su condena. Elena reacciona y llega a ponerle la mano en el hombro a Zárate antes de que accione el gatillo.

—Ángel, no lo hagas.

El arma tiembla en la mano de Zárate, pero aun así sabe que no fallará. Cuando Elena se pone a su altura, se da cuenta de que está llorando. El dolor se ha desbordado. Pone la mano izquierda sobre la muñeca de Zárate y, sin hacer fuerza, logra que baje el arma.

—¡El coche está vacío! —Reyes ha hecho el primer registro.

Los todoterrenos de la Guardia Civil llegan al lugar. Orduño pone en pie a Antón para esposarle. Elena abraza a Zárate. Pega su pecho al de él para que no se venga abajo, para evitar que se hunda en el abismo que sabía que se abriría a sus pies cuando dieran con Antón.

Capítulo 54

Todo es nuevo para la Nena. Nunca ha cruzado el horizonte de campos, no ha pisado más allá, o no lo recuerda, y la más pequeña alteración del paisaje, unas montañas que se levantan junto a la carretera camino a Madrid, le asusta. Tampoco ha viajado a tanta velocidad como a la que recorren la A-3. Le han puesto un cinturón cruzándole el pecho y se agarra con fuerza al pasamanos del asiento trasero. Algunas veces, Julio la subía a la furgoneta roja y conducían en círculos frente a la casa. Esa ha sido su vida: un círculo. Antón, Julio, Casimiro, Serafín y ella. Los cerdos. Gata. Y, a veces, las mujeres que había en el sótano. Las visitas. Su muerte y su transformación en comida para empezar de nuevo el círculo. Ahora se ha roto, es como un cable de alta tensión que se sacude sin control. A la Nena le cuesta procesar todas esas novedades.

Las personas.

La velocidad del coche.

Los edificios que se levantan como castillos imposibles al adentrarse en la ciudad.

Las palabras. Tantas palabras que le cuesta entender.

Las miradas. Nunca había visto esas expresiones en su familia. Porque eso eran en la granja: una familia. ¿Qué quieren decirle con los ojos caídos, esa mueca extraña en los labios?

La comida. La carne.

Siempre que habla de eso siente cómo evitan mirarla a los ojos. Ella hacía lo mismo cuando Antón se enfadaba. Cuando gritaba, loco como Serafín y Casimiro. Miraba para otro lado porque le daba miedo.

¿Les da miedo?

Gata está tan nerviosa como ella en el coche. El ruido de la ciudad le eriza el pelo. Millones de coches, luces y personas.

Ha visto en televisión ciudades, como ha visto el mar. Como ha visto niños y aviones y colegios y hospitales, pero nunca ha estado en ningún lugar así.

Antes de que vuelva a hacerse de noche, vive todas esas experiencias: los hombres de bata blanca que la lavan y le pinchan una aguja en el brazo para sacarle sangre. La ciudad sin fin que la rodea como antes la rodeaba el campo. El edificio que parece un colegio donde una mujer le sonríe sin parar. Hay niños en otras salas. Niños y niñas que juegan, gritan, ríen y lloran. Parecen locos. Una habitación blanca con una cama y una mesa. Nunca había estado en un colchón tan blando, tan limpio.

Le han lavado el pelo, le han cortado las uñas, le han regalado ropa nueva. Un pantalón y una camiseta. Huelen como las flores, pero echa de menos su vestido de nido de abeja. Era más bonito.

Gata está tan cansada como ella y, al llegar a la habitación, se ovilla junto a la almohada y se queda dormida.

Preguntas. Cientos de preguntas a las que no sabe responder. ¿Dónde ha podido ir Julio? ¿Te hicieron daño? ¿Antón es tu padre? ¿Quién es tu madre? ¿Por qué ayudaste a Chesca a escapar? ¿Ayudaste a más mujeres?

Lo que antes estaba bien ahora parece estar mal.

—Son unas putas —le dice a una mujer que anota cosas en un papel y, tan pronto lo dice, la mujer levanta la mirada de esas hojas, escandalizada. Antón le habría aplaudido—. Los cerdos son más listos que ellos —comenta sobre Casimiro y Serafín, y cuenta cómo Julio habría añadido que Casimiro y Serafín no sabían ni cagar dentro del váter. Ellos se habrían enfadado, no por lo que la Nena y Julio decían, sino porque se daban cuenta de que se reían de ellos. Habrían empezado las carreras, los intentos de Serafín y Casimiro de pegarles hasta que se quedaran sin aliento. Estaban tan gordos que apenas podían correr. La mujer que hay junto a ella le pregunta si les pegaban—. Una vez Antón me dejó darles con la correa. Se habían comido el pienso de Gata.

Más anotaciones en esas hojas. Está cansada. Quiere dormir. En la habitación, apartada del estruendo de la ciudad, se siente segura. Pero las preguntas no cesan.

—Le dije a Chesca que no quería saber cómo se llamaba. No me gustan las cosas con nombre.

—Pero con ella fue diferente, ¿por qué?

Ha vuelto la mujer que le amenazó con hacer daño a Gata en la granja. La que la asustó tanto que tuvo que enseñarles dónde estaba Chesca. Decía que era su amiga. ¿Está enfadada con ella porque ahora Chesca está muerta?

—Las cosas de la casa se quedan en la casa —el mantra de la Nena.

—La casa ya no existe, ¿entiendes lo que quiero decir? No vas a volver allí jamás, ni verás a Antón ni a ninguno de los demás.

La Nena imagina a todos muertos, como los cerdos los días de matanza. Como cuando Antón bajaba al sótano para estar con una mujer. Era la última vez que las veía.

—¿Qué hacía Antón en el sótano?

—No me dejaba mirar. A Casimiro y a Serafín, les daba igual. Sí me dejaban.

—¿Y nunca lo hiciste, aunque fuera a escondidas?

La Nena evita la mirada de Elena, culpable. La inspectora vuelve a recordarle que ya nadie podrá castigarla.

—Una vez, con la que vino antes que Chesca. Lloraba todo el rato.

Elena no puede evitar hundir la mirada en la grabadora que ha llevado. Los segundos se suceden en la pantalla, ajenos al horror que está quedando registrado. Con un vocabulario infantil en el que a veces se deslizan palabras que debió de oír en boca de Antón o de Julio —«follar», «coño», «polla», «empalmado»— la Nena cuenta qué hizo Antón con aquella mujer. Elena sí puede ponerle nombre: Yolanda Zambrano. Como debió de suceder con Chesca, Yolanda pasó unos días encerrada en el sótano. Julio y, después, Serafín y Casimiro abusaron de ella. Violaciones múltiples que la Nena sobrevuela como si fueran algo cotidiano. Como el gato que se divierte torturando a un pájaro antes de matarlo. Solo al final llegaba el turno de Antón. Julio estaba con los cerdos y Casimiro y Serafín, dormidos. Según puede deducir Elena, los hermanos con discapacidad alternaban momentos de euforia con otros en los que parecían dos vegetales, tal vez producto del Azaperonil que les suministraban. La Nena estaba jugando con Gata cuando vio que la puerta del sótano estaba entreabierta. Oyó los gritos de la mujer y pensó que sería Julio. Se asomó a las escaleras. Abajo, desnudo, estaba Antón.

—Tenía su cosa muy pequeña… No era como la de Serafín o Casimiro, tampoco como la de Julio. Se la puso delante a la mujer, se la enseñaba y le gritaba: ríete ahora, ríete. Después la mordió en la pierna.

La niña no llora, pero pone un gesto de desagrado.

—Le arrancó un pedazo, qué asco. Entonces la cosa le creció y le hizo lo mismo que hacían los demás —la Nena lo describe con la misma naturalidad con la que hablaría de algo simplemente curioso.

Con un estremecimiento, Elena se pregunta por qué el espanto invade una infancia que debería ser sagrada. El horror transformó a su hijo Lucas, ¿qué le hará a esta niña? Detiene la grabación cuando la pequeña termina de describir lo que presenció en ese sótano. La Nena se ha recostado en su cama y Gata se ha acomodado junto a su cuello. Elena puede oírla ronronear. No es consciente del infierno que ha vivido y, sin embargo, el trabajo de los psicólogos será abrirle los ojos. Hacerla consciente de que el mundo que tenía a su alrededor estaba enfermo. Todo para que se pueda adaptar a la sociedad. Para que sea normal, si es que algún día eso es posible.

Capítulo 55

Son demasiadas horas sin dormir. En el viaje de regreso a Madrid, Reyes ha echado una cabezada, pero el resto de los compañeros no ha pegado ojo. Deambulan por las oficinas de Barquillo como muertos vivientes, pálidos y desorientados. Solo Mariajo y Buendía parecen saber a qué dedicar su tiempo, ya sea ante el ordenador o en el laboratorio. Orduño no se queda demasiado en el mismo sitio, como si tuviera miedo de que, al detenerse, pudiera perder el control de sus pensamientos. Zárate, en cambio, no se ha movido de su mesa desde que llegó. Reyes ha visto cómo su tío Rentero se acercaba a él y le ponía una mano en el hombro, pero no le dijo nada. Nunca se le han dado bien las muestras de afecto, piensa; aun así en este caso ella lo entiende: ¿qué palabras pueden consolarlos?

Elena regresa a la oficina. Tan pronto como llegaron a la ciudad, ella se fue al centro de menores donde han instalado a la Nena. Todavía la llaman así. ¿Cuál es su verdadero nombre? Hay demasiadas preguntas en el aire.

Se reúnen en la sala y, durante un instante, Reyes recuerda la primera vez que la pisó. Hace tan pocos días y, sin embargo, parece tan lejano… Como si hubieran pasado años, como si ni siquiera la Reyes que llegó ese primer día preguntando por Chesca, que se encontró con la incomodidad de Orduño al tener que encargarse de ella, fuera la misma que ahora escucha lo que ha podido averiguar Mariajo desde que regresaron a las oficinas.

—Acabo de hablar con la familia de Margarida Nunes para comunicarles su muerte. La hemos identificado como una de las mujeres de las fotografías: portuguesa, treinta y ocho años. Desapareció en Madrid hace once. Había venido haciendo turismo. Repite el mismo perfil: una turista solitaria debía de ser una pieza fácil para estos canallas.

—¿Qué les has dicho de su cuerpo? —Elena parece pedir disculpas a la hacker más que buscar una respuesta.

—Que no sabemos si podremos recuperarlo.

Hay un vacío pesado en la sala de reuniones. Nunca es agradable ser portadores de malas noticias, pero ¿cómo contarles a unos padres, a una esposa, a unos hijos, que su familiar ha sido devorado?

Mariajo pone una nueva fotografía en la pantalla de la sala. Es rubia, debía de estar en mitad de la treintena. Se adivina que podía ser una mujer orgullosa, pero en el sótano, el lugar donde está tomada la instantánea, su rostro solo expresa miedo.

—Luciana Petreanu, rumana, desapareció hace siete años. Salió de casa con su bebé para ir al pediatra y nunca volvió. Su esposo, camionero, también rumano, denunció su desaparición una semana después, cuando volvió de un viaje de trabajo. Se sospechó que era un caso de violencia de género y que él era el culpable, pero no se llegó a juicio. No había nada contra el marido. Nunca se supo nada más de ella ni de su hija. Estoy intentando localizar al hombre, se llama Grigore Nicolescu. Volvió a Rumanía.

—Es su madre —algo en la mirada de Luciana ha hecho que Elena piense en ella—. La madre de la Nena. No había ninguna relación de parentesco con Antón.

—Antón Collado, de cuarenta y cuatro años, es el dueño de la granja, la heredó de sus padres, Ramona y Dámaso. Ambos fallecidos —Buendía revisa los informes para confirmar la sospecha de Elena—. Casimiro y Serafín no están registrados en ningún sitio. Ni siquiera tienen partida de nacimiento, pero parece que son hermanos de Antón. Les calculo alrededor de los cincuenta. Necesito un poco de tiempo para procesar todas las muestras que hemos recogido. De momento, solo tengo el resultado de las primeras analíticas. Con eso, lo único que puedo asegurar es que las huellas que encontramos en el apartamento de Amaniel son, como ya suponíamos, de ellos cuatro: Antón, Julio y los dos hermanos. El Azaperonil lo consumían los dos discapacitados, Casimiro también tenía restos de azaperona.

—¿Qué nos puedes decir de Julio? —Zárate rompe su silencio para preguntar por el joven de la trenca verde. ¿Fue él quien ejerció de gancho con Chesca?

—Nada todavía. Mañana estarán las pruebas de ADN.

—Vivía en la granja, no como su madre —apunta Orduño—. A lo mejor Antón lo usaba para asegurarse el silencio de Valentina.

—Julio no es una víctima —es evidente que Zárate no va a permitirse la más mínima clemencia.

—Es hora de hablar con Antón.

Elena cierra de esta forma la reunión. Todos se levantan y abandonan la sala. Ha llegado el momento de enfrentarse al monstruo. Reyes permanece sentada; se siente desconectada de la realidad, incapaz de seguir en la investigación. Solo piensa en darse una ducha, arrancarse de la piel el olor a muerte de la granja y llorar.

—He pedido que analicen muestras de las albóndigas del Zarco —Buendía le sonríe desde la puerta—. Pero te apuesto cincuenta euros a que solo vamos a encontrar cebolla, zanahoria, pimiento, tomate, comino, una pizca de sal, pimienta, harina y un huevo por cada medio kilo de carne. Mezcla de ternera y cerdo. La de cerdo es más grasa y las hace más jugosas.

—¿Te ha dado la receta la mujer del bar?

—El cocinero. Dice que compran la carne en el Mercadona.

—Gracias, Buendía, pero creo que voy a hacerme vegana de todas formas.

Antón está esposado, la cabeza reposa sobre la mesa. Se ha dormido. Elena cierra de un portazo la sala de interrogatorios, pero el ruido solo hace que Antón entreabra un ojo. Rezonga, como si fuera una molestia que la inspectora interrumpa su sueño. Ella prefiere obviar su juego y se sienta frente a él sin llamarle la atención. Ha impregnado la habitación de un olor agrio. Un agente le ha dicho que se ha orinado encima, no les ha pedido que lo llevaran al baño.

—¿Cómo se llama de verdad la Nena?

Elena ha decidido iniciar el interrogatorio de manera tangencial. No le urge tanto averiguar quién es esa niña que naufragó en la granja, lo único que quiere es que Antón empiece a hablar y la lleve hasta Julio. Por ahora solo consigue que se encoja de hombros y vuelva a cerrar los ojos.

—¿No me lo quieres decir o no lo sabes?

—No lo sé.

—Me ha dicho que tu pene es especialmente pequeño. Que todos se reían de eso —le ha pillado por sorpresa. Antón se ha erguido, no oculta que se siente ofendido—. Cuando no estabas, hacían bromas. Casimiro, Serafín, tu hijo Julio… Todos.

Antón aprieta los dientes. Durante un segundo, Elena cree que va a empezar a insultarla, pero no es así. Ahora es ella la que se siente en fuera de juego: Antón ha empezado a llorar. Gimotea como un niño, esconde la mirada. No puede ser solo teatro, piensa Elena.

—Todo el mundo se reía de ti, ¿verdad, Antón?

Él se levanta con brusquedad de la silla. Elena oculta su nerviosismo. Sabe que está segura. Al otro lado del espejo, sus compañeros asisten al interrogatorio. Intervendrán si se pone violento. Sin embargo, no es eso lo que hace. Antón se baja los pantalones, los calzoncillos, y muestra su pene.

—¡¿Lo ves?! ¡Ríete tú también! ¡¿A que es gracioso?! —grita, fuera de sí, al espejo. Sabe que tiene más público—. Polla de chino. ¿Os lo han dicho en el pueblo? Era lo que me decían en el colegio. ¡Pollachino! Es un colgajo de mierda. Es una puta mierda.

Antón se coge el miembro y tira de él, como si quisiera arrancárselo. Unos agentes entran en la sala para impedirle que se haga daño. Lo esposan a la espalda esta vez, por detrás de la silla, para que no pueda moverse. Le suben los pantalones. Cuando vuelven a dejarlo a solas con Elena, Antón está sudando. Como si esta exhibición de su ridiculez le hubiera excitado.

—Había una forma de hacer que eso creciera y se pusiera firme, ¿verdad?

—La culpa no es mía.

—¿Le enseñaste a hacer lo mismo a Julio?

—Es un desagradecido. Se fue. Me dejó solo.

—Ha estado a tu lado mucho tiempo, ¿dónde puede haberse ido ahora?

—Con su mamá.

Antón se ríe de su respuesta. Elena sabe que está disfrutando de ser el centro de atención. Está deseando contar todo lo que ha sido capaz de hacer. El país de terror en el que había transformado la granja y del que era el rey supremo. No le va a dar ese gusto.

—Julio no fue a ver a Valentina. Piensa más, Antón. ¿A dónde ha podido ir?

—Me da igual.

—Si te importaba tan poco, ¿por qué no le pegaste un tiro como a Casimiro? Como habrías hecho con la Nena si no se llega a esconder.

—Yo no quería hacerle daño a mi hermano. Se volvió loco. A veces se ponían así. Las pastillas y unas hostias los calmaban, pero no tenía tiempo. El cabrón de Julio me había robado la furgoneta. Es el hijo de una sudaca. La lleva en la sangre por mucho que yo le enseñara.

—Con esa cosa que te cuelga entre las piernas no eras capaz de tener hijos —se da cuenta Elena.

—El padre de Julio será un rumano o un moro, vete tú a saber. La madre era una puta.

—A la que tú no podías darle nada.

—Le di una casa.

—Digo en la cama.

—Era fea.

Antón esboza una sonrisa. Quiere contarle los detalles a Elena. Cómo elegía a sus víctimas. Cómo les daba placer. Por qué rechazó a Valentina.

—¿Quieres contarme cómo fue la primera vez? —Antón se echa atrás en la silla. Es lo que estaba esperando—. Me importa una mierda. Si no sabes dónde está Julio, cualquier cosa que me digas me importa una mierda.

Elena se pone en pie dando por terminado el interrogatorio. Está proponiéndole un intercambio, sabe que él lo entiende. Bajo esa imagen animal, no cree que sea estúpido.

—Su amiga la policía no era fea. Tenía unas buenas tetas.

Debe mantenerse fría, inalterable. Antón intenta romper la ventaja que ella ha obtenido.

—Si fueras capaz, podrías hacerte una paja recordándola. Pero ni siquiera vales para eso —Elena abre la puerta de la sala—. Avísame cuando te acuerdes de dónde ha podido ir Julio.

Zárate empuja a Elena y entra fuera de sí en la sala. Coge a Antón de la pechera y, sin mediar palabra, lo lanza al suelo. Levanta el brazo y descarga un puñetazo en la cara de Antón. El crujido del tabique nasal suena seco. Sangra abundantemente y, esposado, no puede contener la hemorragia. Orduño y Elena corren a separar a Zárate mientras otro agente se encarga de Antón.

—¡¡No va a reírse de nosotros!! —grita Zárate—. ¡¡No voy a dejar que hable así de Chesca!!

—¿Es que no te das cuenta de lo que has hecho? —le espeta Elena—. ¿Te crees que eres el único que está hecho polvo? Todos aquí queríamos a Chesca, pero tenemos que hacer un trabajo. Tenemos que encontrar a Julio.

—¡¡Ya te ha dicho que no tiene ni puta idea!! No sigas dándole la oportunidad de regodearse.

—Encontramos a Antón en la comarcal. Sin embargo, la furgoneta en la que huyó Julio estaba justo en la dirección contraria, cerca de la nacional. ¿No lo ves? ¿Y si fue una maniobra de distracción? Antón nos hizo perseguirle para que Julio tuviera una oportunidad de huir y saltarse el cerco.

Zárate se ha quedado mudo. La rabia le ha cegado. Sabe que Elena tiene razón y, cuando mira a su alrededor, a los compañeros que asisten a la discusión, se siente profundamente estúpido.

—No sé si es buen momento —interrumpe tímida Carmen, la mujer de la recepción—. Ha venido una chica preguntando por la inspectora Blanco y el subinspector Zárate.

Al echar un vistazo a la entrada de las oficinas, Zárate ve a la hija de Chesca. Origen y fin de una espiral en la que ojalá nunca hubiera entrado su… ¿compañera?, ¿su novia?, ¿su amiga? ¿Cómo debería llamar a Chesca al recordarla?

Capítulo 56

Rentero le ha prometido a la inspectora Blanco que puede contar con todos los recursos. Detener a Julio es una prioridad. Cada día que pase, aumenta las posibilidades de que se convierta en uno de esos criminales odiados que ocupan portadas, que ponen en tela de juicio la labor policial si siguen sueltos. En este país hay sobrados ejemplos de grandes delincuentes huidos que le han costado el puesto a más de un jefe de policía. A Elena le molesta que Rentero se preocupe por su carrera, pero no tiene fuerzas para enfrentarse a él. Tampoco está segura de qué papel desempeñaba Julio en la granja. ¿Es como Antón o se parece más a la Nena? No desprecia el ofrecimiento de Rentero: le vendrán bien los medios que le brinda. Solo le pide que no haga público todavía lo de los crímenes en los que estaba involucrada Chesca.

—Bonito eufemismo para decir que era una asesina. «Involucrada.» Me lo apunto.

—¿Lo harás? Cuando tengamos a Julio, puedes contarlo todo.

—Cuando tengamos a Julio y tú estés levantando escuelas para los rohingyas.

—Exacto.

—Elena —ella ha notado el cambio en el tono de su superior. Ha dejado a un lado el discurso que estaba escribiendo para leer a los medios de comunicación al día siguiente—, es la hora de las pesadillas. Sé de lo que hablo. Esta noche será la primera de muchas noches hasta que dejéis de soñar con Chesca. Tened cuidado. Todos.

Rentero no se equivoca. Antes de ser un político al que solo le preocupa su subsistencia, fue policía. Sabe que uno no regresa indemne del infierno. Ese en el que ahora mismo debe de estar Zárate. Insistió en ser él quien le contara a Rebeca cuál había sido el final de Chesca.

Rebeca pasea su mirada por el despacho que, durante el último año, ocupó Chesca, inquieta. No lo convirtió en un espacio personal, piensa Zárate. Prácticamente, está igual que cuando Elena hacía uso de él. Sin fotografías, sin objetos sentimentales. Pura decoración funcional.

—Me habría gustado pasar página, pero es que no soy capaz. ¿Quién era realmente mi madre? No dejo de pensar en ella. Y en la televisión dicen que han detenido a alguien en un pueblo de Cuenca. No explican mucho en los telediarios, pero… mató a varias mujeres.

Mañana, a primera hora, Rentero dará una rueda de prensa y difundirá la foto de Julio. La que encontraron en casa de Valentina. Es la única de la que disponen, aunque ya han pasado unos años desde que fue tomada. Después, los periodistas buscarán detalles del caso. Algunos se desplazarán a Santa Leonor. Habrá fotografías de la granja Collado. Algún guardia civil de la zona se tomará unos vinos de más y acabará contando lo que hallaron dentro. Es una época sin secretos. Se reseñará todo: desde la marca de tabaco que fumaba Antón hasta los platos que cocinaban. Sin embargo, todos esos detalles no servirán para que Zárate se responda a la pregunta que le obsesiona tanto como a Rebeca: ¿quién era Chesca?

—Era una de las víctimas —lanza con miedo la chica—. Mi madre.

Zárate balbucea la confirmación. Fue secuestrada, torturada y, después, asesinada. Le habría gustado ser cálido, pero la descripción que hace de los hechos resulta técnica, policial.

—¿Ha sido culpa mía? —Rebeca sabe que no facilitó la investigación cuando dieron con ella.

—Solo hay unos culpables: los que secuestraron a Chesca —pero ni el propio Zárate se cree sus palabras—. Hemos localizado a tu padre biológico. Solo te lo digo por si quieres saber su nombre, pero no es obligatorio. Es una decisión tuya.

Rebeca duda por un momento, pero al final contesta.

—¿Tengo hermanos?

—Un bebé y dos niños, gemelos. Tendrán unos siete u ocho años. Parecen buenos chicos. Jugaban con muñecos de nieve, no con una consola.

Rebeca sonríe por primera vez.

—Debe de ser cosa de familia, yo soy fatal con las máquinas. No me apaño ni con el móvil.

—¿Quieres conocerlos? Podemos arreglarlo.

Rebeca niega con un cabeceo y pasea la mirada por el despacho. No ha llorado cuando Zárate le ha hablado de la muerte de Chesca. Tal vez piensa que no tiene derecho, tal vez está conteniendo ese dolor en su corazón. Busca como buscó antes Zárate en ese despacho algo que le diga quién era su madre. Un disco con su música favorita, un libro que le hable de sus gustos, una prenda de ropa que describa cómo vestía. Para Rebeca, Chesca es poco más que un nombre. Y ya jamás podrá darle identidad.

—Cuando estuvo en el parador y pidió esos masajes… me dijo que le gustaban las motos. No sé si intentaba impresionarme.

—Le gustaban las motos y tirarse en paracaídas. Conducir coches de carreras, bucear, hacer salto base… Se comía la vida a bocados —Zárate se sorprende sonriendo al hablar de Chesca. Por primera vez desde que todo empezó, las palabras para hablar de ella le surgen con facilidad—. Odiaba la pereza, le fastidiaba acostarse porque decía que dormir era como dejar de vivir, un paréntesis molesto de la vida. Se metía con la gente resignada a vivir esclavizada, como borregos. Le gustaban la calle, las cañas en los bares de siempre de Madrid, la adrenalina, un punto de riesgo, no agarrarse a la rutina, a lo predecible. No saber qué caso iba a entrar en la brigada o dónde te iban a llevar tus pasos cada día. Valoraba eso por encima de todo. Tu madre era una mujer maravillosa, pero cantaba fatal. Le encantaba la música brasileña, destrozaba cada canción de Caetano Veloso. Amaba Brasil, no sé bien por qué. Nunca llegó a ir, aunque hizo planes un millón de veces. Si algún día vas, acuérdate de ella y date un baño en la playa en su honor, quería hacerlo con el biquini más pequeño que encontrara.

Ahora sí, Rebeca está llorando. Le habría gustado conocer a esa mujer que describe Zárate.

—¿Por qué me abandonó?

—Cuando tenía catorce años, al volver a casa después de las fiestas de su pueblo, tres hombres la violaron. Se quedó embarazada…

—¿Mi padre es uno de los violadores?

—Sí. Le hemos pasado sus datos al juez; al estar ella muerta, no sé si el delito ha prescrito o no. Después de la violación, Chesca descubrió que se había quedado embarazada. Imagínate, catorce años, violada y embarazada. Sus padres y su hermana eran muy religiosos y no admitían ninguna otra solución. Su padre la obligó a dar al bebé, a ti, en adopción.

—¿Por qué me buscó después de tanto tiempo?

—Hay tantas preguntas que a mí también me gustaría hacerle… No lo sé, Rebeca.

—¿Eras su novio?

La pregunta sorprende a Zárate. Se toma un tiempo para encontrar una respuesta.

—La quería, de lo que no estoy seguro es de haberla querido como se merecía.

La puerta del despacho de Chesca sigue cerrada. En las oficinas de Barquillo hay un ambiente de conversaciones a media voz, gestos fúnebres de velatorio. A Elena le pesan las piernas; el cansancio de las horas sin dormir empieza a apoderarse de su cuerpo, pero necesita ver a Zárate antes de irse. Orduño se acerca a ella para despedirse.

—Me voy a casa. No podemos hacer más por esta noche.

—Mañana, a las ocho, nos vemos aquí —le da permiso Elena—. ¿Y los demás?

—No sé. Creo que Buendía se fue hace una media hora. Mariajo y Reyes deben de estar recogiendo también.

Elena encuentra a las dos mujeres charlando en la zona de cafetería.

—¿No estás cansada? —le pregunta Reyes a Mariajo.

—Las ancianas siempre estamos cansadas, pero tampoco podemos dormir. Eso sí, necesitamos una cabezadita cada dos o tres horas.

La hiperactividad que Mariajo ha mostrado a lo largo del día desmiente sus palabras. Es solo que le gusta bromear con su edad, Elena lo sabe. Como sabe que consideraba a Chesca casi una hija. Jamás se dedicaron palabras de afecto, preferían demostrarse su cariño en discusiones que no acababan nunca.

—Quiero que estemos pendientes de los demás. Los días que vienen a continuación no van a ser fáciles —le pide Elena.

—Tendré un ojo en Orduño. Buendía no tiene corazón, podemos olvidarnos de él.

—¿Orduño tiene pareja?

—¿Surge el amor en la BAC, Reyes? —Mariajo finge un gesto adolescente.

—No seas boba. Es que me parece que era muy amigo de Chesca y… por saber si está solo.

—Haremos que no esté solo. Y tú tampoco, Reyes. Ningún caso es fácil, pero no has entrado en la brigada en el mejor momento…

—Hay una chica, Marina. Pero no será una rival muy dura, está en Soto del Real y le quedan bastantes años dentro. Eso sí, si quieres conocer su historia se la preguntas a él —deja caer Mariajo mientras recoge sus cosas.

Elena ve cómo Zárate acompaña a Rebeca a la salida. En la puerta, se despiden con un abrazo. Cuando la chica se ha ido, Ángel se desploma en una silla. Está agotado, pero no quiere marcharse. Por eso le pregunta a Elena cuáles son los siguientes pasos: ¿no deberían regresar a Santa Leonor para reconstruir la huida de Julio e intentar dar con él?

—Necesitamos dormir. Todos.

—No le he contado a Rebeca qué hizo Chesca, no me he atrevido. ¿Acabará saliendo en los medios? Que estaba matando a los que la violaron…

—No creo que podamos evitarlo.

Zárate se levanta, coge su abrigo.

—¿Por qué no vienes a casa? —se atreve a ofrecerle Elena. Sabe que Zárate necesita tanta compañía como ella misma. La noche, abrazados en la cama, quizá sea más liviana. Sin embargo, Zárate le sonríe y se marcha. Quiere enfrentarse solo a sus propios demonios.

Capítulo 57

A Julio le apasiona Madrid. Si no se hubiera visto obligado a quedarse en la granja con su padre y con sus dos tíos, le habría encantado vivir en la ciudad, llevar una vida normal, estudiar, tener un apartamento cerca del Retiro para salir a correr por el parque… Siempre que logra escaparse unos días y olvidarse de su familia y de los cerdos, se viene, pasea por la Gran Vía, va al cine, a veces al teatro —cuando consigue entradas para un musical—, sube a alguna de las terrazas que hay en los hoteles desde las que se ve la ciudad entera o va a remar al estanque del Retiro. No se pierde ningún año la Navidad para hacerse fotos al lado de los grandes árboles de luces que se ponen por todas partes. Le habría encantado traer a Casimiro y a Serafín, pero eso no pudo ser. A veces piensa en lo que sus tíos habrían disfrutado en la Cabalgata de Reyes, con la música, los disfraces y los caramelos…

Hoy no ha ido a la Gran Vía. Abandonó la Renault Kangoo cerca de la nacional. Fue atravesando campos, en una caminata de más de diez horas para evitar a la Guardia Civil que rodeaba Santa Leonor, hasta Tarancón. Allí se subió en un autobús. Durmió la hora y diez minutos que duró el viaje y, cuando salió de la Estación Sur de Madrid, eran las seis de la tarde. Luego, ha ido paseando hasta Legazpi. No tiene prisa y tampoco se siente cansado. Pasa junto al viejo Matadero y decide entrar. Se imagina la maravilla que tuvo que ser ese lugar en los buenos tiempos, cuando matar a los puercos no era tan aséptico como ahora, cuando se hacía como toda la vida, sin veterinarios, sin aturdidores eléctricos para que el animal no sufra, sin brazos de carga, desolladoras, sierras eléctricas, peladoras… Solo un hombre —o varios, para que no se pierda la sangre— y un cuchillo muy afilado, tanto como el que él lleva en el bolsillo. Ahora el Matadero es un centro cultural… Protestan porque el interior de España se queda vacío, pero transforman su cultura en centros en los que, en lugar de matarse animales para comer, se hacen obras de teatro ridículas y sesiones de danza más ridículas todavía. Lo que para todo el mundo es un signo de la evolución de los tiempos, para él es un rejonazo más en la desaparición paulatina de su forma de vida. El trabajo rural, la ganadería, la vida primitiva de siempre.

Antes de salir de Santa Leonor estuvo buscando entre las llaves de las mujeres que habían pasado por la granja las de las casas en Madrid. Escogió varias y, de momento, se va a instalar en casa de Delfina Baños, a pocos metros de allí, en el paseo de las Delicias. Delfina fue un hueso duro de roer, la sedujo en la primavera del año pasado, se acerca ahora el aniversario de su muerte. Llevaba siguiéndola unos meses para verificar que estaba sola en el mundo. Era profesora interina de baja por depresión y salía a dar un paseo por las tardes, siempre sola. Él la abordó en uno de esos paseos para preguntarle una dirección o el horario de un museo, no recuerda. Entablaron conversación, terminaron tomando un café, la sedujo al tercer encuentro y, tras dos visitas al apartamento de ella —no era virgen, pero casi—, la llevó a la granja de Santa Leonor. Fue divertido verla con sus tíos. Delfina no gritaba, como otras, solo rezaba, con la voz queda.

Camino del apartamento de Delfina se detiene en un supermercado, compra pan de molde, unas latas de atún, un par de tabletas de chocolate, un tetrabrick de vino y espuma y maquinillas de afeitar.

El apartamento de Delfina es pequeño, de una sola habitación y con un baño de azulejos rosas. La primera vez que estuvo allí, con ella, estaba muy limpio y ordenado, ahora se nota el abandono. Su gran virtud es que antes de acondicionarse para vivienda fue un local comercial y se entra directamente desde la calle, sin pasar por el portal. Hay menos posibilidades de encontrarse con vecinos.

Come lo que ha comprado y se va al baño. Se afeita la cabeza, solo le han visto en fotografías y así será más difícil reconocerlo. Después, pasa unas horas en un locutorio cercano a la casa. El magrebí que lo lleva le imprime un par de folios: son las direcciones de los centros de acogida de la Comunidad de Madrid. En uno de ellos tiene que estar la Nena. Supone que será uno de primera acogida, es allí donde llevan a los niños a instancias de las fuerzas de seguridad. De esos hay cuatro, uno en la zona de la Casa de Campo, dos por Hortaleza y el cuarto cerca del cementerio de la Almudena.

Empieza por el de la Casa de Campo, se pasea por los alrededores, observa con cuidado para que nadie repare en él. Unos chicos juegan al fútbol. Se acerca a ellos y les pregunta si ha llegado una chica nueva. Le dicen que no. Repite lo mismo en los dos del barrio de Hortaleza y llega por fin al que está cerca del cementerio.

El lugar se llama La Flor del Sauce y es un chalé grande en la calle de Portugalete. No hay señales exteriores, más allá de una discreta chapa metálica en la puerta con el nombre del centro, pero hay algo —algo indeterminado— que hace que se sepa que no es un chalé familiar. Podría pasar por una modesta clínica privada, con un jardín cuidado pero impersonal, las persianas bajadas, las dos plantas que flanquean el acceso. Es tarde y teme que vayan a cerrar las puertas antes de que él encuentre a alguien que le informe, pero se topa con unos chicos fumando en un parquecillo de la avenida de Daroca.

—¿Sois de La Flor del Sauce?

—¿Y a ti qué te importa? —dice el que parece más espabilado de los tres.

—Busco a una niña. Quiero saber si está en el centro. La tienen que haber traído hoy mismo.

—Problema tuyo.

—¿Veinte euros?

Los chavales cogen el billete que les ofrece.

—Es rubia, tendrá unos ocho años.

—¿La del gato?

No necesita más para saber que hablan de la Nena.

Capítulo 58

Isabel Mayorga, la madre de Elena, fue siempre fiel al Embassy. Si estaba en Madrid —últimamente pasa poco tiempo en la ciudad—, todos los días se la podía encontrar allí, tomando el té y los pasteles de limón con merengue o los sándwiches de pan superfino con pepino y mahonesa. Tenía un grupo de amigas con las que siempre se reunía en las mesas de manteles perfectamente planchados del piso superior. Allí se sentían libres, siempre se dijo que el Embassy era el único lugar de Madrid donde una mujer podía entrar sola, e incluso beber alcohol —cuántos cócteles de champán se ha tomado cuando tenía algo para celebrar—, sin que nadie la mirara mal. Allí la llamaban por su nombre y siempre le daban una de las mejores mesas, pero el Embassy, como casi todos los sitios en los que ella se encontraba como en casa, ha cerrado.

—Madrid nunca fue gran cosa, pero es que ahora... En lugar de querer parecerse a Europa, quiere parecerse a los americanos, ¿has visto que todo el mundo masca chicle?

Los chicles son una de las obsesiones de su madre. Elena no probó uno hasta bien mayor. No le gustó nada, una de las pocas cosas en las que están de acuerdo. Se ha encontrado con ella en el hotel Ritz, delante de una lujosa vajilla y un plato de *carpaccio* de carabineros. No tiene la tradición del Embassy, pero es incluso más lujoso.

—¿Vas a anular el viaje a Berlín?

—No llega en un buen momento para mí.

—Las cosas llegan cuando llegan, no cuando a una le convienen. De joven te rebelas, pero con los años aprendes que hay que cumplir los compromisos. Y tú hace tiempo que dejaste de ser joven.

Se arrepiente de haber llamado a su madre. Debería haber regresado a casa, haberse dado una ducha y metido en la cama. No era tan urgente quedar con Isabel, como ella insiste en que la llame. Solo está evitando la soledad y, para eso, su madre nunca fue la mejor aliada. Elena sabe que no le servirá de consuelo: no se mostrará comprensiva ni le ofrecerá su hombro para llorar la pérdida de Chesca. Siempre ha racaneado los afectos. Isabel solo quiere terminar su cita cuanto antes y hacerlo sabiendo cuáles son los planes de su hija.

—No sé qué hago aquí —murmura Elena mirando a su alrededor, el lujo absurdo del Ritz.

—Entre un buen vino y ese matarratas que pides…

—Se llama grappa.

—… siempre eliges el matarratas —sigue hablando Isabel como si no la hubiera oído—. Cariño, hay gente que no sabe disfrutar.

—Y, según tú, ir a Berlín a adular a, ¿cómo se llamaba?, Jens Weimar para que afloje la cartera es disfrutar.

—No he venido a convencerte de nada, Elena. A lo mejor me has llamado para eso: para que te convenza y te saque de Madrid, de ese trabajo en la policía, pero no lo voy a hacer. Hay pocas cosas inevitables en la vida. Ya sabes, la muerte, que los taxistas intenten cobrarte de más… pero una puede elegir en el resto. Vino o matarratas. Solo te pido que, hagas lo que hagas, no vengas a lamentarte después, porque habrá sido tu decisión.

Elena se ha agarrado a que todavía no han terminado la investigación. Debe encontrar a Julio antes de marcharse, aunque le ha prometido que cuando todo acabe, volverá al trabajo en la Fundación con su madre. Pero ¿quiere irse? Tan pronto ha vuelto a su casa de la plaza Mayor, al cerrar la puerta, ha sentido la opresión de un millar de preguntas que no quiere plantearse.

Ha salido de casa. Ha hecho un recorrido que en otros tiempos era habitual: caminar por la calle de la Bolsa hasta Jacinto Benavente, donde sigue el horrible edificio del Centro Gallego, seguir por la calle del Ángel y pasar por delante del Café Central, el que era el favorito de su marido, de Abel, después dejar a la izquierda la plaza de Santa Ana y bajar por Huertas, pasar por la plaza de Matute, una plaza que le gusta mucho sin saber por qué, y entonces llega al lugar que buscaba, que lleva meses sin pisar, el Cheer's.

Cuando entra, lo ve con otros ojos —¿cómo puede gustarle tanto un lugar tan feo y desangelado?—, pero no le da tiempo a arrepentirse de haber traspasado su puerta, de inmediato se le acerca Luis, que canta a Nino Bravo mejor que Nino Bravo; Carmina, que borda las canciones de Jeanette; Edu, que trata sin mucho éxito de entonar igual que Frank Sinatra…

—Elena, qué alegría verte, cuánto tiempo sin venir. Dime que nos vas a cantar algo, que te ponemos la primera.

—Te tengo guardada una botella de grappa de las tuyas. ¿Te pongo un chupito? —la recibe Joaquín, el camarero.

—Sí. Y deja la botella cerca…

Elena no pide una canción italiana. Ha venido a rendir homenaje a Chesca y va a cantar una brasileña, pero no de Caetano Veloso sino de Vinicius de Moraes y Jobim: «A felicidade»…

Está borracha. Hace mucho que no sentía esta sensación. Las caras y las luces del Cheer's se entremezclan a su alrededor, como las canciones que suenan. Se hunde en esta realidad difuminada, quiere alejarse de sus sentimientos. Una huida que ya no sabe a cuándo se remonta. Tal vez, en el fondo, su madre tenga razón. Tal vez prefiere aferrarse al dolor en lugar de elegir las cosas que le podrían hacer feliz. Un nombre viene a su cabeza: Zárate. ¿Por qué se ha negado el derecho a amar? ¿Por qué ha sido tan estúpida como para darse cuenta cuando ya es demasiado tarde? Entonces, recuerda algo que le oyó decir a un reportero de guerra en un documental, una frase que cree que es de Viktor Frankl, un neurólogo y psiquiatra austríaco: «El sufrimiento humano es como un gas en una cámara vacía: se expande hasta ocupar todo el espacio disponible».

Capítulo 59

Zárate no quería beber, siempre le ha parecido patética la gente que se emborracha cuando tiene un problema, algo que cree que pasa en las películas, pero no en la vida real. Además, él siempre ha sido de tercios de Mahou, ni siquiera le gusta mucho beber vino durante la cena, solo cerveza. Al salir de la BAC se va a casa, a pensar en Chesca, hasta intenta escribir algo para su funeral. Supone que no habrá entierro, han sido tan incapaces que ni siquiera tienen nada que puedan enterrar, pero sí habrá funeral y él quiere hablar, quiere que todo el mundo la vea como ha conseguido que la viera Rebeca. Quiere hablar del sueño de Chesca de conocer el carnaval de Río, de salir disfrazada en una de las *escolas* de samba que desfilaban en el Sambódromo.

—Si quieres, te vienes conmigo. Vamos a vivir el carnaval a tope. Hasta vamos a desfilar con una fantasía.

—Yo no pienso ponerme un disfraz con plumas.

—Tú te pones lo que yo te mande, que es mi sueño; en el tuyo decides tú cómo me visto.

Pero cuando está escribiendo su discurso para el funeral, en el que tiene que reflejar lo mucho que la conocía y lo apasionante que era compartir su vida con ella, se da cuenta de que no puede poner en negro sobre blanco lo que piensa. Chesca hizo bien al buscar y asesinar a esos tres hombres que la violaron cuando era solo una niña. ¿Quién puede juzgarla? Bastaría con que alguien se pusiera en su lugar: una preadolescente que ha salido a divertirse y, en el camino de regreso a casa, se encuentra con el novio de su hermana. Le da confianza. No imagina lo que ese hombre y sus dos amigos van a hacerle. Violarla repetidas veces, quebrar para siempre una vida. Embarazo, ruptura familiar, entrega en adopción de su bebé, culpabilización. Y mientras la herida horadaba más y más a Chesca, los tres monstruos que la asaltaron aquella noche siguen con sus vidas. Son buenos hijos, forman una familia, eran felices. O, en el caso de Antón, se pierden en una espiral de perversión. ¿No tiene derecho la víctima a recuperar lo que se le robó? ¿No le robaron una vida?

Quiere escribir que Chesca era una heroína. Una mujer que hizo lo que a todos nos habría gustado hacer. Olvidaos de la puta corrección política, no seáis hipócritas, piensa que gritará a los asistentes a su funeral. Todos queremos venganza, porque hay delitos para los que no existe más justicia que la muerte.

Es irónico que, en esta rueda de violencia, Chesca haya encontrado la muerte. Es triste que, después de tanto sufrimiento, quien esté en una celda climatizada, con la comida asegurada y atención médica constante, sea Antón.

¿Dónde estabas tú?, piensa Zárate que alguien podrá decirle en el funeral. ¿Dónde estabas cuando Chesca te pedía ayuda? ¿Por qué le hiciste creer que la amabas cuando solo la estabas utilizando? En este baile de víctimas y culpables, ¿no deberías estar tú en el bando de los segundos? ¿Por qué fuiste tan egoísta?

—¿Qué sientes por Elena? —le había preguntado muchas veces Chesca.

—Está olvidada —Zárate jamás la miraba a los ojos cuando respondía.

Habría sido mucho más fácil decir la verdad:

—La quiero. Si tuviera valor, iría a buscarla donde sea que esté. Necesito tenerla a mi lado. Estoy contigo, Chesca, porque no soy capaz de estar solo. Porque intento engañarme y decirme que Elena quedó atrás, pero no es verdad. Perdona por haberte hecho creer otra cosa. Perdóname, te prometo que seré mejor amigo que novio.

—Demasiado tarde, Zárate. ¿Ves mi estómago? Me ha mordido. Me ha arrancado la carne. ¿Por qué no lo dijiste antes? Te habría contado todo. Te habría hablado de Rebeca. Pero, en lugar de eso, me dejaste sola.

No sabe cómo, Chesca se ha materializado en mitad del salón: su estómago está mordido, sangrante. Cae al suelo y, como una manada de carroñeros hambrientos, Antón, Julio, Serafín y Casimiro se arremolinan a su alrededor. A dentelladas, van descubriendo sus huesos.

Zárate despierta sudando; ¿o son lágrimas? En la mesa, el folio en blanco del discurso de funeral. Se levanta y sale de casa, huye de la pesadilla que sabe que le asaltará de nuevo en cuanto cierre los ojos. Busca un bar y pide un tercio de Mahou, después otro, y otro, y otro… En algún momento empieza a beber *gin-tonics*. Ahora no sabe cuántos lleva, ya es muy tarde, tanto que los bares normales han cerrado. Está en uno al lado de Antón Martín, en la calle Magdalena, que se llama Las Horas.

—Ponme otro *gin-tonic*.

La camarera, que en su opinión se parece a Chesca, aunque sea más bajita, no tiene pinta de preocuparse por esas cosas, solo por poner la mayor cantidad de copas posible, pero por alguna razón se compadece de él.

—Creo que ya has bebido bastante.

—No es asunto tuyo.

—Como quieras, no es asunto mío.

La camarera le sirve la bebida, trata de ponérselo corto, pero él le agarra la mano para que siga echando ginebra. El sitio es oscuro, Zárate ha visto que tiene dos plantas, pero no le interesa en absoluto alejarse de su posición.

Una chica se acerca a la barra para pedir. Se la queda mirando, se inventa que se parece a Chesca, aunque la chica no tiene nada que ver, ni siquiera es morena, como su compañera.

—¿Te apetece tomarte algo conmigo?

La chica le mira con cierto desprecio.

—He oído mejores maneras de entrarle a una tía. ¿Y si te piensas algo más original y otro día, menos borracho, lo intentas?

Le ponen la copa y la chica se va. Él se bebe la suya de un par de tragos y llama otra vez a la camarera.

—No te voy a poner más, mañana me lo agradecerás.

—Hasta ahora me caías bien. ¿Me vas a obligar a saltar la barra y ponérmela yo solo?

No se ha dado cuenta de que la camarera hacía un gesto, o tocaba algún botón, o lo que fuera, el caso es que dos hombres de más de un metro noventa, con trajes oscuros y acento del este, se le acercan.

—Amigo, creemos que ha llegado la hora de que te largues a casa.

Zárate se vuelve, violento, un hombre le golpea con la mano abierta el pecho, sin fuerza, pero con autoridad.

—Ten cuidado, no te vayas a caer y te hagas daño.

—Si quieres te pedimos un taxi.

Se lo llevan hacia la puerta cogido del brazo, tratando de no llamar demasiado la atención. Llegan a la calle, el frío le da en la cara.

—¿Te paro un taxi?

—Vete a tomar por culo —contesta Zárate.

Se va caminando en dirección a la plaza de Tirso de Molina y se sienta en uno de los bancos de piedra. Se está quedando dormido, a pesar del frío, cuando oye a una chica gritar.

—¡Hijo de puta!

Abre los ojos. Es una chica que lleva el pelo teñido de morado, una minifalda negra, unas medias llenas de carreras y unas botas del ejército —por alguna razón, también le recuerda a Chesca— y discute con su novio.

—Tía, estás histérica.

El chico la empuja y eso es más de lo que él puede soportar. Zárate se levanta, no consiente que insulten a una mujer en su presencia. No habría dejado que nadie insultara a Chesca.

Nota que las palabras no le salen como él querría cuando le recrimina al chico de qué forma trata a su novia.

—Insúltame a mí, si tienes cojones.

Zárate, aunque no sea dado a las peleas, sabe pelear —ha aprendido técnicas de defensa personal y ha recibido clases de boxeo—, pero solo cuando está sobrio. Con la borrachera que tiene es lento, previsible y con poca estabilidad sobre las piernas. Se lanza contra el novio de la chica y este no tiene ningún problema para recibirlo con varios puñetazos al cuerpo y un par de ellos a la cara. Lo mejor que le puede pasar es irse al suelo, lo que no tarda en suceder.

Cuando se levanta, nota la sangre en el labio, los novios ya se han ido y él regresa a su banco. Se cierra bien el chaquetón, se arropa y vuelve a cerrar los ojos.

Bienvenida, pesadilla.

—¿Está bien? Váyase a casa o mañana lo recogen muerto. Vaya golpe le han dado. ¿Quiere que llame a la policía?

Alguien le despierta. Es un hombre con un mono, un trabajador de la recogida de basura. Ahora sí permite que le metan en un taxi para marcharse a casa.

Capítulo 60

Orduño nunca tuvo buena relación con su padre, muerto hace ya muchos años, la única enseñanza que le dejó es que hay que tener amigos en todas partes y no pedirles un favor si no es completamente necesario: hacerlos sí, pedirlos no. En los últimos meses, se ha hecho amigo de varios funcionarios de la cárcel de Soto del Real y, siguiendo las enseñanzas paternas, ha hecho bastantes favores sin pedir ninguno. Gracias a eso se desviven por complacerlo cuando, al llegar a casa de la BAC, pide que le den permiso para visitar a Marina a primera hora del día siguiente, está presa desde que se desmanteló la Red Púrpura.

Aunque parezca imposible, Marina nunca ha sido tan libre como dentro de la cárcel. Ahora, aunque deba cumplir los horarios y no pueda salir a la calle, está tranquila. Hasta ha empezado a estudiar una carrera, Psicología.

Orduño espera en la sala de visitas con los cascos puestos. Escucha «Death of a Clown», de The Kinks: «Mi maquillaje se ha secado y se resquebraja en mi mejilla, ahogo mis penas en whisky y ginebra, el látigo del domador de leones no se agitará más, los leones no lucharán y los tigres no rugirán. Bebamos por la muerte del payaso», dice el estribillo. Ha estado reproduciendo esa canción en bucle toda la noche. Apenas ha podido dormir unas horas. La muerte de Chesca es como un animal extraño en su vida. Como si caminara sabiendo que, a su espalda, le sigue una bestia imposible, uno de esos pulpos de mil tentáculos de los cuentos de Lovecraft. Sabe que está detrás de él, que algún día tendrá que girarse y enfrentarse a él, pero, de momento, sigue caminando hacia delante con la esperanza de que ese animal no pose uno de esos tentáculos en su hombro.

—¿Cómo es que vienes hoy? No había visita programada, ¿no?

—No, pero ¿te viene mal?

—Tengo una agenda tan difícil aquí dentro —bromea Marina y, luego, cariñosa, le coge las manos—. Sabes que me encanta, Rodrigo.

Sigue siendo la única persona para la que él no es Orduño sino Rodrigo. Fue así desde el día que se conocieron, en el avión rumbo a Las Palmas.

—Te he traído una bolsa con cosas de aseo y con algunos caprichos. Ah, y un chándal nuevo.

—Más te vale que no sea de marca, que ya sabes que aquí hay que andar con cuidado. Si destacas te dan un martillazo para ponerte al mismo nivel que las demás.

—No te preocupes, es un chándal cutre, el más cutre que he encontrado. Los de los mercadillos lo despreciarían —Orduño se lo asegura con tanta seriedad que parece cierto.

Marina esboza una sonrisa radiante, esa tan atractiva que ha hecho que Orduño esté enamorado de ella, aunque sea tan poco conveniente una relación entre un policía y una presa a la que él ayudó a meter en la cárcel.

Orduño y Marina no tienen, por decisión del agente de la BAC, encuentros íntimos en prisión, pero él ocupa el lugar de una inexistente familia en las visitas y se encarga de que no le falte de nada: ropa, objetos de aseo, dinero para el economato… A veces, en las visitas, hasta hacen planes para el futuro, para el día lejano en que Marina abandone la cárcel.

—¿Está todo bien aquí dentro?

—¿Te acuerdas de Lucía, esa presa de la que te hablé, la que vino desde una cárcel en Perú?

Orduño se acuerda perfectamente. Lucía es una chica de poco más de veinte años que trató de traer dos kilos de cocaína desde Perú, escondidos en un doble fondo de la maleta. La descubrieron en el aeropuerto en Lima y entró en el penal de Santa Mónica, en el distrito de Chorrillos. Sobrevivió a duras penas durante tres años en un lugar saturado de gente, con graves problemas de violencia y tráfico de drogas, hasta que logró que la repatriaran a España. Marina intentó ayudarla desde que se la pusieron de compañera de celda, hasta se hicieron amigas.

—Se intentó suicidar. Está en el hospital. Quiso cortarse las venas.

—¿La encontraste tú?

—Por casualidad, tenía que estar trabajando en la lavandería, pero volví a la celda a por la tarjeta del economato, que me la había dejado. No sé si hice bien en llamar a las funcionarias. Si se quería suicidar, a lo mejor tenía que haberla dejado.

—Hiciste bien, Marina. Quizá algún día sea feliz y te agradecerá que le salvaras la vida.

—O no, pero gracias igualmente. Y tú, cuéntame, ¿por qué has venido hoy?

Marina sabe que Chesca es la mejor amiga —quizá después de ella— de Orduño. Por eso es consciente de su sufrimiento cuando le habla de su muerte. Y mucho más al saber las circunstancias en que se produjo. Rodrigo describe todo de una manera sintética. Quiere evitar que ese nudo que se le está formando en la garganta acabe por cortarle la respiración. Marina lo conoce. Sabe cuánto le cuesta mostrar sus sentimientos, desnudarse. Un día, tendrá que hacerlo: se verá obligado a afrontar el dolor porque, Marina lo sabe bien, la única forma de curarse es esa. Mirar cara a cara la herida que está sangrando. Sin embargo, también sabe que Rodrigo no ha ido a verla para que ella le obligue a romper la coraza, como si fuera una sesión de terapia. Llegará el día y, si puede ser, Marina estará a su lado, como él ha estado siempre al lado de ella. Hoy, prefiere dejar atrás ese tema y no hacerle ver a Orduño que lo está esquivando cuando, de repente, se pone a hablar de su nueva compañera de la brigada.

—¿Sabes lo que es el *gender fluid*?

—Lo que nunca pensé es que lo supieras tú.

—No te creas que me he enterado muy bien. Pero es que la nueva, una sobrina del jefe, es eso. *Gender fluid.* Sabes que no me meto a juzgar a nadie, que cada uno es libre de hacer lo que quiera…

—¿Pero?

—Pero creo que lo que tiene es un lío que no se aclara.

—Típica opinión de varón blanco heterosexual.

—Hombre, es que si tuviera opinión de mujer negra lesbiana, yo mismo me preocuparía —bromea él.

Hablan un rato más de Reyes Rentero, Marina intenta meterle en la cabeza, sin éxito, lo que es el género fluido. Le habla de que no es una cuestión sexual, sino de identidad. De la misma manera que uno se puede sentir hombre o mujer, al margen del género con el que haya nacido, ese sentimiento puede fluctuar. Sentirse unas veces mujer y, otras, hombre. También hay quienes no se sienten ninguna de las dos cosas, que no entran en esa clasificación binaria del género.

—Con lo del *gender fluid,* tengo bastante —Orduño la detiene antes de que siga hablándole de más tipologías de identidad—. No lo entiendo, pero lo respeto. ¿No es bastante?

—Es mejor que nada, desde luego.

Antes de separarse, mientras se abrazan, Marina habla en su oído, cariñosa.

—Rodrigo, ¿puedo pedirte algo?

—Claro.

—Cuando te acuestes con Reyes no te olvides de mí. Si sigo aquí y no hago lo que Lucía es porque tú vienes a verme. Estos días son los únicos que me interesan de mi vida.

Capítulo 61

—Se llamaba Araceli. La muy guarra siempre me estaba buscando. Ella fue la primera. Yo ya no iba a la escuela, pero rondaba por el matadero o, a veces, venía a la granja —Antón ha debido de descansar bien. Presenta buen aspecto a pesar de que tiene amoratado el tabique nasal por el puñetazo que le dio Zárate. Sonríe—. Dejaba que se la metiese cualquiera. Hasta el conserje del colegio, Leandro, los mozos decían que se la había beneficiado en el cuarto de los cubos. ¿Me podéis traer un poco de azúcar? Está muy fuerte este café.

Elena hace un gesto a la cámara del circuito cerrado para que un agente traiga lo que pide Antón. Ha decidido permitirle contar su historia. Antón es un ególatra y, mientras se vanagloria, puede cometer un error. Desvelar algo que les permita ubicar a Julio.

Antón no espera a que le traigan el azúcar para continuar su relato.

—Araceli fue la que empezó a decir que tenía la polla como la de los chinos. Se reía de mí. Pollachino. Lo que de verdad quería era comérmela. Por aquel entonces, yo tenía la cabeza en los cerdos, en trabajar. Mi padre me llevaba recto como una estaca. Araceli vino a la granja, nos fuimos donde el cauce del río y me bajó los pantalones. Se reía de mi polla, decía que no había visto una cosa más pequeña, que parecía una verruga… pero se la metió en la boca. Se creía que me iba a gustar. Ahí abajo, señorita, no pasa nada. ¿Qué culpa tengo yo? Después de un buen rato, la cosa no funcionaba. La muy guarra se volvió a reír de mí. Decía que era maricón. Se lo iba a contar a todo el pueblo.

El pollachino es un maricón. Le di un empujón y, al caerse, se dio con algo en la cabeza. Visto y no visto. Se rompió la crisma. Entonces, al ver la sangre… no sé qué me pasó… Se me puso dura como una piedra. No era yo. No era el Antón del que todos se reían, al que sacan de la escuela por tonto… ¿Cómo se puede condenar a alguien que no controla lo que le pasa? Me agarré a su cuello con los dientes y… No sé cómo explicárselo, señorita. Ni con todo el vino del mundo se pone uno como yo me puse ese día. Era… Era el Antón que quería ser.

Ahora sí hace una pausa. El agente ha traído el azúcar y Antón lo disuelve en el café mientras recuerda cómo lo descubrió su madre. Ramona se lo contó a su padre y le cayó una paliza, pero su padre no iba a denunciarlo. Prefirió buscarle una esposa.

—Me casó con la Valentina, que estaba preñada, vete tú a saber de quién. Mi padre pensaría que con una mujer en casa no iba a buscar fuera lo que ya tenía en la cama.

La muerte de Araceli pasó por un accidente. Los bocados que tenía en la cara los achacaron a animales salvajes.

—Le juro que yo lo intenté. Que hice lo que pude por reformarme. Pero es que no ha estado en mi pellejo. No ha vivido a la sombra del hijo de puta de mi padre. De la zorra de mi madre, que no me dio un abrazo en su vida. Si me hubieran llevado al médico, las cosas habrían sido diferentes.

Elena sabe que Zárate y los demás están al otro lado del cristal de la sala de interrogatorios. Es repulsivo concederle a este monstruo la oportunidad de subir al púlpito y soltar esta ristra de salvajadas y justificaciones. Orduño debe de estar reteniendo a Zárate para que no vuelva a invadir la sala como hizo ayer. Al llegar a las oficinas de Barquillo, Elena ha visto que tenía un golpe fuerte en el pómulo y una herida en el labio. Era imposible disimular su resaca.

«Un golpe de noche con la puerta de la nevera. Por no encender la luz de la cocina», le ha dicho Zárate cuando le ha preguntado qué le había pasado, sin mayor interés en ser creído.

Hace un esfuerzo por concentrarse en la declaración de Antón. Desgrana cómo Valentina le daba asco, siempre buscándole para que tuvieran sexo. No se deshizo de ella antes porque se encargaba de la casa y de cuidar a Julio, a Casimiro y a Serafín.

—No soy una mala persona. Mi padre tuvo toda la vida a Casimiro y Serafín metidos con los cerdos. Le daban vergüenza. No entendía cómo mi madre había parido a esos dos subnormales. Pero ellos eran fuertes, sobrevivieron. Mi madre murió primero de una enfermedad, es lo mejor que hizo en su vida. Quitarse de en medio. Valentina y yo nos encargamos de mi padre. A lo mejor piensa que le jodí la vida a mi esposa, pero a ella lo único que de verdad le cabreaba era que no tuviéramos nada en la cama. Después de matar a mi padre, se quedó en la granja. Después de que empezara a traer visitas, también se quedó. No era una santa. Podía haberme llevado al cuartel de la Guardia Civil y yo se lo habría agradecido. Como ahora, que sé que esto se ha terminado —Antón rumia algo para sus adentros. ¿Realmente se siente una víctima?—. El único que cuidó de Casimiro y Serafín fui yo.

—Les dabas medicamentos para los cerdos.

—El Azaperonil los tranquilizaba. Si por ellos fuera, se habrían pasado todo el día jodiendo. Unos tanto y otros tan poco —Antón se ríe, extemporáneo.

Ha pasado por encima de la llegada de Julio a la familia. Elena pregunta por los primeros años de vida del niño en la granja, por las razones que hicieron que se quedara a vivir con él, en lugar de irse con su madre.

—Julio no es tonto. Su madre, Valentina, esa sí que era tonta del copón. Estaba conforme en la granja. A él también le gustaban las visitas.

—¿Crees que te quiere o que te tiene miedo?

—Ese no le tiene miedo ni al demonio.

Hay orgullo en el tono de Antón. Elena no cree, como le dijo ayer, que Julio huyera por su cuenta. Bajo esa fachada de animal, de idiota que siente pena por sí mismo, oculta algún juego. ¿Cuál es el resorte que le servirá para sacarlo a la luz?

—La mujer esa…, la que trabajaba con ustedes, señorita.

No es ingenuo al referirse así a Chesca. Es cruel.

—Cuando la conocí en la feria de Turégano… Me hice amigo de un par de paisanos de la zona. Ganamos un jamón, ¿sabe? Y nos tomamos unos cuantos vinos. Por la noche, nos la encontramos. ¿Cómo se llamaba?

—Lo sabes perfectamente.

—¿Francisca?

—Ella prefería que la llamaran Chesca.

—Será después. Cuando era moza, la llamaban Francisca. Uno la conocía. Y le tenía ganas. Fue el primero, luego el otro y, cuando me tocó el turno, a mí no se me ponía. Les dije que era por los vinos, pero se reían, decían que lo que pasaba era que era maricón, que si prefería un culo lleno de pelos… —de repente, Antón está llorando—. Cuando volví a casa, me acordé de Araceli. De lo que me había hecho sentir. Fue entonces cuando salí de ronda la primera vez. A ver a quién encontraba…

—¿Estás culpando a Chesca?

—Lo tenía controlado. En la granja, con mis cosas… Si Francisca no hubiera estado ahí… No habría vuelto.

La rabia es difícil de contener. Antón se esfuerza en dar la vuelta a la realidad y pasar de ser ejecutor a víctima. Un juego doloroso cuando usa a Chesca. Elena aprieta los puños y hace un esfuerzo por tranquilizarse. Al respirar hondo, se da cuenta. Antón ha pasado a describir la sucesión de «visitas», como él las llama, a acumular violaciones, sangre y canibalismo como si se tratara de un alud perverso para llegar lo antes posible de nuevo a Chesca. El final del círculo, según él. ¿Por qué está contándole con detalle cómo supo que sus dos compañeros de aquella violación habían sido asesinados? ¿Por qué le describe cómo Julio se mudó a Madrid para vigilar los pasos de Chesca y darle caza?

—Era ella o yo —se defiende Antón.

Se ha dado cuenta. Antón ha percibido que Elena había notado que estaba escondiéndole algo y su forma de taparlo ha sido centrarse en los detalles escabrosos de todo lo que pasó con Chesca. Antes, cuando era una adolescente y, ahora, cuando estuvo presa en la granja Collado. Y ha funcionado. Elena ha tenido que contener sus emociones y, al hacerlo, ha dejado de prestar la atención debida a las palabras de Antón.

—«Lo que pasa en la casa se queda en la casa» —murmura Elena—. Supongo que eso fue lo que le enseñaste a Julio y, después, a la Nena.

—Yo les he enseñado a tratar a los cerdos, nada más. El resto, lo aprenden solos.

—No me creo que Julio se haya pasado una vida a tu lado, protegiéndote, participando en la caza de esas víctimas y, ahora, te haya dado la espalda.

—Le corre sangre de boliviana por las venas. No es de fiar.

—¿Y la Nena? ¿Es de fiar?

—No es mala guacha.

—¿Le regalaste tú la gata?

—Se la trajo Julio. Los gatos son traicioneros, no me gustan. A la que te descuidas, se meten en el obrador y se comen los embutidos.

Elena abre una carpeta, saca una foto y la pone ante Antón.

—Luciana Petreanu. Es la madre de la Nena. Su verdadero nombre es Mihaela. Así la registró su madre. Hemos localizado a su padre, estaba viviendo en Rumanía. Está de camino y se hará cargo de ella.

Antón guarda silencio unos segundos mientras mira la foto de Luciana.

—Metí a su madre en el maletero y conduje su coche hasta la granja. Lo menos dos horas de carretera. Hasta que llegué no me di cuenta de que había un bebé en el asiento de atrás, en un capazo. Fue durmiendo todo el rato.

—Y te la quedaste.

—Así Julio, Casimiro y Serafín tenían con qué entretenerse.

—Y una mierda, Antón. Te la quedaste porque la querías. Porque viste a esa niña y pensaste que podrías tener una hija. Que esa granja de mierda pareciera una familia de verdad.

—Yo no pienso tanto, señorita.

Zárate tiene los ojos húmedos. Está en el despacho de Elena cuando ella sale de la sala de interrogatorios. No ha sido capaz de escuchar todo el testimonio de Antón. Elena cree que ha estado llorando, pero ahora, al mirarlo, se da cuenta de que no ha sido así. Tiene los ojos húmedos de rabia. Orduño, Reyes, Mariajo y Buendía se unen a la inspectora. No entienden por qué ha terminado el interrogatorio de esa manera tan abrupta.

—La Nena no es un accidente. Es importante para Antón. Lo habéis oído; quiere parecer idiota, pero no lo es. Sabía que un día la policía llegaría hasta él. Tenía que tener planificada una huida. Y esa huida incluía a Julio y a la Nena. No iba a poder tirar de Casimiro y Serafín, pero sí de sus dos hijos «sanos». Hemos de hablar con la Nena: estoy segura de que sabe en qué consistía ese plan. Debe saber dónde se ha escondido Julio.

Capítulo 62

Unos chavales los insultan, chulos, cuando detienen el coche en la puerta del centro de menores La Flor del Sauce. Elena y Zárate se bajan corriendo. No tienen tiempo para callar a esos adolescentes que se creen muy duros al gritarles «puta pasma» por llegar con la sirena encendida y hacerles correr para no ser atropellados.

El gesto de Alberto Quiñones no presagia nada bueno. El director del centro tiene la cara desencajada. Cuando salía del despacho, Elena ha podido ver que había un vigilante de seguridad sentado en una silla con la mirada hundida en el suelo, como un escolar que ha sido enviado a dirección después de una trastada.

—No está —Alberto no disimula la vergüenza—. Al ir a buscarla para el desayuno, hemos encontrado la habitación vacía.

—¡¿Cómo puede ser?! —Zárate apenas contiene su furia—. ¿Qué clase de seguridad de mierda tienen aquí?

—Yo tampoco entiendo cómo ha podido pasar.

Elena prefiere no discutir algo que no tiene solución: la Nena ha desaparecido del centro. No ha podido escapar sola: sin ser una cárcel, La Flor del Sauce tiene sus medidas de seguridad. Una niña que no ha salido en su vida de una granja perdida en el campo no tiene la habilidad necesaria para saltarse todos esos controles.

—¿Y las cámaras de seguridad? —exige Zárate—. Necesitamos verlas.

—Ya las hemos revisado. El ochenta por ciento del centro está cubierto por esas cámaras…

—Pero la niña no aparece en ninguna grabación.

«Julio», piensa Elena. Ha tenido que ser él.

—¿Me puede explicar cómo una niña recién llegada es capaz de salir del centro justo por los ángulos ciegos de las cámaras?

—¿Se cree que estoy contento con lo que ha pasado? Todos los trabajadores, yo el primero, llevamos meses reclamando a la empresa de seguridad que pusiera al día el sistema de vídeo y que destinara más personal para la vigilancia. Esta noche, solo había uno en todo el centro. ¡Eso es lo que estaba hablando con él! —se defiende el director señalando al despacho.

Suena el teléfono de Elena.

—Ahora mismo no tengo tiempo, Mariajo, a no ser que sea importante. La Nena ha desaparecido del centro.

—Es mejor que volváis a Barquillo.

Elena y Zárate siguen a Reyes por el pasillo hacia la sala de reuniones.

—Lo ha traído un mensajero de Glovo. Dijo que se lo entregó un hombre calvo muy cerca de aquí, en la plaza del Rey. Le ha pagado cien euros por traerlo. En cuanto lo hemos visto, Orduño ha ordenado que unas patrullas recorran la zona, pero no han encontrado a nadie.

—¿Estás segura de que es él?

—Se ha afeitado la cabeza —confirma Reyes antes de abrir la puerta.

Dentro, Mariajo ha preparado una pantalla para el visionado. Empieza a reproducir la grabación cuando se sientan Zárate y Elena.

Se ve una pared blanca con una ventana con cortinas. Un flexo ilumina el lugar en el que, a los pocos segundos, aparece Julio. Como les dijo Reyes, tiene la cabeza afeitada.

—Hola, supongo que tenían ganas de encontrarse conmigo. Yo también tenía ganas de enviarles mi mensaje.

En el momento que ven este vídeo son más o menos las doce del mediodía… Las horas son importantes.

Todos miran al reloj, son las doce y media. Es el segundo visionado.

—Les voy a dar ventaja. Digamos que es la una. Les voy a dar seis horas y media, hasta las siete y media de esta tarde. Lo que tienen que hacer es fácil: soltar a mi padre. Soltarlo sin que nadie le siga, en el metro de la estación de Sol, al bajar las escaleras mecánicas de la entrada del tren de Cercanías. Déjenle con un billete de metro y veinte euros, no necesita más. Mi padre sabe lo que tiene que hacer. Si nota que lo siguen en algún momento, sabrá cómo avisarme. Y si recibo ese aviso, pasará algo que ustedes no quieren que pase. Ahora mismo vuelvo.

La habitación se queda vacía. El viento mece ligeramente la cortina de la ventana del fondo. Se oyen unos pasos.

—Está loco —Buendía rompe su habitual frialdad.

En la penumbra de la sala, Elena busca la mirada de Zárate. Sus ojos están clavados en la pantalla. Juguetea con un bolígrafo entre los dedos, en cualquier instante podría partirlo.

Julio vuelve a la imagen. No lo hace solo. De la mano trae a la Nena. No es una sorpresa para ninguno, pero por esperado no lo hace menos frustrante. En la BAC, todos creían que Julio intentaría salir de España, nunca imaginaron que su estrategia sería un ataque.

—Sé cómo funciona una negociación. Ustedes me dan algo, la libertad de mi padre, yo les doy algo a ustedes, a la Nena. Saluda a estos señores.

—Hola.

Está limpia y bien peinada, con la misma ropa que le dieron en el centro de acogida. Es difícil definir su actitud: ¿tiene miedo o se siente segura al lado de Julio? Su gesto, inexpresivo, no les permite decantarse por una u otra opción.

«Demasiados cambios», piensa Elena. La Nena, Mihaela, como ahora saben que fue registrada, ha vivido en un mundo diminuto. Sin extraños, los límites de la granja eran también los límites de su universo. Ha salido de allí. Ha ido a una gran ciudad, a un centro con otros chavales. Ahora, Julio la ha sacado en mitad de la noche. ¿Cómo va a procesar esa batería de estímulos? No le extrañaría que prefiriera regresar a lo conocido, al entorno donde se ha criado, como el secuestrado que siente pánico a abandonar el zulo en el que ha estado retenido.

—Es mi hermana pequeña —Julio la abraza—. No sé si me creerán, pero, en realidad, me da igual. Nosotros sabemos que somos una familia. No quiero hacerlo, pero no tengo otra alternativa. Si no atienden a mi petición, la Nena…, Lo siento, pequeña.

Julio coge el brazo de la Nena y muerde con furia su antebrazo. La niña grita de dolor, grita tan fuerte que el sonido de la grabación se satura y, durante un segundo, queda en silencio. Julio arranca un trozo de carne. El grito de la niña se ha transformado en llanto y, después, simplemente se desploma en el suelo, inconsciente, superada por el dolor. Con la carne entre los dientes, la sangre chorreando por su barbilla, Julio mira a cámara y sonríe como un payaso siniestro.

Luego acerca la mano al objetivo y la grabación termina. Silencio.

Buendía enciende las luces de la sala. Orduño se levanta, da una patada a una silla. Nadie le reprocha su reacción. Reyes está bloqueada: estaba convencida de que era imposible que las cosas empeoraran, pero lo han hecho. Zárate busca a Elena: si ella no toma el mando, lo hará él. ¿Por qué no responder con la misma moneda a Julio? ¿Cree que tienen la exclusividad de la crueldad? Él sabría cómo hacer sufrir a Antón; ¿no es lo que merece? Han entrado en una batalla y uno no puede defenderse con piedras contra fusiles.

Elena está llorando. Buendía se ha acercado a ella. Le da un abrazo. De nuevo, la vida de un menor, una niña, se emplea como amenaza, como si fuera un objeto que se disputan los policías y Julio. Imposible no recordar a su hijo Lucas.

Mariajo ha vuelto a poner el vídeo. Ha avanzado hasta el momento en que Julio salía de plano para buscar a la Nena. Se puede ver el espacio donde se ha realizado la grabación, vacío. La ventana del fondo. El viento que mece la cortina.

—¿Qué es eso que se ve por la ventana? —Mariajo ha parado la grabación y, al otro lado de la ventana, se intuyen unas rayas paralelas de metal.

—El anuncio de Schweppes de Callao. Como está apagado, no se ven los colores, pero es eso. Estoy seguro —dice Orduño.

—Por el ángulo, podemos situar el edificio donde han hecho la grabación, hasta el piso.

Todos están entusiasmados, todos menos Elena y Zárate.

—Podéis ir, pero no vamos a encontrar allí a la Nena. ¿De verdad creéis que se ha dejado la cortina abierta sin querer? Hasta ahora no ha metido la pata y no creo que sea tan torpe de repente.

—¿Qué otra cosa podemos hacer? —Elena tiene la sensación de que jamás se ha sentido tan superada.

—Antón —responde firme Zárate.

Capítulo 63

—¿Vas a permitir que Julio mate a la Nena?

Elena cierra el ordenador en el que ha enseñado a Antón el vídeo de Julio.

—Lo mismo le podría preguntar yo.

Una mueca de orgullo se dibuja en el rostro de Antón, el padre engreído porque su hijo ha alcanzado el éxito. A Elena le duele la cabeza. Se siente cansada, no tanto por la noche en vela que pasó, sino porque, como un oscuro presagio, tiene la sensación de que han llegado a un callejón sin salida. Reyes y Orduño se han desplazado a Callao. Con la ayuda de Mariajo han logrado situar el piso desde el que se hizo la grabación, han irrumpido en él acompañados por un grupo de fuerzas especiales. En la cama, inconsciente, desangrándose por varias cuchilladas, han encontrado a Maribel Rúa, la propietaria del apartamento. *Zhuniáng Jíxiáng,* había escrito Julio con su sangre en una de las paredes: buena suerte para el año del cerdo. Los sanitarios han logrado estabilizarla. A duras penas, Maribel ha contado cómo fue asaltada cuando terminó su turno en La Flor del Sauce, donde trabaja de educadora. Julio la obligó a llevarle a su casa, allí la torturó hasta que le contó cómo entrar y salir del centro de menores sin ser descubierto. Ha tenido suerte de que la BAC diera con la casa. Unas horas más y estaría muerta.

Orduño y Reyes no han encontrado nada en el piso que les diga dónde han podido ir Julio y la Nena. Debieron de abandonarlo después de hacer la grabación.

—Creía que te importaba la Nena —insiste Elena con Antón.

—¿Y qué quiere que haga? —Antón se encoge de hombros—. Julio es el que ha decidido hacer esto.

—Si fuera verdad que lo ha hecho sin tu consentimiento, me dirías dónde se ha escondido. Es tu hijo. Lo conoces bien. ¿Dónde se quedaba cuando venía a Madrid? Dímelo y, por lo menos, le salvaremos la vida a la Nena.

Durante unos segundos, Antón masculla algo para sí mismo, como si diera vueltas en la boca a la posibilidad de colaborar con la policía.

—De mocarra se me perdía por la granja y no había Dios que lo encontrara. El muy hijo de puta siempre se escondía donde más rabia te daba. No solo se escondía, también te daba por saco… —Antón se ríe al recordar—. Julio tiene sangre boliviana, por eso es tan cabrón.

—¿Es esto lo que quieres? Tú no vas a salir de la cárcel. La Nena acabará muerta y, un día, cogeremos a Julio. Él también se pasará la vida en prisión. ¿Quieres que terminen así las cosas?

—Yo qué cojones quiere que haga.

—¡Deja de hacerte el inocente! ¡¿Te has creído que soy idiota?! Julio lo está diciendo: «Mi padre sabe lo que tiene que hacer». ¡¿Qué es lo que tienes que hacer?!

—Lo que estoy haciendo.

Elena cierra de un portazo a su espalda la sala de interrogatorios. Antón es un muro: no tiene nada que perder, así que, ¿por qué no jugárselo todo a esta carta, aunque sea una locura?

—Déjame pasar —le pide Zárate—. Le puedo sacar dónde están a hostias si hace falta. Que me echen del cuerpo, qué más da.

—Puedes partirle la cara y seguirá sin hablar.

El reloj de la oficina marca las dos. Ya ha pasado una hora y media desde que vieron el vídeo de Julio. El móvil de Elena suena en su bolsillo. Es su madre. Rechaza la llamada: ¿qué puede querer ahora Isabel?

Rentero entra en la sala de reuniones. Orduño y Reyes han regresado de Callao.

—La Científica está en la casa, pero no creo que encuentren nada que nos ayude a localizar dónde están Julio y la Nena ahora —informa Orduño—. O, por lo menos, no lo harán antes de que se cumpla la hora.

Son las dos y veintitrés.

—¿Qué vamos a hacer? —Zárate busca una respuesta entre todos los presentes—. ¿Quedarnos de brazos cruzados y ver cómo ese bestia mata a mordiscos a una niña?

—¿Qué otra cosa podemos hacer, Zárate? —Buendía parece más viejo que nunca.

—Aceptar el trato. Ponemos en la calle a Antón bajo vigilancia. Recuperamos a la Nena y, cuando la tengamos, vamos a por ellos.

—No podemos aceptar un chantaje —Rentero cierra la discusión.

—¿Por qué no? —de repente, a Elena no le parece tan descabellado—. Es la única alternativa. Montamos un dispositivo de seguimiento. ¿De cuántos agentes podemos disponer? Estamos hablando de uno de los mayores asesinos en serie que hemos tenido, no seas ahora rácano, Rentero. Cien. Doscientos. Un par de helicópteros. Le metemos un dispositivo de localización en la ropa a Antón sin que se dé cuenta. Aparentamos mantenernos al margen y, en cuanto veamos dónde está la Nena, intervenimos.

—¿Te estás escuchando, Elena? —niega incrédulo Rentero—. No sé si has perdido el juicio, pero ¿desde cuándo la policía acepta tratos con asesinos? No lo hicimos con ETA, no lo vamos a hacer ahora. No vamos a poner en la calle a ese hombre.

—A ese monstruo —a Zárate no le importa que Rentero sea su superior, no se va a callar—. El tío al que usted está protegiendo es un caníbal. Ha matado y comido a veintitrés mujeres. Una de ellas hace solo unos días estaba sentada aquí con nosotros. ¿Ha leído los informes? ¡La violaron durante varios días, le arrancaron trozos de carne y la metieron en una puta picadora!

—Sé que estáis cabreados. Yo también lo estoy, pero no podemos correr ese riesgo.

—Ponga un francotirador cada cien metros. Si vemos que lo vamos a perder, que le peguen un tiro.

—Estás fuera de control, Zárate. Lo mejor será que pase el caso a otra brigada. Os afecta demasiado.

—No estamos fuera de control —Reyes levanta la mirada de la mesa y la clava en su tío—. Queremos hacer justicia. Una niña va a morir si no hacemos nada y Julio… está en la calle… Volverá a hacer lo que le hizo a Chesca.

—La labor de la policía será buscarlo y detenerle —Rentero no oculta un gesto de advertencia a su sobrina. No quiere que ella también se rebele.

—Y darle un juicio justo. ¿No vas a decir nada? ¡Esto es ridículo!

Zárate ha clavado la mirada en Elena. Esperaba más de la inspectora, que luchara de alguna forma con el comisario para conseguir llevar a cabo la trampa a Antón.

—Rentero tiene razón. No podemos aceptar el trato de Julio. Es una puerta que no podemos abrir.

—Por fin alguien dice algo sensato. Olvidaos del tema. Si queréis hacer algo, salid a la calle. Buscad a Julio y a esa niña.

Elena se pone en pie y, en silencio, abre la puerta.

—¿Adónde vas? —le pregunta Mariajo, aunque la vieja hacker no necesita que la inspectora le responda. La conoce bien.

—Yo había dejado la policía —deja escapar Elena en un murmullo avergonzado—. He hecho lo que he podido. Por Chesca y… por cazarlos, pero… no ha sido suficiente. Lo siento.

—¿Vas a irte? —más que una pregunta, las palabras de Orduño suenan como una súplica.

—No tengo fuerzas para quedarme. Todos sabemos cómo va a terminar y… no soy capaz de ver más cadáveres. Yo…

La voz de Elena se queda suspendida en el aire. Le gustaría decirles que está convencida de que lograrán detener a Julio, que ese hombre no podrá desaparecer sin más, la BAC dará con él, pero el nudo de la garganta se lo impide. Se marcha de la sala de reuniones.

El reloj marca las dos y cuarenta y siete minutos.

Capítulo 64

Hora de comer. Muchos trabajadores salen de las oficinas que hay en Barquillo para tomar un menú en alguno de los restaurantes de la zona. A la mayoría ya no les queda mesa libre. Una taladradora hace un ruido infernal junto a la plaza del Rey, están arreglando una acera. Elena prefiere bajar hasta el Instituto Cervantes y seguir paseando por Alcalá. Un grupo de turistas la adelanta en monopatín. Una señora los increpa por la velocidad a la que van. Cinco o seis adolescentes con uniformes del colegio y mochilas a sus espaldas salen del metro Sevilla. Se ríen. Tal vez repasan alguna anécdota de clase. Más turistas, coreanos esta vez, fotografiándose junto al Oso y el Madroño. No puede evitar pensar que, al final de la calle Preciados, está Callao y el anuncio de Schweppes. Recuerda lo que se divirtió en el cine cuando estrenaron *El día de la bestia*. Tenía una escena mítica en ese cartel publicitario que ya forma parte de la historia de esta ciudad. Una ciudad que no se detiene y sigue avanzando como el engranaje de un reloj. Ajena —¿o quizá no le importa?— a que, en alguno de sus barrios, en algún piso del enjambre que es Madrid, están Julio y la Nena. Que una niña está a punto de morir.

Al llegar a la altura de la plaza Mayor decide seguir caminando. Le da tiempo a tomarse algo en el bar de siempre. A lo mejor está allí Juanito, su camarero preferido, y puede charlar un rato con él.

—Trae mala cara, inspectora.

—Ya no soy inspectora, llámame Elena.

—Hay trabajos que duran para siempre. ¿O se cree que yo voy a dejar de ser camarero? Yo he nacido para camarero y usted para inspectora. Eso es así. Si me toca el Euromillón, que esta semana hay bote, seré el camarero millonario, el camarero millonario que no sirve cafés.

—Entonces no serás camarero.

—Por dentro sí, aunque por fuera esté tumbado en una playa del Caribe. ¿Qué quiere tomar? ¿Una grappa?

—No, agua mineral y algo de comer. Un montado de salmón con queso.

—Marchando.

Mientras le llega lo que ha pedido, no deja de darle vueltas a unas frases de Antón: «siempre se escondía donde más rabia te daba. No solo se escondía, también te daba por saco».

—Aquí tiene, inspectora, montado de salmón ahumado con queso fresco y agua mineral. ¿No quiere ni siquiera una cervecita?

—No, Juanito, gracias.

—Y dígame, ¿qué la tiene tan preocupada?

—Imagínate que buscas algo y te dicen que está en el último sitio en el que se te ocurriría. ¿Por dónde empezarías?

—Eso sí que es difícil. Depende de lo que fuera. Por decir algo, empezaría por donde más coraje me diera encontrarlo. Así me llevaría una alegría al saber que no está allí.

—Eres un filósofo, Juanito. Pero esta vez no me has ayudado nada…

Recuerda que su madre le hizo una llamada. Le ha dejado un mensaje en el buzón de voz. «Tienes tu billete en el correo.» Isabel le hablaba desde un taxi rumbo al aeropuerto. Aunque le prometió no intervenir, lo ha hecho: «¿Por qué no sigues con el trabajo en la Fundación? Lo estabas haciendo tan bien…». El vuelo a Berlín sale a las siete de la tarde y, de repente, a Elena no le parece tan mala idea que la hora límite que puso Julio la encuentre sobrevolando Europa. Huyendo.

Elena abre su vestidor. En los últimos meses, desde que dejó la brigada, ha ido acumulando ropa adecuada para esas galas benéficas. Escoge varios conjuntos para acompañar a su madre en los tres días que pasarán en la ciudad. Para la ceremonia de recaudación de fondos necesita un vestido largo, tiene uno color azul, de Iván Campaña, que aunque deje un hombro al aire hasta su madre lo aprobará. Busca con más atención el vestido que usará para cenar con Jens Weimar, algo discreto, no quiere enamorarlo, solo que colabore económicamente. Coge un vestido sencillo, negro de seda plisada, que ya usó una vez en Milán y causó muy buena impresión.

Son las tres y media. El móvil suena: es Rentero. El comisario intentará retenerla en la brigada. La invitará a tomar algo en uno de sus restaurantes lujosos y, después, fingirá que comprende por lo que ha pasado la BAC, el sufrimiento de perder a una compañera sumado a la impotencia por no haber podido salvar a la Nena.

¿Le habrá curado Julio la herida que le hizo al morderla?

Elena decide no responder a Rentero. No va a volver a su vida anterior. Será al menos, como dice Juanito, la policía de la ONG.

Con la maleta hecha, se sirve un zumo. Ha caído ya dos veces en la grappa en los últimos días, pero eso se acabó. No piensa volver a beber. No piensa volver a cantar. Todo eso queda atrás.

Llaman a la puerta. Tiene la tentación de permanecer en silencio y no abrir. Vuelve a sonar el timbre. Son las cuatro y diez. Ha llamado a un taxi, vendrá a recogerla a las cinco y media. Se levanta, abre la puerta. Zárate está al otro lado.

—¿Lo de las escuelas en Myanmar? —pregunta Zárate al ver su maleta.

—Se trata de ayudar a la gente, no es una mala vida.

—Siempre vas a echar de menos a la brigada.

«Lo único que voy a echar de menos es a ti», piensa Elena, pero no se atreve a responder así a Zárate. Ángel está muy lejos de ella. Dentro de él imagina un torbellino de soluciones, todas desesperadas, para evitar que Julio cumpla su amenaza.

—Tienes que quedarte. Por Chesca. No puedes desaparecer dejando las cosas a medias.

—Acabarán deteniendo a Julio. Quizá tú también deberías apartarte.

—No puedo —y Zárate suena como un adicto incapaz de abandonar la sustancia que le está matando.

Se sientan en el salón. Los balcones abiertos a la plaza Mayor. Corre un viento frío.

—Se lo debo, Elena. No estuve a su lado cuando estaba viva, cuando me necesitaba. No voy a dejar que los que le hicieron pasar ese infierno se vayan de rositas.

—Deja de culparte. Antón irá a la cárcel y también llegará el día para Julio.

—Tienen que saber que esto les pasa por Chesca.

—Les pasa por Chesca y por todas las mujeres a las que mataron —Elena sabe qué deseo se oculta bajo las palabras de Zárate, como sabe que sería inútil rebatírselo ahora. Solo el tiempo le hará darse cuenta de que todo lo que sintió en estos días estaba contaminado por el odio—. Tú no la llevaste a esa granja, Ángel.

—Una noche, me quedé a dormir en su apartamento —Zárate necesita tomar aire antes de continuar—. No sé qué hora sería…, las dos de la madrugada. Me desperté y ella no estaba en la cama. Me asomé a la habitación y la vi sentada en el salón. Estaba llorando, pero no salí del cuarto. Habíamos discutido. Ella siempre quería lo mismo, que me comprometiera de verdad, pero yo solo le daba excusas para no hacerlo. Pensé que, si salía, volveríamos a tener una pelea. Que ella me diría que no estaba siendo honesto o algo así. No le faltaba razón. Nunca le dije qué sentía de verdad. Nunca le dije que seguía enamorado de ti.

Elena se sienta junto a Zárate. Le seca las lágrimas que han empezado a recorrerle las mejillas. Acerca sus labios y le besa. Siente el calor de sus labios. Le gustaría detener el reloj, quedarse así para siempre, fuera del tiempo y del espacio.

—¿Y si no lloraba por eso? —se pregunta Zárate cuando se han separado—. ¿Y si se había despertado con una pesadilla por lo que había hecho? A lo mejor, si hubiera salido del cuarto, si le hubiera dado un abrazo y no hubiera pensado tanto en mí, me lo habría contado. Todo sería diferente ahora. Estaría viva.

—Esto será así mucho tiempo, Ángel. Repasarás esos pequeños instantes, cada decisión que tomaste… y no servirá de nada. Ni te hará sentir mejor, ni te devolverá a Chesca.

—No, no me hará sentir mejor —Zárate arrastra las palabras, turbio. ¿Qué idea da vueltas en su cabeza?

—¿Y si vienes conmigo? Aléjate de Madrid.

—Tengo que quedarme aquí —se levanta, seguro de su elección—. No sé si hemos perdido nuestra oportunidad, Elena. No te dije lo que sentía cuando era el momento.

—Yo tampoco, pero ¿por qué no podemos tener otra oportunidad?

—¿Te acuerdas de lo que te dije en la granja? Es como si cada caso nos robara un trozo de alma. A lo mejor, yo ya la he perdido toda… No soy capaz de… Lo siento.

Elena abraza a Zárate. Entiende su miedo: ¿puede uno volver a amar? ¿Este trabajo no nos convierte en seres egoístas que solo están pendientes de sus propias heridas?

Ángel no vuelve la mirada atrás cuando sale de la casa. Suena el móvil de Elena. El taxi ya ha llegado.

Son las cinco y media.

No sabe si volverá a ver algún día a Zárate.

Capítulo 65

Reyes lleva toda una vida tratando de encontrar las palabras que definan su identidad. ¿Qué eres?, una pregunta que resulta sencilla para cualquiera, suponía un acertijo para ella. «David Bowie», le dijo una vez a la profesora de Conocimiento del Medio cuando le preguntó qué casilla marcaba en la lista de clase, ¿hombre o mujer? «¿No puedo poner David Bowie?» Tenía siete años. No había oído una sola canción de Bowie, o no la recordaba. Lo que se le había quedado grabado era su imagen. Katherine, una canguro inglesa, era una fan devota. Fue ella quien le enseñó fotografías de Bowie en el ordenador. Era un extraño viaje por múltiples identidades: Ziggy Stardust, Aladdin Sane, Major Tom, el Duque Blanco. Bisexual, dandi, *glam*. Todos y ninguno eran David Bowie. Había momentos que parecía una mujer, otros en los que le recordaba a esos soldados nazis de los documentales.

Fue como si, de pronto, alguien hubiera encendido una luz en una habitación a oscuras.

No se trataba de interpretar personajes. Se trataba de que, todos esos personajes, todas esas identidades, eran ella.

Cuando tenía trece años sus padres empezaron a preocuparse. Les costaba entender los cambios que detectaban en Reyes. Tan femenina unas veces y tan masculina otras. De ahí, pasaron a los terapeutas y los psiquiatras. ¿Tenía su hija un trastorno de la personalidad? Algunos se empeñaron en convencerla de que era lesbiana y que solo debía aceptarlo. Otros le recetaron ansiolíticos. Estaban tan perdidos como sus propios padres.

Reyes aprendió hace tiempo a no culparlos. Todos daban palos de ciego, también su tío Rentero; se exasperaba tanto con Reyes que terminó por evitar cualquier conversación personal. «Es más rara que un perro verde», oyó que le decía una vez a sus padres.

En el instituto, esos comentarios le dolían. Se repetían entre sus compañeros de clase. ¿De qué va Reyes? ¿Por qué viene como una choni un día y, al siguiente, aparece vestida de chico? ¿Es transexual? ¿Es una especie de *drag king*? ¿Es bollera? Palabras y más palabras para definir algo tan sencillo como una identidad. «Soy Reyes», le gustaba decir entonces. «Nada más.» Pero a esa edad el sentimiento de exclusión puede hacer mucho daño. Tanto que podía haberla llevado a ocultar su manera de ser. Algo que se reflejaba en el vestuario, pero también en sus actitudes. Sin embargo, Reyes no cayó en ese miedo. Nunca se escondió, solo buscaba la definición que resumiera de una vez por todas cómo se sentía, porque no encajaba en ninguna de las que conocía.

«En el principio existía la Palabra, y la Palabra estaba junto a Dios; además, la Palabra era Dios.» Reyes recuerda esta cita de la Biblia de su tía Verónica. Era de misa diaria y también pasó por sus manos en aquellos múltiples intentos por encontrar una solución para la chiquilla. La religión solo sirvió para echarse unas siestas en los sermones.

Pero la Palabra es todo. Si algo no tiene nombre, no existe.

Fue una amiga que hizo por internet quien se la dijo por primera vez: *gender fluid*. De repente, Reyes se sintió parte de una definición, de un grupo. «Esta soy yo.» Una identidad que fluctuaba entre los géneros masculino y femenino. Antes, le enfadaba la gente que se burlaba del término. Le habría gustado que se vieran en su piel. Una adolescente que no se siente parte de ningún colectivo, una extraterrestre. Como si tuviera una enfermedad que nadie ha sabido diagnosticar. Ahora, ha aprendido a soportarlos. A darles su tiempo para entenderla. Sabe que Orduño es uno de ellos. Si lo hubiera conocido hace unos años, tal vez le habría partido la nariz de un puñetazo.

¿Qué eres?, se pregunta Reyes. Desde que supo definir su identidad, no había vuelto a padecer esa incertidumbre ante la pregunta. Fue una buena estudiante, tuvo claro desde el principio que quería trabajar en la policía, hizo Filosofía y Criminología. Entró en el cuerpo por méritos propios, aunque todos pensaran que Rentero la había enchufado.

Un camino de años para estar donde está ahora. En el baño de la BAC, con la puerta cerrada y la cabeza entre las manos, preguntándose qué es. ¿Una policía? ¿Realmente está capacitada para serlo? En tan solo unos días ha vivido un alud de situaciones que la han llevado al límite, que han terminado por quebrarla. Por hacerle desear que existiera un túnel secreto desde ese baño hasta su casa para huir de las oficinas de Barquillo sin cruzar una mirada con nadie.

Quizá estaba equivocada. Quizá no sea una policía.

Unos golpes en la puerta la sacan de su ensimismamiento.

—¿Vas a quedarte a vivir ahí dentro?

Es Orduño quien ha ido a buscarla. Reyes balbucea una excusa.

—Te invito a una cerveza —él ha preferido obviar las tonterías con las que Reyes ha intentado justificar que lleve casi una hora en el baño.

Son las seis y diez cuando el camarero pone un par de cañas en la barra y una tapa de chorizo y queso con unos picos.

—Chesca habría quemado las oficinas si llega a estar hoy aquí —Orduño dibuja una sonrisa triste—. No habría soportado el juego de Antón y Julio.

—Creo que me habría caído bien.

—Yo creo que a ella le habrías caído fatal.

—Gracias.

—No era fácil. Tampoco soportaba a mi amiga Marina. Decía que era un gilipollas por seguir yendo a verla a la cárcel —Orduño da un trago a su cerveza, juguetea con el vaso sobre la barra—. Pero si le hubiera pedido cualquier cosa, sé que Chesca se habría desvivido por hacerla. Por ti también; aunque fueras nueva y no entendiera tu rollo de hombre y mujer, habría dado la vida por ti.

En la televisión del bar hay un programa de cotilleo. El murmullo insolente de los tertulianos resulta insoportable. Orduño deja unas monedas en la barra y salen.

—La voy a echar de menos —confiesa con los ojos húmedos.

Rentero ha encargado a otros policías que continúen con la búsqueda de Julio. Solo tienen que volver a casa y esperar que les digan que ha aparecido el cadáver de una niña.

—Sé que esto es una mierda. Ojalá tu entrada en la brigada hubiera sido diferente. Pero la vida es así: a veces, perdemos. Habrá otras en las que ganes. La mayoría, seguro. Eres una buena policía.

Reyes sonríe tímida. Unos coches están pitando en el semáforo a un transeúnte que ha cruzado en rojo. Impulsiva, se abraza a Orduño y le murmura un gracias al oído. Cree que su gesto ha sido imprudente y va a separarse cuando Orduño la retiene. Sabe que es una mala idea besarle, pero tampoco puede evitarlo. No hay bromas después. No hay preguntas de si ha besado a un hombre o a una mujer. Le ha pasado tantas veces que ha dejado de hacerle gracia.

—¿Volvemos a las oficinas?

Son las seis y cuarenta y dos.

Capítulo 66

Hay un televisor en la sala VIP del aeropuerto. No tiene volumen. Un reportero ante el Bernabéu da la última hora del partido que jugará esta noche el Real Madrid. Elena pone toda la atención en él, no porque le interese, sino por ahuyentar las imágenes que, en cuanto deja de ofrecer resistencia, la invaden: una cubeta a rebosar de carne picada, la nube de insectos, la desesperanza impregnada en la granja Collado como el polvo, los dientes de Julio clavados en el brazo de la Nena. La mirada de una niña desamparada.

—No tardaremos en embarcar —su madre ha tenido la elegancia de no preguntarle por qué ha cambiado de opinión y ha decidido volar a Berlín.

—¿Llevas pastillas?

—A tu edad, ¿has empezado a tener miedo a volar?

Elena no va a confesarle que a lo único que aspira es a apagar su cerebro, aunque solo sea durante las tres horas del vuelo. Quiere borrar el gesto de autosuficiencia de Antón, el orgullo fatuo de su sonrisa al saber lo que había hecho su hijo Julio, al verle morder a la Nena.

Son las siete y cinco de la tarde.

Isabel le ha dado un ansiolítico. Elena va en busca de un botellín de agua para tomárselo.

Los cerdos sacrificados del chiquero. Los trofeos siniestros que encontraron en aquel cuarto de fotografías: dientes y llaves. Todo lo que queda de veintitrés víctimas.

Las pantallas anuncian que se ha abierto el embarque del vuelo a Berlín. Isabel no espera a su hija y, tirando de una pequeña maleta de Vuitton, se pone en la fila de embarque prioritario.

Chesca. ¿Quién se encargará de sus pertenencias? ¿Quién organizará su entierro? ¿Su hermana o Zárate? No hay nada más triste que vaciar los armarios de alguien que ya no está entre nosotros. Su olor sigue en las ropas, como si se resistiera a desaparecer, a dejarse arrastrar por la muerte. Empaquetar sus objetos, sus fotografías. Enviar algunas a la beneficencia. Elegir qué vas a conservar como recuerdo. ¿Se quedará Orduño alguno de sus trofeos de motos? ¿Guardará Zárate la botella de vino que Chesca nunca abrió?

Elena no quiere ningún recuerdo, pero sabe que eso es imposible. No puede formatear su memoria como si fuera un disco duro. No es nuevo: de la misma manera que Lucas o la muerte de aquellas hermanas gitanas forman parte de sus sueños, ahora también aparecerá Chesca.

—¿A qué esperas? —Isabel le pregunta mientras enseña su tarjeta de embarque y su DNI a la azafata.

¿Por qué Elena no se decide a subir al avión?

Se arrepiente de no haber dejado que Zárate siguiera golpeando a Antón en la sala de interrogatorios. Nunca le habría dicho dónde se escondía Julio, «el muy hijo de puta siempre se escondía donde más rabia te daba», le dijo en el interrogatorio, como el padre que narra la anécdota de un niño revoltoso. Debería haber dejado que Zárate le golpeara hasta romperle cada hueso.

Abre la mochila. Busca la cartera con la documentación para subir al avión. En el televisor puede ver que son las siete y doce minutos.

No estará en el aire cuando Julio mate a la Nena. ¿También conservará un trofeo de ella? ¿Le arrancará los dientes?

Sin previo aviso, Elena nota una corriente eléctrica. La sacude por dentro, como si de pronto pudiera recordar algo importante que había olvidado.

Trofeos.

Llaves.

«El muy hijo de puta siempre se escondía donde más rabia te daba.»

Isabel ve cómo su hija le da la espalda y sale corriendo de la sala de embarque. No le extraña. En realidad, nunca pensó que fuera a hacer ese viaje con ella. Ha intentado que se acostumbre al buen vino, pero Elena es una adicta. Jamás dejará el matarratas. Se aleja por el *finger*. La llamará cuando llegue a Berlín. Aunque no suele decírselo, quiere a su hija.

Capítulo 67

Beltrán es un presuntuoso. Engominado, de traje, imita los ademanes de los agentes del FBI como si estuviera en una película americana. A pesar de todo, no es un mal policía, tiene que reconocer Mariajo. Dentro de las opciones que había, se alegra de que Rentero lo haya elegido a él para continuar el caso e intentar dar con Julio. Han protestado, pero la realidad es que ninguno está en condiciones de seguir trabajando. No saben dónde se ha metido Zárate después de que fuera a hablar con Elena. Les dijo que iba a intentar convencerla de que siguiera en la investigación hasta el final. Orduño y Reyes apenas pueden desprenderse de la telaraña de tristeza que llevan arrastrando desde que Rentero les dijo que no había negociación posible con Julio. A Buendía le han caído de golpe diez o veinte años. Encorvado sobre sus informes, hace un resumen de los principales hallazgos a Beltrán.

Son las siete y media, pero ninguno hace mención a que, en este momento, Julio puede estar matando a la Nena.

—¿Por qué iba a quedarse en Madrid? Lo más lógico es que regresara al entorno donde se siente seguro. A lo que conoce mejor.

—No creo que haya vuelto a Cuenca —Orduño rebate desganado la teoría de Beltrán.

—¿Sabéis algo que no me habéis contado? Porque, si es así, estaré encantado de escucharlo.

Mariajo sabe que Orduño no le contestará. Puede que esté pensando en lo que dijo Elena: que Antón y Julio tenían planificada su huida, que nada de lo que está sucediendo es improvisado, pero no tiene fuerzas para discutir con Beltrán. El muy capullo entiende como una victoria el silencio de la BAC. Mariajo disimula una leve sonrisa: nunca ha soportado a Beltrán. Hace un par de años, manipuló una fotografía suya y lo metió en un disfraz de koala gigante, como un *furry*, esa gente a la que le gusta hacerse disfraces antropomórficos de animales. Luego, se registró a nombre de Beltrán en un foro de Yiff, el porno de los *furries*, en el que gente disfrazada de animales de peluche mantienen relaciones sexuales. Mariajo espera que, algún día, una investigación destape que al impoluto Beltrán le va disfrazarse de koala para tener sexo.

—Quiero hablar con el detenido —dice Beltrán después de recopilar toda la información del caso—. Orduño, ¿lo subes a la sala?

Reyes decide acompañar a Orduño a la habitación de seguridad que hay en Barquillo. Luisa los saluda al llegar allí.

—Tenemos que llevar a Antón Collado a un interrogatorio —anuncia Reyes. En cuanto lo dejen en manos de Beltrán, se marcharán. No sabe qué harán: ¿se irán juntos o ese beso que se dieron ha sido solo una equivocación y cada uno tirará por su lado?

—Hace una hora que lo trasladaron a los juzgados.

—¿A los juzgados? ¿Quién se lo ha llevado?

—El subinspector Ángel Zárate.

Orduño y Reyes no necesitan preguntar más para saber que Zárate ha rebasado todos los límites. Ha sacado a Antón de las instalaciones de la policía. Deberían dar la alerta, pero es su compañero. Reyes lo ha entendido en la mirada de Orduño. Antes de poner en conocimiento de todos lo que creen que está pasando, intentarán solucionarlo sin que esto suponga el final de la carrera de Zárate.

Capítulo 68

Son las siete y cuarenta y dos. La estación del metro de Sol está inmersa en la caverna artificial más grande jamás horadada en nuestro país: veintiocho metros de profundidad, doscientos siete de longitud, veinte de anchura… El vestíbulo tiene siete mil quinientos metros cuadrados de superficie. Dentro hay pasillos, escaleras mecánicas, ascensores, comercios, salidas a varias calles y hasta una comisaría de policía que atiende a las decenas de miles de viajeros que pasan por allí cada día.

Zárate acompaña a Antón hasta la boca de la horrible estructura de vidrio y metal que sirve de entrada. Allí debe dejarlo en libertad.

—Supongo que te quedas con las ganas de pegarme un tiro —Antón disfruta con su mofa.

—Solo hago lo que me han ordenado. Queremos a la Nena con vida.

—Si no me siguen, así será. Soy hombre de palabra.

A Zárate le asquea la supuesta dignidad de Antón. Lo ha sacado de Barquillo con un permiso falso de traslado a los juzgados. Le ha dicho que el comisario aceptaba las condiciones de Julio e iba a ser puesto en libertad. No está seguro de si le ha creído o no. Ha tenido suerte en las oficinas: Beltrán había reunido a toda la BAC y ha podido salir sin llamar la atención. Muchos pensarán que se ha vuelto loco, pero él está convencido de lo que va a hacer. No hay nada que perder cuando todo está perdido.

Antón desaparece por las escaleras, rodeado de gente con camisetas blancas del Real Madrid. Le ha dado una tarjeta de transportes cargada con diez viajes, así que no tiene que parar en las máquinas expendedoras. También lleva veinte euros, como pidió Julio. Con la excusa de que hace frío, Zárate le ha dado su chaqueta, una de piel marrón. Antón se la ha puesto sin sospechar. Cree que no imagina que, en el forro, el subinspector ha colocado un dispositivo de seguimiento que está enlazado a su móvil. Comprueba que funciona correctamente, que en el mapa de su móvil aparece marcada la posición de Antón y, entonces, Zárate baja por las mismas escaleras.

La estación está atestada de aficionados al Madrid. En algunos puestos, se vende *merchandising* del equipo de fútbol. Zárate, que ya ha localizado de nuevo a Antón, se detiene para comprarse una bufanda y un gorro. Se mezclará con los seguidores del Madrid para pasar desapercibido.

Antón se deja llevar por el río de aficionados en dirección a un andén de metro. El móvil de Zárate vibra en su bolsillo: es Orduño quien le está llamando. Ya deben de haber descubierto lo que está pasando. Rechaza la llamada y se monta en el vagón siguiente al que ha subido Antón.

Se lleva la mano a la espalda; en el cinturón, bajo el jersey, está su arma. Está dispuesto a arriesgarse hasta un límite. No permitirá que Antón huya. Tan pronto tema que puede perderlo o que está haciendo algo inesperado, sacará la pistola y no dudará en matarle.

No se ha planteado ninguna de las consecuencias de lo que está haciendo. Solo piensa en la Nena. En intentar salvar a esa niña. Y, si es imposible, en Chesca. En que lo que le hizo Antón tenga su justo castigo.

Viaja apoyado en la puerta del vagón. Antón se baja en la estación de Tribunal. Parece confiado. Sus ojos no se han cruzado en ningún momento con los del policía. Sigue a los aficionados hasta la línea 10, Zárate va tras él. Se bajan en la estación de Santiago Bernabéu. Ha debido de perder la cobertura en algún momento del viaje; al recorrer el vestíbulo de la estación, mira su móvil. Tiene dos llamadas de Elena, aparte de otras muchas de Orduño.

Cuando salen a la calle, Zárate comprueba que hay miles de personas alrededor del estadio. Seguir en solitario con esta tarea de vigilancia empieza a parecer imposible. Empuña su arma bajo el jersey. Tal vez haya llegado la hora. Si Antón se confunde con esa multitud que hormiguea alrededor del estadio, le será fácil perderlo. El localizador de la chaqueta sigue enviando su señal. Hay segundos en los que lo pierde de vista, pero dejándose guiar por el móvil, vuelve a situarlo. Reconoce su propia chaqueta entre la gente.

Hay un importante despliegue policial en la zona. Varios controles impiden que los aficionados entren en el estadio con objetos peligrosos: bengalas, cuchillos. Los perímetros de seguridad van separando a la gente que va a ver el partido de la que no tiene entrada. Es el caso de Antón, aunque él se haya situado en una de las filas y esté acercándose a un control, no podrá acceder más allá de esos policías que cachean a los aficionados.

Orduño se ha bajado del coche y mira a su alrededor. Una marea blanca rodea el estadio.

—Me cago en el puto fútbol.

Reyes confirma a Mariajo por teléfono que han llegado al Bernabéu, pero que, de momento, son incapaces de localizar a Zárate. La hacker pudo situar el móvil del policía y, así, saber dónde estaba. Todos los teléfonos de los agentes de la BAC pueden ser monitorizados por cuestiones de seguridad.

—¿Sigue sin coger el teléfono? —pregunta Reyes después de colgar a Mariajo.

—¿Cómo ha podido ser tan idiota? Le ha traído hasta aquí... Lo va a perder.

Orduño aguza la vista. ¿Cómo diferenciar a Zárate de esta masa homogénea?

—No lo va a perder. Lo matará antes.

Orduño sabe que su compañera tiene razón. Hace días que Zárate ha dejado de diferenciar los límites entre el bien y el mal, quizá desde que supieron que la propia Chesca los había perdido. ¿En esto se han convertido? ¿En asesinos? ¿Qué los diferencia de Antón o de Julio? No devoran a sus víctimas, pero sabe que Zárate sentirá el mismo placer cuando le meta una bala en la cabeza a ese tío.

—¡Ahí está! —grita Reyes.

Empuña el arma a la espalda. Le ha quitado el seguro. Antón sigue avanzando hacia el control. En dos zancadas, Zárate lo alcanza, justo un segundo antes de que llegue al policía del control. Lo coge del hombro y le obliga a girarse.

—¡¿Qué está haciendo...?! —grita el hombre, entre desconcertado e indignado.

No es Antón.

—¿Algún problema? Mira que no entráis ninguno de los dos —advierte el agente.

Zárate suelta al hombre. Lleva la chaqueta que le dio a Antón. Se parece a él.

—¿Quién le ha dado esta ropa?

—Un tío me dio veinte euros por ponérmela. Me dijo que era para gastar una broma a un amigo suyo.

—¡¡Zárate!!

Ángel mira a su espalda. Orduño y Reyes llegan corriendo y enseñando su identificación policial. ¿Cómo decirles que ha perdido a Antón?

Cerca del metro, en la calle Marqués de Viana, hay una especie de club de alterne. Antón cree que ya no le siguen. Se acomoda en la barra, con un ojo puesto en la puerta para ver a todos los que entran. Si ve algo que le haga sospechar, intentará huir de nuevo. Ha localizado la salida de emergencia, pero no sabe si podrá llegar a ella en caso de que entre la policía.

Una mujer de las que trabajan en el club se le acerca y le saluda melosa. Es morena, muy guapa y tiene un acento muy dulce. A Antón le suena familiar.

—Hola, ¿me invitas a una copa?

—Claro, ¿cómo te llamas?

—Alicia.

—¿De dónde eres?

—Boliviana. ¿Conoces Bolivia?

Antón sonríe.

—¿Quieres tomar algo?

—Estoy esperando a un amigo, pero me he quedado sin batería en el móvil. ¿Me dejas el tuyo para que le llame? En cuanto venga, te prometo que nos lo vamos a pasar muy bien.

Nunca ha probado la carne boliviana y Alicia no es tan fea como lo era su mujer. Está seguro de que a Julio y a él les va a encantar.

Capítulo 69

Elena es consciente de que se ha dejado llevar por una corazonada. No hay ninguna prueba fehaciente de que Julio pueda estar donde ella cree. A pesar de eso, en el taxi que ha cogido al salir del aeropuerto, ha llamado varias veces a Zárate para contarle su teoría. Es posible que esté enfadado con ella por haberle abandonado a su suerte. Ha tenido que dejarle un mensaje en el buzón.

—Ángel, ¿te acuerdas de lo que encontramos en la granja? Las cajas de dientes y llaves. ¿Cuántas llaves había? Once. Es posible que se quedaran con algunas para usar los pisos de las víctimas. Eran gente solitaria. ¿Quién iba a ocupar esas viviendas? Creo que Julio ha estado usando esas casas en Madrid. Nadie le iba a buscar ahí. Y, de todas ellas, ¿dónde no irías nunca a buscarlo? ¿Dónde te puede dar más rabia que esté? En el piso de Chesca. Disfrutan con estos juegos... Antón y Julio, los dos. No sé por qué no me coges el teléfono, pero... estoy yendo allí...

Elena se queda muda antes de terminar la llamada. ¿Escuchará Zárate su mensaje? El taxista le ha dicho que la M-30 está atascada por culpa de un accidente y ha decidido llevarla por la E-5 y entrar en Usera por la A-4, la antigua Autovía de Andalucía. Acaban de llegar a la calle Marcelo Usera. Han tardado un poco menos de media hora.

La Nena está atada en la cama, en aspa, igual que ha visto a tantas mujeres en la granja. La herida del brazo se le debe de haber infectado y suda, tiene fiebre, no tiene fuerzas para nada. Julio llega con una bandeja llena de cosas.

—Te voy a tener que limpiar esa herida.

—¿No me vas a matar?

—Nena, eres mi hermana… El mordisco te lo he tenido que dar porque no quedaba más remedio. Pero sabes que no te quería hacer daño.

—Me ha dolido.

—Ya lo sé. ¿No me perdonas?

La Nena no contesta, enfadada, pero no parece que eso le importe a Julio, que saca algodón y lo moja con algo.

—Solo es agua, no te va a doler.

Con cuidado y cariño, va limpiando la herida de la niña. Pero en medio del proceso, suena el teléfono.

—¿Sí?… ¿Te has deshecho de ellos?… Perfecto. ¿Dónde estás?… Espérame allí, voy a por ti —tras hablar por el móvil, se vuelve a la Nena, está feliz—. Tengo que irme, pero dentro de muy poco, vamos a estar todos juntos otra vez.

Hay un sitio para parar junto al portal de Chesca. Elena sale del taxi, se lleva la mano de forma instintiva al cinturón, pero no lleva ningún arma. Tuvo que facturarla en el aeropuerto. Mira hacia arriba. Sabe que Chesca vivía en la cuarta planta, pero no recuerda cuál de los pisos era. De los cuatro balcones que dan a la calle, hay luz en dos. Tendrá que entrar para comprobar que sus sospechas eran ciertas. Un vecino sale del portal. Elena contiene la ansiedad por lanzarse contra esa puerta abierta. Lo hace, pero con cierto disimulo, sin asustar al que sale. Empieza a subir las escaleras hasta el rellano del tercero. Pero ahí oye un portazo y se detiene. Quien sea que haya salido empieza a bajar y, entonces, los dos, Elena y Julio, se encuentran cara a cara. Quizá Julio no sepa quién es Elena, pero al verla, no duda y se arroja contra ella. Lleva escrito en la cara que es policía. Los dos bajan todo un tramo de escaleras rodando y golpeándose por los peldaños. Elena estrella su cabeza contra la barandilla, de hierro. Siente el calor de la sangre brotando entre el pelo.

Julio le lanza un puñetazo, que ella logra esquivar a medias, no le da en la cara, como él pretendía, sino en un brazo. El dolor es tal que Elena cree que puede habérselo roto. Ella contraataca con una patada a la altura de la cadera, él se duele, el ruido hace que una anciana abra la puerta de su domicilio para asomarse a ver qué sucede.

—¡Vuelva a su casa! —grita Elena—. ¡¡Llame a la policía!!

La anciana hace lo que le ordena y cierra con un portazo antes de que Julio pueda alcanzarla. Por primera vez, parece perdido: ¿debe seguir peleando con Elena o huir? La incertidumbre dura solo unos segundos. Mientras Elena se incorpora, Julio saca del bolsillo de su chaqueta un cuchillo. Se abalanza sobre ella y, aunque Elena intenta retener sus brazos, no evita que Julio le hunda el cuchillo en el abdomen. El dolor le arranca también el aire. Elena apenas puede exhalar un suspiro mientras Julio sigue apretando el cuchillo hasta el mango. Luego, lo saca, dejando una estela de sangre en el aire. Mareada, Elena se derrumba en el suelo.

Mientras Orduño y Reyes coordinaban la búsqueda de Antón, Zárate escuchó el mensaje que Elena le había dejado en el buzón de voz. ¿Es posible que tuviera razón? Esconderse en la casa de Chesca encaja con el juego de perversión en el que están instalados Julio y Antón. Sin decirle nada a sus compañeros, ha pedido un coche patrulla y ha salido en dirección a la casa de Usera. Mientras recorría la M-30 ha deseado con todas sus fuerzas que Elena tuviera razón. Solo necesita una ocasión para enmendar su error. Lleva el arma cargada en el cinturón y está decidido a descargarla tan pronto vea a cualquiera de los dos. Un accidente en la principal carretera de circunvalación de Madrid le obliga a encender la sirena para abrirse paso. Pisa el acelerador. Sabe que están en una contrarreloj y unos minutos de retraso pueden suponer perder para siempre a esos monstruos.

Detiene el coche delante del edificio en el que vivía Chesca, pero, tan pronto se baja, nota el filo de un cuchillo en el cuello. Está manchado de sangre, que ahora resbala por su propia piel.

—Vuelve a subirte al coche. Si haces el gilipollas te voy a matar. Eres Zárate, ¿no? Vaya casualidad, venías a por mí y vas a ser el que me ayude a huir. Y en un coche de la policía. No podía ser mejor.

Julio cachea rápido a Zárate. Encuentra su pistola en el cinturón y se la quita. Lanza el cuchillo al suelo.

—Esto ya no me va a hacer falta.

Elena está tirada en el descansillo. La anciana ha visto todo y, además de llamar a la policía, ha avisado a una vecina médica, que le ha hecho una cura de urgencia mientras esperan que llegue una ambulancia. La herida en el abdomen es profunda y ha sido difícil conseguir que dejara de sangrar.

—Tengo que subir al cuarto.

—Lo mejor será que no se mueva.

—Puede que haya una niña herida… en el piso de Chesca Olmo. ¿Sabe cuál es?

Le gustaría mantenerse entera, pero quizá la herida le ha hecho que le suba la fiebre. Pierde la noción del tiempo: ¿alguien ha atendido su demanda? ¿Alguien ha ido a buscar a la Nena? Oye sirenas, debe ser la ambulancia. ¿Por qué no oye a nadie hablar de la niña? Un agente uniformado está acuclillado a su lado y le intenta transmitir calma. Una voz conocida la rescata de la confusión.

—¿Qué ha pasado, Elena?

Borroso, como si lo viera a través de un cristal empañado, reconoce a Orduño.

—Ha sido Julio. Arriba. La Nena…

Nuevas sirenas. Carreras en la escalera.

—¡Hay que trasladarla a un hospital!

Es lo último que oye antes de perder la consciencia.

Zárate sube por la Castellana. Pasa por delante del Santiago Bernabéu, donde ya no queda nadie, en muy poco tiempo se han dispersado las decenas de miles de personas que han ido al partido, los vendedores de recuerdos, de latas de bebida, los autobuses de las peñas… Todos deben estar dentro. Julio no ha apartado la pistola de su nuca ni un solo segundo. No puede hacer nada y sabe que, si no tiene suerte y acierta con lo que va a intentar, no saldrá vivo del coche. El historial de Julio no hace pensar que vaya a tener ninguna piedad.

—¿Sigo para arriba?

—Hasta que yo te diga.

Un semáforo se cierra unos metros más allá. Hay un coche de policía parado ante él. Julio se pone tenso.

—Ni un movimiento o disparo. Me da igual que me cojan, pero te llevo por delante.

Zárate valora la situación, el coche es de la Policía Municipal. Podría parar a su lado, abrir la puerta y tirarse a la calzada. Quizá Julio no reaccionara a tiempo, o sí. Pero no va a hacer nada por escapar. Julio no se lo ha dicho, pero está convencido de que van a recoger a Antón. Julio puede matarle, de hecho está seguro de que va a matarle, pero la posibilidad de tener juntos al padre y al hijo e intentar algo le tienta.

Será su última oportunidad.

Por Chesca.

La unidad de la Policía Municipal arranca antes de que el semáforo vuelva a ponerse en verde. Se aleja de ellos.

—Muy bien. Coge la rotonda y dobla por Sor Ángela de la Cruz.

—No sabía que conocieras tan bien Madrid.

—Cállate.

Zárate hace lo que Julio le pide. Le crea más inseguridad no saber adónde va que la pistola apuntándole a la nuca.

—Ahora métete por el túnel.

No es una zona que Zárate domine, cree que el túnel les va a hacer dejar a la derecha el parque de Agustín Rodríguez Sahagún y que pasarán por debajo de Sinesio Delgado, pero no está muy seguro. Al salir del túnel, en una rotonda, un hombre espera. Zárate lo reconoce antes de llegar: es Antón.

—Para ahí.

Zárate valora la situación. Ha llegado el momento.

Antón los ha reconocido. Julio le ha hecho un gesto desde el interior, avisándole. Ahora, camina hacia el coche de la policía que conduce Zárate. Detrás de él, hay unos coches aparcados.

Zárate pisa a fondo el acelerador, piensa que en cualquier instante sonará un disparo, pero Julio ha caído hacia atrás llevado por la inercia. El coche arrolla a Antón, que sale lanzado por encima del capó, se estrella contra el parabrisas y, luego, rebota por el techo hasta caer. Zárate espera que, no solo haya muerto, sino que, además, haya tenido tiempo de sentir el dolor de sus huesos fracturándose en mil pedazos. Pero, después, Zárate no aminora la velocidad. Se lanza contra los coches aparcados. Sabe que Julio no lleva cinturón. El impacto es seco, muy violento.

El airbag explota y el tirón del cinturón de seguridad deja a Zárate aturdido un segundo, no más. A su derecha está Julio. La fuerza del choque lo ha propulsado por encima de los asientos y ha atravesado el parabrisas. Aún tiene fuerzas para girarse y mirarle. Tiene la boca ensangrentada,

la mirada perdida. Da la sensación de que perderá el conocimiento en cualquier momento.

Zárate se suelta el cinturón.

Coge un trozo del parabrisas que ha caído en su regazo.

Afilado como un cuchillo.

Capítulo 70

Toda la planta sabe cuándo entra el doctor Ugarte. Saluda a gritos, le hace una broma a cada paciente, hace juegos de manos a los niños... Elena está segura de que la mayor parte de los éxitos en la rehabilitación se deben al buen humor del doctor.

—Esto va muy bien, inspectora...

—No me diga que me va a mandar a casa, doctor —ironiza Elena.

—¿Es que no estás a gusto con nosotros?

—No había estado mejor en mi vida, lo peor es la comida.

—Pero eso tiene solución. Toma.

El doctor Ugarte se ha llevado la mano al bolsillo de la bata y ha sacado una chocolatina.

—No le digas a la enfermera que te la he dado. Están buscando al que mete chocolatinas de contrabando en el hospital.

—Gracias, doctor...

—Dos días, yo creo que en dos días te mando a casa y nos libramos de ti, que eres la peor paciente que hemos tenido, la lata que nos has dado por una cuchillada de nada. Como si yo no me cortara a diario. ¿Me has oído quejarme? No, pues tú lo mismo. Mañana vengo a verte.

El doctor Ugarte se marcha, se oyen sus saludos a unos y a otros, la corriente de simpatía que genera a su alrededor. A Elena no le importaría encontrárselo algún día fuera del hospital.

Enciende la tele, con cuidado de no toparse con noticias sobre la Casa de los Horrores de Santa Leonor, aunque ya va desapareciendo de los programas. Lo mejor es poner deportes, así no hay riesgo. Sintoniza un canal que retransmite un torneo de billar.

—¿Te gusta el billar? Yo de joven era un virtuoso —dice Rentero a modo de saludo.

—Me encanta el billar, cuando salga del hospital voy a aprender a jugar.

—Lo mismo te viene bien. Tendrás que hacer rehabilitación. Además de la herida, tenías una fractura en el brazo y no querrás quedarte manca.

—No seas burro, Rentero; se dice quedarse con movilidad reducida, no manca.

—No me adapto al mundo, entre esto y lo del género fluido de mi sobrina…

—Esta mañana estuvo aquí, con Orduño. Me trajeron flores, como si hubiera parido. Yo lo que quiero son bombones.

—Mañana te mando una caja.

Rentero da por terminada la charla cordial y se sienta a su lado.

—Tenemos que hablar. Ya tengo las autopsias de Antón y de Julio.

—¿Y bien?

—Antón murió atropellado, ya lo sabíamos. No hay nada raro. Pero Julio…

—¿Algo anormal?

—Con el impacto salió despedido contra el parabrisas. El cuerpo quedó sobre el capó del coche y se clavó un cristal en el cuello.

—¿Qué tiene de extraño? Es un accidente de tráfico. Hay veces que se tiene suerte y veces que no.

—Ese cristal clavado en el cuello resulta un tanto sospechoso. Es como si alguien lo hubiera hundido hasta dentro, para asegurarse el máximo daño posible —Rentero clava sus ojos en los de Elena.

Es evidente qué insinúa.

—¿Qué dice el forense?

—Que por la trayectoria le parece raro que el cristal seccionara la carótida.

Los dos se quedan callados unos segundos.

—¿Sospechas de Zárate?

—Es llamativo que un cristal seccione la carótida del asesino de tantas mujeres, entre ellas la pareja del policía que viaja con él en el coche en el momento del accidente.

—Y, sin embargo, son cosas que pasan.

—Zárate va a tener que dar muchas explicaciones: la primera, de dónde salió ese permiso para trasladar a Antón a los juzgados. A lo mejor, todo eso queda en una suspensión de un par de meses. Lo de la muerte de Julio es diferente. Creo que quizá haya que abrir una investigación. Pero es algo que debe decidir el responsable de la BAC. Si tú no lo crees oportuno…

—¿Me estás chantajeando para que siga en la BAC?

—Eres la persona perfecta para que todo vuelva a estar bajo control. Incluyendo a Zárate. Mañana te mando bombones. Ah, y prométeme que vas a llamar a tu madre; aunque no lo aparente, está preocupada por ti.

Rentero se levanta, le da un beso y se marcha. Sabe que Elena necesita soledad para pensar.

Como todos los días, a última hora de la tarde, Zárate llega a visitar a Elena.

—¿Ha pasado a verte el doctor?

—Sí, dice que pasado mañana me da el alta.

—Qué bien. ¿Y te ha dicho algo de la rehabilitación?

—No, mañana le preguntaré. ¿Qué tal tú?

—He estado con lo de la Nena, con Mihaela Nicolescu. Su padre ha llegado esta mañana a Madrid. Los psicólogos están preparando el encuentro.

—¿Se va a hacer cargo de ella?

—No quieren que la niña deje el tratamiento. No lo sé. El juez decidirá.

Permanecen unos segundos en silencio. Zárate comenta algo de lo que están poniendo en televisión y Elena bromea con que haya que pagar en los hospitales por ver esa programación. Empieza a anochecer y Ángel se tumba a su lado.

—¿Te hago daño?

—Un poco. Aquí.

Elena se señala el abdomen y Zárate posa su mano sobre el vendaje que cubre la herida. Las caricias ascienden hasta encontrar la piel de Elena. Luego, Zárate la besa y se queda a solo unos centímetros de sus ojos.

—Esta tarde ha estado aquí Rentero... Me ha dicho que el análisis forense de Julio está tardando más de lo normal... ¿Sabes por qué puede ser?

—Ni idea. ¿Y quieres que te diga otra cosa? Me da igual. No voy a dedicar ni un segundo de mi vida a recordar a esos dos bestias.

Zárate vuelve a besarla. Elena busca una respuesta en sus ojos. Hay poca luz en la habitación y le da la sensación de que han perdido el color, que han pasado del marrón al gris. Recuerda aquella conversación que tuvieron en la granja Collado: «En cada caso, perdemos un trozo de alma». ¿Y si él ha perdido la suya? ¿Y si esa es la razón por la que de sus palabras no se desprende un atisbo de culpa o remordimientos? Nadie regresa indemne del infierno.

Este libro se terminó
de imprimir en
Móstoles, Madrid,
en el mes de
noviembre de 2021

CARMEN MOLA es el misterioso seudónimo con el que tres autores —Antonio Mercero, Agustín Martínez y Jorge Díaz— decidieron firmar su primera novela escrita a seis manos, sin darse a conocer públicamente. *La novia gitana* (Alfaguara Negra, 2018) inauguró la serie protagonizada por la inspectora Elena Blanco, convertida en un fenómeno de ventas y de crítica, por lo que Carmen Mola fue llamada «la Elena Ferrante española» (*El País*). Traducida en más de quince países y con una adaptación a la televisión inminente, la serie se completó con otras dos entregas igualmente aclamadas: *La Red Púrpura* (2019) y *La Nena* (2020). Alfaguara Negra publicará en 2022 la esperada cuarta entrega de la serie Elena Blanco, titulada *Las madres*.

*

«Elena Blanco es de los mejores personajes femeninos protagonistas que he visto en mucho tiempo y el Madrid que se muestra, callejero y violento, da mucha fuerza.»
PACO CABEZAS, director de la serie *La novia gitana*

«Sus novelas atrapan con una originalidad que nos somete y nos hace desear más, mucho más, cuando, horrorizados, nos damos cuenta de que estamos ya en la última página.»
JORDI LLOBREGAT, director de Valencia Negra

«Desde la primera página, Carmen Mola [...] demuestra tener una voz propia, y eso, en el género negro y fuera de él, ya es mucho, quizá la mitad de todo. O más.»
LORENZO SILVA, director de Getafe Negro